BESTSELLER

Biblioteca

JOHN GRISHAM

La citación

Traducción de
Fernando Garí Puig

DEBOLS!LLO

Título original: *The Summons*

Segunda edición: junio, 2009

© 2002, Belfry Holdings, Inc.
© 2009, Random House Mondadori, S. A.
   Travessera de Gràcia, 47-49. 08021 Barcelona
© 2009, Fernando Garí Puig, por la traducción

Printed in Spain – Impreso en España

ISBN: 978-84-8346-994-1 (vol. 412/11)
Depósito legal: B-28092-2009

Fotocomposición: Lozano Faisano, S. L. (L'Hospitalet)

Impreso en Litografía Rosés, S. A.
Progrés, 54-60. Gavà (Barcelona)

P 869941

1

Llegó por correo, a la antigua, puesto que el juez tenía casi ochenta años y no se fiaba de los procedimientos modernos. Nada de correo electrónico ni faxes. No utilizaba contestador automático y nunca había sido amigo del teléfono. Escribía sus cartas a máquina con dos dedos, pulsando las teclas lentamente, encorvado sobre la Underwood manual que tenía en su escritorio de persianilla situado bajo un retrato del general Nathan Bedford Forrest. El abuelo del juez había luchado con Forrest en Shiloh y por todo el profundo Sur, y para él no había figura histórica más digna de veneración. A lo largo de treinta y dos años, el juez se había resistido, callada y obstinadamente, a presidir vista alguna el 13 de julio, la fecha de nacimiento de Forrest.

Llegó junto con otra carta, una revista y dos facturas, y fue rutinariamente depositada en el buzón de la facultad de derecho del profesor Ray Atlee, que la reconoció en el acto porque aquellos delgados sobres habían formado parte de su vida desde que tenía memoria. Se la enviaba su padre, un hombre al que también él conocía como «el juez».

El profesor Atlee examinó la misiva, dudando si debía abrirla allí mismo o esperar un momento. Con el juez nunca se sabía si se trataban de buenas o malas noticias, auque la verdad era que últimamente las buenas escaseaban porque el viejo estaba muriéndose. El sobre era fino y solo parecía contener una hoja de papel, lo cual no tenía nada de raro. A pesar de que se había hecho famoso por los sermones que impartía desde el estrado, el juez era frugal con la palabra escrita.

La carta se refería a algo serio, de eso sí estaba seguro. El juez no era dado a la cháchara, odiaba los chismorreos y las trivialidades, ya fueran habladas o por escrito. Una conversación con él, bajo el porche y con un té helado en la mano, seguramente versaría sobre la guerra civil y el episodio de Shiloh, ocasión que aprovecharía para culpar de la derrota de los confederados al general Pierre G. T. Beauregard y sus brillantes e impolutas botas, un hombre al que seguiría odiando aunque estuviera en el cielo y por casualidad se lo encontrara allí.

El juez no iba a tardar en morir. Tenía setenta y nueve años y cáncer de estómago. También sufría de sobrepeso, era diabético, un incansable fumador de pipa y estaba enfermo del corazón. Había sobrevivido a tres ataques cardíacos y a una infinidad de dolencias que lo habían atormentado durante más de veinte años y que, en esos momentos, se aprestaban a darle la puntilla. Sufría de constantes dolores. Durante su última conversación —ocurrida hacía tres semanas a instancias de Ray porque el viejo opinaba que las conferencias a larga distancia eran un robo—, había sonado débil y fatigado. Apenas habían conversado más de tres minutos.

El remite del sobre iba estampado en relieve con letras doradas: «Juez Superior Reuben V. Atlee. Tribunal de Equidad del Distrito Veinticinco, condado de Ford, Clanton, Mississippi». Ray lo metió entre las páginas de la revista y echó a caminar. El juez Atlee ya no ocupaba el cargo de juez superior porque los votantes lo habían apartado de él nueve años antes, una amarga derrota de la que no se había recuperado. Tras treinta y dos años de diligente trabajo en beneficio de sus conciudadanos, estos lo habían rechazado en favor de alguien más joven que había hecho campaña en la radio y la televisión. El juez no había querido imitarlo. Según él, tenía demasiado trabajo y —lo más importante—, la gente lo conocía bien. Si querían reelegirlo, lo harían. Hubo muchos que opinaron que su estrategia pecaba de arrogancia. Ganó en el condado de Ford, pero fue derrotado espectacularmente en los otros cinco.

Costó tres años sacarlo del palacio de Justicia. Su despacho del segundo piso había sobrevivido a un incendio y esquivado dos remodelaciones. El juez no había permitido que lo tocaran las brochas de los pintores ni los martillos de los carpinteros. Cuando los supervisores del condado lo convencieron de que tenía que marcharse si no quería que lo echaran, metió en cajas tres décadas de ficheros inútiles, notas y libros viejos, y se las llevó a casa. Allí, las repartió por su estudio, y, cuando ya no cupieron, por los pasillos y hasta por el salón.

Ray saludó con la cabeza a un estudiante que estaba sentado en el vestíbulo y charló con un colega antes de entrar en su despacho. Una vez en él, cerró la puerta y dejó el correo en el centro de su escritorio. Se quitó la chaqueta, la colgó del perchero de la puerta, pasó por encima del montón de libros de derecho que llevaba meses en el suelo e hizo su juramento diario de poner orden en su oficina.

La estancia tenía cuatro por cinco metros, un pequeño escritorio y un sofá igualmente pequeño, ambos tan llenos de papeles que daban la impresión de que Ray era un hombre muy atareado. Pero no lo era. Durante el semestre de primavera daba clases de legislación *antitrust*. También se suponía que debía de estar escribiendo un libro, otro aburrido volumen dedicado al tema de los monopolios que nadie leería, pero que añadiría otro blasón a su currículo. Era profesor numerario; pero, al igual que todos los profesores de verdad, se hallaba sometido a la norma de «publica o perece» que era el dictado de toda la vida académica.

Se sentó a su escritorio y apartó los papeles a un lado.

El sobre iba dirigido al profesor N. Ray Atlee, de la facultad de derecho de la Universidad de Virginia, Charlottesville, Virginia; las «e» y las «o» se confundían: Hacía años que la

9

vieja Underwwod pedía a gritos una cinta nueva, y el juez seguía sin creer en los códigos postales.

La «N» correspondía a «Nathan», en honor al general; pero poca gente lo sabía. Una de las más agrias discusiones que había tenido con su padre había sido por su intención de prescindir del «Nathan» y abrirse paso en la vida simplemente como «Ray».

El juez siempre enviaba sus cartas a la facultad de derecho, nunca al apartamento que su hijo tenía en el centro de Charlottesville. Al juez le gustaban los títulos y las direcciones rimbombantes y quería que la gente de Clanton —incluso los que trabajaban en la oficina de correos— supiera que su hijo era profesor de derecho. Sin embargo, resultaba del todo innecesario: Ray llevaba trece años impartiendo clases y escribiendo, y la gente importante del condado de Ford ya lo sabía.

Abrió el sobre y extrajo una única hoja de papel que también llevaba el llamativo membrete dorado con el nombre y la dirección del juez (menos el código postal). Sin duda el viejo tenía un *stock* inagotable de papel membretado.

Iba dirigida tanto a él como a su hermano menor, Forrest, los dos únicos vástagos de un mal matrimonio que había llegado a su fin en 1969 con la muerte de su madre. Como de costumbre, el mensaje era breve y conciso.

Haced el favor de poner en orden vuestros asuntos y presentaos en mi estudio el domingo 7 de mayo, a las cinco de la tarde, para hablar de la administración de mis bienes.

Sinceramente,

REUBEN V. ATLEE

La inequívoca firma se había encogido y parecía temblorosa. Durante años había rubricado veredictos y dictados que habían cambiado incontables vidas: sentencias de divorcio y de custodia de los hijos; órdenes zanjando disputas hereditarias, contiendas electorales, deslindes de terrenos, y derechos de acrecimiento. La firma del juez había llegado a ser conocida como símbolo de autoridad; pero, en esos momentos, no era más que el borrón vagamente familiar de un viejo enfermo.

Pero enfermo o no, Ray comprendió que se presentaría en el estudio de su padre a la hora señalada. En realidad, era como si acabara de recibir una citación oficial. Y por irritante que fuera, no albergaba la menor duda de que tanto él como su hermano acudirían ante su señoría para un último sermón. Era típico del juez haber escogido el día y la hora que más le convenían a él, sin consultarlo con nadie más.

Seguramente formaba parte de la naturaleza del juez —y de los jueces en general, dicho sea de paso— señalar fechas para las vistas y las audiencias sin la menor consideración hacia las conveniencias ajenas. Semejante falta de delicadeza era algo aprendido y seguramente necesario cuando había que enfrentarse a sobrecargados calendarios judiciales, a demandantes contumaces, a letrados incansables y a letrados holgazanes. Sin embargo, el juez había gobernado su familia del mismo modo que su tribunal; y esa era la razón principal de que Ray Atlee estuviera enseñando derecho en Virginia en lugar de ejercerlo en Mississippi.

Leyó una vez más la citación y después la dejó a un lado, en el montón correspondiente a «asuntos pendientes». Se acercó a la ventana y contempló el exterior, donde todo empezaba a florecer. No estaba enfadado ni resentido, simplemente lo irritaba que su padre tuviera aún el poder de dictar tanto.

«Pero el pobre hombre está muriéndose —se dijo—, dale un respiro.»

No habrían muchos más viajes a casa.

Todo lo relacionado con los bienes del juez se hallaba envuelto en misterio. El principal activo era la casa, una herencia de antes de la guerra del mismo Atlee que había luchado junto al general Forrest. En una sombreada calle de Atlanta, habría alcanzado un valor cercano al millón de dólares; pero no en Clanton. Los suelos estaban hundidos, los techos tenían goteras y las paredes no habían conocido una mano de pintura desde que a Ray le alcanzaba la memoria. Él y su hermano quizá pudieran venderla por unos cien mil dólares, pero quien la comprara tendría que añadir otro tanto para dejarla habitable. Además, ninguno de los dos estaba dispuesto a mudarse allí. De hecho, hacía años que Forrest no había puesto en pie en ella.

La casa se llamaba Maple Run, como si fuera una gran mansión llena de sirvientes y con una agitada vida social. La última persona que había trabajado en ella había sido Irene, la sirvienta, y hacía cuatro años ya que había muerto. Desde entonces, nadie había barrido los suelos ni abrillantado los muebles. El juez pagaba veinte dólares semanales a un ex convicto local para que le cortara el césped, y lo hacía muy a su pesar. Según su docta opinión, ochenta dólares al mes suponían un verdadero robo.

Cuando Ray era pequeño, su madre tenía por costumbre referirse al hogar como «Maple Run». Nunca cenaban en casa, sino en Maple Run. Ellos no eran los Atlee de la calle Cuarta, sino los Atlee de Maple Run. Había muy poca gente en Clanton que viviera en una casa con nombre propio.

Ella había muerto de un aneurisma, y su cuerpo fue expuesto en una mesa del vestíbulo. Durante dos días, los habitantes de Clanton hicieron cola en el porche y desfilaron por el vestíbulo para presentarle sus últimos respetos antes de pasar al salón para un ponche con galletas. Ray y Forrest estuvieron todo ese tiempo escondidos en la buhardilla, maldiciendo a su padre por tolerar semejante espectáculo.

Forrest siempre había llamado a la casa «Maple Ruina». Los arces rojos y amarillos que en su día habían bordeado la calle habían muerto de alguna enfermedad desconocida, y los tocones seguían donde siempre. Cuatro robles enormes daban sombra en el césped delantero, pero también dejaban caer toneladas de hojas, demasiadas para que alguien las rastrillara y se las llevara. Una o dos veces cada temporada, como mínimo, alguna de sus ramas caía al suelo o sobre la casa, y allí permanecía hasta que alguien la retiraba, o no. Año tras año, década tras década, Maple Run aguantaba los golpes sin desfallecer.

Seguía siendo una hermosa casa —de estilo georgiano y con columnas— que en su día había sido un monumento en honor de quienes la habían construido, y en esos momentos no era más que el triste recordatorio del declive de una familia. Ray no quería saber nada de ella. Para él, estaba llena de recuerdos desagradables, y cada vez que iba por allí se deprimía. En cualquier caso, tampoco se podía permitir el lujo de mantener un agujero negro como aquel, una propiedad que tendría que haber sido pasto de las excavadoras hacía tiempo. En cuanto a Forrest, le prendería fuego antes de quedarse con ella.

Sin embargo, el juez deseaba que Ray se hiciera cargo de Maple Run y la conservara para la familia. Era un tema del que habían hablado vagamente en los últimos años, pero Ray nunca había tenido el valor suficiente para preguntar «¿Para qué familia?». No tenía hijos, pero sí una ex mujer y ningún proyecto para otra. Lo mismo cabía decir de Forrest, solo que en su caso tenía una interminable lista de ex novias y un acuerdo de compartir casa con Nellie, una pintora y alfarera que pesaba ciento cincuenta kilos y era doce años mayor que él.

El hecho de que Forrest no hubiera tenido descendencia constituía un verdadero milagro biológico. La verdad era que hasta el momento nadie le había reclamado paternidad alguna.

El linaje de los Atlee estaba llegando a su triste e inevitable final, lo cual no molestaba a Ray lo más mínimo. Vivía la vida a su manera y no en beneficio de su padre o del glorioso pasado de la familia. Solo pensaba volver a Clanton cuando hubiera algún funeral.

Los demás bienes del juez nunca habían sido motivo de debate. En su día, la familia Atlee había sido rica, pero eso fue mucho antes de la llegada de Ray. Había habido tierras, algodón y esclavos, ferrocarriles, bancos y política, la habitual cartera de valores confederada que, en términos de liquidez, no valía nada a finales del siglo xx. Para lo que sí valía, sin embargo, era para dotar a los Atlee del aura de «familia adinerada».

A los diez años, Ray era consciente de que su familia tenía dinero: su padre era juez, y su casa tenía nombre propio. En el ambiente del Mississippi rural de la época, ambas cosas lo señalaban como niño rico. Antes de morir, su madre hizo todo lo posible por convencer a sus dos hijos que eran mejores que los demás: vivían en una mansión, eran presbiterianos, veraneaban en Florida y, de vez en cuando, iban a cenar al hotel Peabody de Memphis. Además, su ropa era mejor.

Entonces, Ray fue aceptado en Stanford. Su burbuja reventó el día en que el juez le dijo sin más:

—No podemos permitírnoslo.

—¿A qué te refieres? —había preguntado Ray.

—A lo que acabo de decir. No podemos permitirnos pagar Stanford.

—No lo entiendo.

—Entonces te lo diré más claro: puedes ir a la universidad que gustes, pero si escoges Sewanee te la pagaré.

Ray fue a Sewanee, sin el respaldo de una fortuna familiar, pero costeado por su padre, que aportó una cantidad que a duras penas cubría las clases, los libros y el alojamiento. La facultad de derecho se hallaba en Tulane, donde Ray logró salir adelante sirviendo mesas en un restaurante de marisco del barrio francés.

Durante treinta y dos años, el juez había ganado el sueldo correspondiente a un juez superior, que era uno de los más bajos del país. Estando en Tulane, Ray leyó un informe sobre las remuneraciones judiciales y le apenó enterarse de que los jueces de Mississippi ganaban cincuenta y dos mil dólares al año cuando la media nacional se situaba en los noventa y cinco mil.

El juez vivía solo, gastaba poco en la casa y no tenía malas costumbres aparte de su pipa; y, por si fuera poco, prefería el tabaco barato. Conducía un viejo Lincoln, comía mal pero mucho y vestía los mismos trajes negros que llevaba en los años cincuenta. Su único vicio era la caridad: ahorraba todo lo que podía y después lo regalaba.

Nadie sabía a ciencia cierta cuánto dinero donaba anualmente el juez. Un inquebrantable diez por ciento iba a parar a la Iglesia presbiteriana. Sewanee recibía dos mil dólares anuales, y lo mismo la Asociación de Veteranos Confederados. Esas donaciones no había quien las modificara. Con las demás no ocurría lo mismo.

El juez Atlee daba a cualquiera que se lo pedía: a un niño tullido necesitado de muletas, al equipo local cuando viajaba fuera del estado, al Rotary Club para que vacunara niños en el Congo, para un albergue de perros abandonados del condado de Ford, para un tejado nuevo para el único museo de Clanton.

La lista resultaba interminable. Lo único que hacía falta para recibir un cheque era escribirle unas líneas solicitándolo. El juez siempre enviaba el dinero. Era algo que había hecho desde que Clay y Forrest se habían marchado de casa.

Ray podía imaginárselo, rodeado por el desorden y el polvo de su escritorio de persianilla, tecleando breves notas con su Underwood y metiéndolas en sus sobres con membrete de juez junto con un cheque casi ilegible del First National Bank de Clanton. Cincuenta dólares por aquí, cien por allá, un poco para todo el mundo hasta que no quedara nada.

El caudal hereditario no tendría complicaciones porque no habría mucho que inventariar. Los viejos libros de derecho, los gastados muebles, las dolorosas fotos familiares y los recuerdos, los olvidados documentos y archivos, todo ello un montón de basura que serviría para encender una espléndida hoguera.

Él y Forrest se contentarían con vender la casa por lo que el mercado estuviera dispuesto a ofrecerles y por salvar lo poco que quedara del dinero de los Atlee.

Tenía que llamar a su hermano, pero no resultaba difícil dejar dichas llamadas para después. Forrest constituía un conjunto de características y problemas por completo diferentes y mucho más complicados que los de un viejo y moribundo padre empeñado en desprenderse de su dinero. Forrest era un desastre andante y viviente, un niño de treinta y seis años con el cerebro arrasado por todas las sustancias legales e ilegales conocidas en la cultura norteamericana.

—Menuda familia —murmuró Ray para sí.

Envió una nota cancelando su clase de las once y decidió largarse a una de sus sesiones de terapia.

2

La primavera había llegado a Piedmont. El cielo estaba limpio y azul. Las colinas verdeaban a ojos vista, y el paisaje del valle de Shenandoah iba cambiando a medida que los agricultores trazaban sus perfectos surcos en el suelo. La previsión meteorológica anunciaba lluvia para el día siguiente; sin embargo, en el centro de Virginia no había previsión que fuera de fiar.

Con casi trescientas horas de vuelo en su haber, Ray empezaba cada día echando un vistazo al cielo. Correr era algo que podía hacer lloviera o luciera el sol; volar, no. Se había prometido a sí mismo (y a su compañía de seguros) que no volaría de noche ni se adentraría en las nubes. El noventa y cinco por ciento de los accidentes aéreos de aviones pequeños ocurrían por culpa del tiempo o de la oscuridad. Después de tres años volando, Ray estaba decidido a seguir siendo un gallina. Había un refrán que decía: «Hay pilotos viejos y hay pilotos audaces; lo que no hay son pilotos viejos y audaces». Creía en esas palabras a pies juntillas.

Además, el centro de Virginia era demasiado bonito para perdérselo volando por encima de las nubes. Siempre esperaba a que el tiempo fuera perfecto, nada de viento que pudiera zarandearlo y complicarle los aterrizajes, nada de niebla que pudiera ocluir el horizonte y despistarlo, nada de amenazas de lluvia o tormenta. Un cielo despejado durante su sesión de corretear era lo que determinaba el resto de su jornada. Podía cambiar su hora de comer, cancelar una clase, aplazar su trabajo de investigación para los días lluviosos. Le bastaba con la previsión adecuada para tomar el camino del aeropuerto.

Este se hallaba al norte de la ciudad, a quince minutos en coche de la facultad de derecho. Cuando llegó a la Docker's Flight School recibió la acostumbrada y ruda bienvenida de Dick Docker, Charlie Yates y Fog Newton, los tres pilotos retirados de la marina que eran los propietarios de la escuela y quienes habían entrenado a la mayoría de los pilotos particulares de la zona. Todos los días impartían clase en el Cockpit, una hilera de viejos asientos de cine situada en la oficina principal de la escuela; a partir de ahí se dedicaban a beber café a litros y contar anécdotas de vuelo y mentiras que iban en aumento hora tras hora. Todos los clientes y alumnos recibían el mismo trato verbal abusivo, les gustara o no, lo aceptaran o no. A ellos les daba lo mismo porque vivían cómodamente de sus pensiones de jubilación.

La aparición de Ray dio pie a la última serie de chistes sobre abogados, ninguno de los cuales era especialmente gracioso, aunque todos ellos provocaron un torrente de carcajadas.

—No me extraña que no tengáis más alumnos —comentó Ray mientras rellenaba el papeleo.

—¿Adónde vas?

—Solo voy a subir un rato.

—No sufras, alertaremos a los controladores de tráfico aéreo.

—Me parece que estáis demasiado ocupados para algo así.

Tras diez minutos de desplantes y de impresos, Ray quedó en libertad. Por ochenta dólares la hora podía alquilar un Cessna que lo llevaría a las alturas, lejos de la tierra, lejos de la gente, de los teléfonos, del tráfico, de sus alumnos, de su trabajo de investigación y, en ese día, lejos de su moribundo padre, del chiflado de su hermano y del inevitable desastre que lo esperaba en casa.

En la pista de aparcamiento había sitio y cables para una

treintena de aeroplanos. La mayoría de ellos eran pequeños Cessna de ala alta y tren de aterrizaje fijo que seguían contándose entre los aviones más seguros jamás construidos. Junto al Cessna que acababa de alquilar había un Beech Bonanza, un monomotor, una preciosidad de doscientos caballos que Ray había aprendido a pilotar en un mes y con poco entrenamiento. Volaba ciento veinte kilómetros más rápido que el Cessna y tenía los suficientes adelantos aeronáuticos para hacer babear al piloto más curtido; pero lo peor de todo era que aquel estaba en venta. Aunque por poco, los cuatrocientos cincuenta mil dólares que pedían por él se hallaban fuera de su alcance. Según las últimas informaciones del Cockpit, su propietario se dedicaba a construir centros comerciales y quería cambiarlo por un Air King.

Ray se alejó del Bonanza y se concentró en el pequeño Cessna aparcado al lado. Como todos los pilotos que llevaban poco tiempo volando, inspeccionó cuidadosamente el aparato con una lista de comprobación. Fog Newton, su instructor, siempre empezaba sus clases con espantosas anécdotas de fuego y muerte causados por pilotos demasiado impacientes o perezosos para atenerse a una lista.

Cuando estuvo seguro de que todas las piezas y superficies exteriores se hallaban en perfecto estado, abrió la puerta, se sentó a los mandos del aparato y se ató el arnés de seguridad. El motor arrancó suavemente y la radio cobró vida y crepitó. Acabó con las comprobaciones previas al despegue y llamó a la torre. Tenía delante un vuelo comercial. Diez minutos después de haber cerrado la puerta le dieron pista libre. Realizó un despegue impecable y viró al oeste, hacia el valle de Shenandoah.

A mil doscientos metros de altitud cruzó la montaña Afton, que no se encontraba mucho más abajo. Las turbulencias de la montaña sacudieron el Cessna durante unos segundos, pero resultó completamente normal. Cuando sobrepasó las alturas y empezó a sobrevolar los campos de labranza, el aire se aquietó.

Oficialmente, la visibilidad era de treinta kilómetros, pero a esa altitud alcanzaba a ver mucho más lejos. No se veía ni una nube por ninguna parte. A mil seiscientos metros, los picos del oeste de Virginia se alzaron lentamente en el horizonte. Ray completó la lista de comprobaciones en vuelo, redujo la mezcla hasta alcanzar una velocidad de crucero y, por primera vez desde que había entrado en la pista para despegar, se relajó totalmente.

Las conversaciones de la radio desaparecieron y no volverían hasta que sintonizara la torre de control de Roanoke, sesenta kilómetros al sur. De todas maneras, decidió evitar Roanoke y permanecer en un espacio aéreo sin controlar.

Por propia experiencia, Ray sabía que en la zona de Charlottesville, los psiquiatras cobraban doscientos dólares la hora. Comparado con ellos, volar resultaba una ganga y era mucho más efectivo; no obstante, tenía que reconocer que había sido uno de aquellos loqueros el que le había recomendado que se buscara una afición, y cuanto antes mejor. Había acudido a la consulta de aquel tipo porque con alguien tenía que hablar. Exactamente un mes después de que la antigua señora Atlee presentara una demanda de divorcio, dejara el trabajo y se marchara del hogar conyugal llevándose toda su ropa y sus joyas —todo ello ejecutado en menos de seis horas con implacable eficiencia—, Ray se despidió del psiquiatra por última vez, condujo hasta el aeropuerto, irrumpió en el Cockpit y recibió el primer desplante de Dick Docker o de Fog Newton. No recordaba de cuál de los dos.

El insulto le sentó bien, significaba que alguien se interesaba. Hubo más. Y Ray, a pesar de lo confundido y malherido que se sentía, encontró un hogar. Hacía ya tres años que se dedicaba a surcar los limpios y solitarios cielos de las montañas Blue Ridge y del valle de Shenandoah para aplacar su furia y derramar algunas lágrimas, desmenuzando su atormentada vida al asiento vacío de su lado, que siempre le contestaba que ella se había ido.

Algunas mujeres se marchaban y, a veces, regresaban. Otras

se iban y soportaban en silencio un largo arrepentimiento. Sin embargo, había otras que se largaban con tanta determinación que nunca volvían la vista atrás. El adiós de Vicki había estado tan bien planeado y su ejecución había sido hecha con tanta sangre fría que el primer consejo que Ray recibió de su abogado fue:

—Olvídate, amigo.

Ella había encontrado algo mejor, igual que una deportista de élite en el mercado de los fichajes. Uniforme nuevo, sonrisas ante las cámaras y olvidarse del antiguo equipo. Se largó en una limusina una bonita mañana, mientras Ray se encontraba en el trabajo. Tras ella fue una furgoneta con sus cosas. Veinte minutos más tarde, entró en su nuevo hogar, una mansión de una finca ecuestre situada al este de la ciudad, donde Lew el Liquidador la esperaba con los brazos abiertos y un acuerdo prenupcial. Lew era un buitre que se alimentaba de los restos de las grandes corporaciones y cuyas incursiones le habían hecho ganar, según logró averiguar Ray posteriormente, unos quinientos millones de dólares. A sus sesenta y cuatro años había decidido recoger los beneficios y abandonar Wall Street. Por alguna razón, escogió Charlottesville para instalar su nuevo nido.

En algún momento del camino se había tropezado con Vicki, le había hecho una proposición y la había dejado embarazada de los hijos que tendrían que haber sido de Ray. En esos momentos, con una mujer que lucir y una nueva familia, deseaba que lo tomaran en serio como el nuevo Big Fish.

—¡Bueno, ya basta de estas historias! —exclamó Ray en voz alta.

Hablaba consigo mismo a más de mil quinientos metros de altitud y nadie le respondía.

Suponía y confiaba en que Forrest estuviera limpio y sobrio, aunque semejantes suposiciones resultaban con frecuencia equivocadas; y sus esperanzas, defraudadas. Después de veinte años de rehabilitaciones varias con sus consiguientes recaídas, dudaba seriamente que su hermano lograra superar sus múltiples adicciones. Además, estaba convencido de que Forrest se hallaba sin blanca, situación que iba de la mano de sus costumbres. Y si se hallaba sin blanca, seguramente andaría buscando dinero, por ejemplo en la herencia paterna.

El dinero que el juez no había donado en obras de caridad o a niños enfermos lo había enterrado en el pozo sin fondo de los tratamientos de desintoxicación de Forrest. Tantas habían sido las cantidades malgastadas y tanto el tiempo invertido que el juez acabó cortando, como solo él era capaz de hacer, toda relación paternofilial con Forrest. Durante treinta y dos años había puesto fin a matrimonios, apartado a hijos de sus padres, entregado niños a hogares de acogida, encerrado para siempre a enfermos mentales y metido a delincuentes en la cárcel; todas ellas decisiones de gran alcance que se cumplían ante la simple estampación de su firma en un documento. Cuando ocupó por primera vez su plaza en el estrado, recibió su autoridad del Estado de Mississippi; pero, después, las órdenes solo le llegaron de Dios.

Si alguien podía desterrar a un hijo, ese era el juez superior Reuben V. Atlee.

Forrest fingía que ese destierro le traía sin cuidado. Le gustaba verse como un espíritu libre y aseguraba que hacía al menos nueve años que no había puesto los pies en la casa de Maple Run. Había visitado al juez en el hospital cuando este sufrió su primer ataque al corazón, y los médicos llamaron a los familiares más cercanos. Sorprendentemente, ese día apareció sobrio.

—Llevo así cincuenta y dos días, hermano —le susurró orgullosamente mientras esperaban en el pasillo de la UCI.

Siempre que la desintoxicación funcionaba, su hermano se parecía a un libro de récords.

Si el juez había hecho planes para incluir a Forrest en su herencia, este sería sin duda el primer sorprendido. De lo que no cabía duda era de que, ante la oportunidad de que algunos bienes y dinero pudieran cambiar de manos, Forrest estaría allí buscando las sobras y las migajas.

Cuando alcanzó el cañón del río New, cerca de Beckley, al oeste de Virginia, Ray dio media vuelta y emprendió el regreso. Aunque volar resultaba más barato que someterse a terapia psicológica, tampoco salía gratis. El contador seguía funcionando. El día que le tocara la lotería, se compraría el Bonanza y volaría con él a todas partes. Dentro de unos años le tocaría uno sabático como compensación de los rigores de la vida académica. Para ello le pedirían que acabara su tocho de ochocientas páginas sobre los monopolios, aunque tampoco resultaba imposible que lo lograra. No obstante, su sueño era procurarse un Bonanza y desaparecer en el cielo.

A diecinueve kilómetros al oeste del aeropuerto llamó a la torre, que le indicó que siguiera las instrucciones de tráfico aéreo. El viento era flojo y variable, de modo que el aterrizaje no tendría complicaciones. Cuando se disponía a efectuar la aproximación final, con la pista a un par de kilómetros de distancia y mil quinientos metros bajo las alas y descendiendo suavemente, oyó a otro piloto en la radio que se identificó como «Challenger-dos-cuatro-cuatro-Delta-Mike». Se hallaba a veinte kilómetros al norte. La pista lo autorizó a aterrizar después del Cessna.

Ray apartó de su mente cualquier pensamiento de otro avión el tiempo suficiente para hacer un aterrizaje de libro. Luego, giró al final de la pista y se dirigió a la zona de aparcamiento.

El Challenger era un avión a reacción canadiense capaz de acomodar entre ocho y quince personas en función de cómo estuviera configurado. Podía volar de Nueva York a París sin escalas, con todo lujo de comodidades y con su propio auxiliar de vuelo sirviendo comida y bebidas. Uno nuevo costaba alrededor de veinticinco millones, en función de la interminable lista de accesorios disponibles.

El 244DM era propiedad de Lew el Liquidador, que lo había sacado de una de las muchas empresas quebradas que había liquidado y rapiñado. Ray lo observó aterrizar tras él y, durante un instante, deseó que se estrellara y se incendiara allí mismo, para poder disfrutar del espectáculo. No ocurrió, y, cuando el avión dio la vuelta y enfiló hacia los hangares, Ray se vio de repente en una situación incómoda.

Desde su divorcio, había visto a Vicki en un par de ocasiones y desde luego no deseaba volver a verla en esos momentos; no estando él a los mandos de un Cessna de veinte años mientras ella bajaba por la escalerilla de aquel dorado reactor. Con un poco de suerte no iría a bordo. Con un poco de suerte se trataría solo de Lew Rodowski que regresaba de otra de sus incursiones.

Cortó el combustible y el motor se detuvo mientras él se hundía todo lo posible en el asiento del piloto a medida que el Challenger se acercaba.

Cuando se detuvo, a menos de treinta metros de donde Ray se escondía, un reluciente todoterreno negro con las luces encendidas había entrado ya en pista, como si un miembro de la realeza hubiera aterrizado en Charlottesville. Dos jóvenes vestidos con idénticas camisas de color verde e idénticos pantalones cortos color caqui saltaron del vehículo, listos para recibir al Liquidador y a quien lo acompañara a bordo. La puerta del avión se abrió, la escalerilla fue desplegada, y Ray, asomándose por encima del tablero de instrumentos, tuvo una vista perfecta y contempló fascinado cómo uno de los pilotos bajaba primero con un montón de bolsas de compras. Vicki apareció a continuación con los gemelos. En esos momentos tenían dos años: Simmons y Ripley. A los pobres críos les habían puesto apellidos sin género en vez de nombres porque su madre era una idiota y su padre ya había engendrado a otros nueve antes que ellos y seguramente le daba igual cómo se llamasen. Eran dos chicos. Ray lo sabía porque se había enterado a través de la sección de sociedad —apartado Nacimientos y Defunciones— del periódico local. Habían nacido en el hospital Martha

Jefferson siete semanas y tres días después de que el impecable divorcio de sus padres fuera declarado definitivo y siete semanas y dos días después de que una muy embarazada Vicki contrajera matrimonio con Lew Rodowski, para quien se trataba ya del cuarto.

Vicki descendió por la escalerilla con cuidado, llevando a sus hijos de la mano. Los quinientos millones de dólares le sentaban realmente bien, igual que los vaqueros de importación que le ceñían las largas piernas, unas piernas que habían adelgazado notablemente desde que se paseaban con la *jet set*. Lo cierto era que a Vicki le sentaba estupendamente pasar hambre. Lo atestiguaban sus delgados brazos, su culo prieto y redondo y los altos pómulos. No pudo verle los ojos porque los llevaba ocultos tras unas enormes gafas negras y corridas que debían de ser el último grito en París, Londres o cualquier otra parte.

El que sin duda no pasaba hambre era el Liquidador, que esperaba con impaciencia para bajar detrás de su más reciente trofeo y su más reciente prole. Aseguraba que corría maratones, pero lo cierto era que casi todo lo que solía declarar en letra impresa resultaba mentira. Lo que no era mentira era su corpulencia y su barriga. Había perdido la mitad del pelo, y la mitad que le quedaba la tenía llena de canas. Ella tenía cuarenta y un años y podía pasar por treinta. Él tenía sesenta y cuatro y aparentaba setenta. Al menos eso fue lo que pensó Ray con satisfacción.

Al final subieron todos al todoterreno mientras los pilotos y los chóferes metían como podían en el maletero las grandes bolsas de Saks y Bergdorf, el resultado de unas rápidas compras en Manhattan, que solo se hallaba a veinte minutos de distancia a bordo del Challenger.

El espectáculo llegó a su fin cuando el automóvil aceleró y desapareció. Entonces, Ray pudo sentarse con normalidad en el Cessna.

Si no la hubiera odiado como la odiaba, se habría quedado allí sentado, rememorando su matrimonio.

No había habido aviso alguno. Ninguna pelea. Ningún cambio brusco de temperatura. Ella simplemente había aprovechado una oferta mejor.

Abrió la puerta de la avioneta para poder respirar y entonces se dio cuenta de que tenía el cuello de la camisa empapado en sudor. Se pasó la mano por la frente y bajó del avión.

Por primera vez desde que tenía memoria deseó no haber ido al aeropuerto.

3

La facultad de derecho se hallaba al lado de la escuela de negocios, y ambas estaban en el extremo norte de un campus que había crecido considerablemente partiendo de la pintoresca comunidad académica diseñada y construida por Thomas Jefferson.

Para tratarse de una universidad que tanto reverenciaba el estilo arquitectónico de su fundador, la facultad de derecho no era más que otro moderno edificio de cristal y ladrillo, tan anodino y falto de personalidad como la mayoría de los construidos en la década de los setenta. Sin embargo, recientes inversiones habían renovado agradablemente el paisaje exterior e interior. Figuraba entre las diez mejores del país, como bien sabían todos los que estudiaban y trabajaba en ella. Solo la superaban algunas de las que formaban la Ivy League.* Atraía todos los años a un millar de estudiantes y a un brillante claustro.

Ray se había contentado enseñando derecho financiero en la Northeastern, en Boston; pero algunos de sus artículos llamaron la atención del comité de selección, y una cosa llevó a la otra hasta que la perspectiva de mudarse a una universidad mejor y situada más al sur se le hizo irresistible. Vicki era de

---

* Nombre del grupo compuesto por las universidades privadas más selectas de Nueva Inglaterra (Harvard, Yale, Pensilvania, Princeton, Columbia, Brown, Dartmouth y Cornell). *(N. del T.)*

Florida y, aunque disfrutaba de la vida de Boston, nunca se había acostumbrado a sus inviernos. Enseguida se adaptaron al más tranquilo ambiente de Charlottesville. Él fue nombrado profesor honorario, y ella se doctoró en lenguas romances. Estaban considerando la posibilidad de tener hijos cuando el Liquidador irrumpió en escena.

Cuando un hombre dejaba embarazada a la esposa de otro y después se la llevaba, lo normal era que ese otro quisiera hacerle algunas preguntas. Y también a ella. Durante los días que siguieron a la marcha de Vicki, Ray no pudo pegar ojo de tantas preguntas que se le amontonaron en la cabeza; pero, a medida que el tiempo fue pasando, comprendió que nunca se enfrentaría cara a cara con ella, y las preguntas cayeron en el olvido. El encuentro en el aeropuerto las había resucitado todas de golpe. Ray volvía a planteárselas mientras dejaba el coche en el aparcamiento de la universidad y se encaminaba hacia su despacho.

Lo mantenía abierto hasta última hora para las visitas, sin que fuera necesario pedir cita. Cualquier estudiante era bienvenido. No obstante, estaban a mediados de mayo y los días eran cálidos, de modo que las visitas de alumnos escaseaban. Volvió a leer la citación de su padre y, una vez más, torció el gesto ante su habitual falta de delicadeza.

A las cinco en punto cerró el despacho, salió de la facultad y caminó por la acera hasta un complejo deportivo intramuros donde los alumnos de tercer año disputaban el segundo juego de un partido de *softball* a tres contra los profesores. Estos habían perdido el primero por una diferencia de escándalo. Los dos restantes eran innecesarios para determinar qué equipo era el mejor de los dos.

Oliendo sangre, los estudiantes de primer y segundo años no tardaron en acudir y ocupar las pequeñas gradas situadas tras la línea de la primera base, donde el equipo de los profesores estaba reunido para una inútil charla de estímulo previa al juego. Más lejos, en el campo izquierdo, algunos de los alumnos de primero con peor reputación se habían juntado alrededor de dos grandes neveras portátiles, y la cerveza había empezado a correr.

«No hay mejor lugar para estar en primavera que en un campus universitario», se dijo Ray mientras se acercaba y buscaba un lugar agradable donde acomodarse: chicas con shorts, neveras siempre a mano, alegría, fiestas improvisadas, el verano en ciernes… Tenía cuarenta y tres años, estaba sin pareja y anhelaba volver a ser un estudiante más. Todo el mundo decía que la enseñanza lo mantenía a uno joven. Puede que mentalmente vigoroso y despierto, eso sí. Pero lo que Ray deseaba era poder sentarse junto a los que armaban bulla y tirar los tejos a las chicas.

Un pequeño grupo de colegas suyos deambulaba tras la valla y sonrió valientemente cuando el escasamente impresionante equipo de los profesores saltó al campo: varios cojeaban y la mitad de ellos llevaban vendajes de rodilla o protecciones. Vio a Carl Mirk, uno de los decanos asociados y su mejor amigo, apoyado en la valla, con la corbata floja y la chaqueta al hombro.

—Menudo equipo patético tenemos —comentó Ray.

—Pues espera a verlos jugar —repuso Mirk.

Carl era de un pequeño pueblo de Ohio, donde su padre ejercía de juez local, de santo local y de abuelo de todos. Carl también había salido huyendo de allí y había jurado no volver.

—Me he perdido el primer juego —dijo Ray.

—Ha sido una carnicería. Diecisiete a nada tras las dos primeras entradas.

El bateador de los estudiantes envió la bola a la parte izquierda en un golpe de rutina; pero, para cuando el fildeador de la izquierda y el central lograron acercarse cojeando, rodear la bola, darle unos cuantos puntapiés, pelearse con ella y lanzarla de vuelta, el corredor había completado el recorrido. Los alborotadores del campo izquierdo se pusieron a gritar como locos mientras los estudiantes de las gradas pedían a gritos más fallos.

—La cosa se va a poner peor —dijo Mirk.

Y así fue. Tras unos cuantos errores más, Ray ya había visto bastante.

—Escucha, Carl —le dijo entre bateo y bateo—, a principios de la semana que viene estaré fuera. Me han llamado de casa.

—Ya veo que no te hace especial ilusión —contestó Mirk—. ¿Otro funeral?

—Todavía no. Mi padre ha convocado una reunión familiar para hablar de su herencia.

—Lo siento.

—No lo sientas. No hay mucho de que hablar y nada sobre lo que pelearse, así que no será agradable.

—¿Tu hermano?

—Sí. No sé quién es capaz de causar más problemas, si mi hermano o mi padre.

—Pensaré en ti.

—Gracias. Avisaré a mis alumnos y les dejaré unos trabajos preparados. Lo tengo todo previsto.

—¿Cuándo te marchas?

—El sábado. Debería estar de vuelta el martes o el miércoles, pero quién sabe…

—Aquí estaremos —contestó Mirk—, y confío que esta liguilla haya acabado para entonces.

Una bola de *softball* rodó entre las piernas del pícher sin que nadie la tocara.

—Creo que ya ha acabado —comentó Ray.

Nada ponía de peor humor a Ray que la idea de regresar al hogar paterno. Hacía más de un año que no había estado por allí, y si no volvía nunca más, tanto mejor.

Compró un burrito en un restaurante mexicano de comida para llevar y se lo comió en la terraza de un café, cerca de la pista de hielo, donde la habitual pandilla de *punks* se dedicaba a amedrentar a la gente normal. La vieja Main Street se había convertido en un agradable paseo peatonal lleno de bares, anticuarios y librerías de viejo, y si el tiempo era bueno, como solía serlo, los restaurantes montaban terrazas para cenar hasta tarde.

Cuando se había visto repentinamente sin pareja, Ray había decidido dejar la pintoresca casa de las afueras donde vivía y trasladarse al centro, donde la mayoría de los edificios antiguos habían sido restaurados y adaptados a un estilo de vida más moderno. Su piso de dos dormitorios se hallaba encima de una tienda de alfombras persas y tenía un pequeño balcón que daba a la calle peatonal. Al menos una vez al mes, Ray invitaba a sus alumnos a tomar una copa de vino y un plato de lasaña.

Era casi de noche cuando abrió la puerta de la acera y subió por los ruidosos escalones hasta su casa. Vivía realmente solo, sin pareja ni perro ni gato ni peces de colores. Durante los últimos dos años había conocido a un par de mujeres que le parecieron atractivas, pero no había salido con ninguna. La idea de una aventura amorosa le producía pavor. Una pizpireta estudiante de tercer año llamada Kathy le estaba haciendo proposiciones, pero él tenía sus defensas a punto. Su impulso sexual estaba tan adormecido que había considerado acudir a un especialista o echar mano de algún medicamento milagroso. Encendió la luz y comprobó si había mensajes en el teléfono.

Forrest había llamado, lo cual, si bien resultaba del todo infrecuente, no era completamente inesperado. Lo que sí parecía propio de él era no dejar un número de contacto. Se preparó un té descafeinado y puso un poco de jazz para relajarse antes de ocuparse de devolver la llamada. No dejaba de resultarle extraño que mantener una conversación con su único hermano le supusiera tamaño esfuerzo; pero lo cierto era que hablar con Forrest siempre lo deprimía. Ninguno de los dos tenía mujer ni hijos, nada en común salvo un padre y un apellido.

Marcó el número de la casa de Ellie, en Memphis. El telé-

31

fono sonó unas cuantas veces antes de que alguien contestara.

—Hola, Ellie —dijo en tono amable—. Soy Ray Atlee.

—Él no está —gruñó ella como si fuera la octava vez que Ray llamaba.

«Muy bien, Ellie, ¿y tú? Gracias por preguntar. Me alegro de oír tu voz. ¿Qué tal el tiempo por ahí?», fueron las distintas posibilidades en las que pensó Ray antes de añadir:

—Forrest me ha llamado.

—Ya te he dicho que no está.

—Te he oído. ¿Hay otro número?

—¿Para qué?

—Para hablar con Forrest. ¿Este sigue siendo el único donde se lo puede encontrar?

—Supongo. Pasa aquí la mayor parte del tiempo.

—Por favor, dile que lo he llamado.

Ellie y Forrest se habían conocido durante un programa de desintoxicación; ella, por la bebida; él, por el menú completo. En aquella época, pesaba menos de cincuenta kilos y aseguraba haber vivido exclusivamente de vodka durante casi toda su vida adulta. Al final, se quitó el vicio, salió limpia, triplicó su peso corporal y de algún modo se metió a Forrest en el bolsillo. Más madre que pareja, lo tenía en una habitación del sótano de su ancestral casa, un viejo y siniestro edificio victoriano de las afueras de Memphis.

Ray seguía con el teléfono en la mano cuando este volvió a sonar.

—Hola, hermano —dijo Forrest—. ¿Has llamado?

—Te devolvía el mensaje. ¿Cómo vas?

—Bien, iba tirando bastante bien hasta que recibí la carta del viejo. ¿Tú también has recibido una?

—Sí. Esta mañana.

—Parece que sigue pensando que es juez superior y nosotros unos simples padres delincuentes, ¿no crees?

—El juez siempre será el juez, Forrest. ¿Has hablado con él?

Se oyó un bufido al que siguió un breve silencio.

—Hace dos años que no hablo por teléfono con él, y ya no me acuerdo de cuándo fue la última vez que puse los pies en su casa. Además, tampoco estoy seguro de que vaya a estar allí el domingo.

—Yo creo que estarás.

—¿Has hablado con él?

—Hace tres semanas y porque llamé yo, no él. Me pareció muy enfermo, Forrest. No creo que dure mucho más. Creo que deberías pensar seriamente en…

—No empieces, Ray. No estoy para sermones.

Se produjo una pausa, un pesado silencio durante el cual ambos respiraron hondo. Por ser el adicto de una familia prominente, Forrest había sido sermoneado, aconsejado y reprendido desde que tenía uso de memoria.

—Lo siento —dijo Ray—. Yo pienso ir. ¿Y tú?

—Supongo que sí.

—¿Estás limpio?

Se trataba de una pregunta muy personal, pero que sin embargo resultaba tan rutinaria como preguntar qué tiempo hacía. Además, con Forrest la respuesta siempre era sincera y directa.

—Llevo ciento treinta y nueve días, hermano.

—Eso es estupendo.

Lo era y no lo era. Cada día de sobriedad constituía un alivio, pero que a esas alturas los siguiera contando uno tras otro resultaba deprimente.

—Y también tengo trabajo —añadió orgullosamente.

—No sabes cuánto me alegro. ¿Qué clase de trabajo?

—Llevo casos para un grupo de abogados locales, de esos que se anuncian por la tele y se pasean por los hospitales en busca de clientes. Me encargo de hacerlos firmar y me llevo una parte.

Resultaba difícil encontrar mérito a un trabajo tan repugnante; pero, tratándose de Forrest, cualquier trabajo representaba una buena noticia. Había sido fiador, auxiliar de juzgado, guardia de seguridad, investigador privado. A lo largo de las distintas etapas de su vida había probado con todos los trabajos de rango inferior relacionados con el ejercicio del derecho.

—No está mal —comentó Ray.

Forrest se lanzó a contarle cómo había empezado todo con una pelea a empujones en la sala de urgencias de un hospital, y Ray no tardó en dejar de prestarle atención. Su hermano también había trabajado de portero en un bar de *striptease*, ocupación que le duró poco cuando le dieron dos palizas seguidas la misma noche. También había pasado un año dando vueltas por México en una Harley Davidson nueva, viaje cuya financiación nunca había llegado a quedar clara. Después había intentado convertirse en matón a sueldo para un prestamista de Memphis, pero una vez más se mostró incompetente a la hora de manejar la violencia.

Los trabajos honrados nunca lo habían atraído, aunque para ser justos había que decir que la gente que lo entrevistaba solía ponerse en guardia ante sus antecedentes penales. Acumulaba dos condenas por robo, ambos relacionados con las drogas y cometidos antes de los veinte años, que eran dos baldones de los que no podía librarse.

—¿Piensas hablar con el viejo? —preguntó Forrest.

—No. Iré a verlo el domingo —contestó Ray.

—¿A qué hora llegarás a Clanton?

—No lo sé. Alrededor de las cinco, supongo. ¿Y tú?

—Dios ha dicho que a las cinco, ¿no?

—Sí, eso ha dicho.

—Entonces llegaré un poco más tarde. Ya nos veremos, hermano.

Ray pasó la siguiente hora dando vueltas alrededor del teléfono, preguntándose si debía llamar a su padre en ese momento para decirle hola, hasta que llegó a la conclusión que todo lo que pudiera decir en ese momento también podría decirlo más tarde y personalmente. El juez aborrecía los teléfonos, especialmente los que sonaban por la noche e interrumpían su soledad. La mayor parte de las veces se limitaba a no contestar; pero, si lo hacía, se mostraba tan brusco y grosero que la persona que había llamado no tardaba en lamentarlo.

Seguramente llevaría un pantalón negro y una camisa blanca, llena de pequeños agujeros producidos por las pavesas de su pipa, y muy almidonada porque así era como las había llevado siempre. Una camisa blanca de algodón podía durarle diez años, independientemente de la cantidad de manchas y agujeros, y se la hacía lavar y almidonar todas las semanas en la tintorería Mabe's, en la plaza. Su corbata sería tan vieja como su camisa y tendría algún tipo de anodino dibujo y poco color. Eso sí, siempre con tirantes azul marino.

Y también estaría muy atareado en su escritorio, situado bajo el retrato del general Forrest, en lugar de estar sentado en el porche, esperando ver llegar a sus hijos. Sin duda querría que ellos pensaran que tenía mucho trabajo, incluso a pesar de ser domingo por la tarde, y que su llegada no era al fin y al cabo tan importante.

4

El viaje en coche hasta Clanton duraba unas quince horas más o menos si uno adelantaba a los camiones que recorrían la abarrotada autopista de cuatro carriles y procuraba evitar los cuellos de botella de las grandes ciudades. Es decir, podía recorrerse en un día si uno tenía prisa. Y Ray no la tenía.

Metió algunas pertenencias en el maletero de su Audi TT descapotable que tenía desde hacía menos de una semana, no se despidió de nadie porque, a decir verdad, a nadie le importaba lo que hiciera o dejara de hacer, y salió de Charlottesville. No pensaba sobrepasar los límites de velocidad ni —si podía evitarlo— meterse por las carreteras de cuatro carriles. En eso consistía el desafío, en un viaje sin suburbios. En el asiento de piel del pasajero tenía mapas, un termo con café, tres puros habanos y una botella de agua.

A unos minutos del oeste de la ciudad giró a la izquierda, enfiló por la Blue Ridge Parkway y empezó a serpentear en dirección sur por las colinas. El TT era un modelo del año 2000 con un par de años en el mercado. Dieciocho meses antes, Ray había leído el anuncio de que el fabricante alemán se disponía a sacar un nuevo deportivo y se había apresurado a encargar el primero que iba a venderse en la ciudad. Aunque el concesionario le había asegurado que no tardaría en convertirse en un modelo popular, todavía no había visto ninguno más.

Se detuvo en uno de los miradores de la carretera, encendió

un puro y tomó un poco de café. Luego, levantó la capota y reemprendió el camino sin pasar de ochenta. Incluso a esa velocidad, Clanton lo esperaba amenazadoramente.

Cuatro horas más tarde, y mientras buscaba una gasolinera, Ray se encontró ante un semáforo de la calle principal de alguna ciudad de Carolina del Norte. Tres abogados cruzaron ante él, hablando a la vez y llevando carteras de piel tan gastadas como sus zapatos. Miró a su derecha y vio el edificio de unos tribunales. Miró a su izquierda y vio desaparecer a los tres individuos en un restaurante. De repente sintió hambre de comida y de los sonidos de la gente.

Se hallaban sentados en un reservado, cerca de la ventana, y seguían conversando mientras daban vueltas al café. Ray se acomodó en una mesa cercana y encargó un Club Sándwich a una veterana camarera que debía de llevar años sirviéndolos. «Un Club Sándwich y un vaso de té frío», anotó la mujer con todo detalle mientras Ray pensaba que el cocinero seguramente sería aún más viejo.

Los tres abogados habían pasado toda la mañana en el tribunal, negociando sobre una parcela de terreno situada en las montañas. La parcela se había vendido, luego había llegado la demanda, etcétera, etcétera, y en esos momentos estaba celebrándose el juicio. Habían llamado a testigos, citado precedentes y discutido todas las afirmaciones de la parte contraria hasta el punto de tener que tomarse un respiro.

Y pensar que eso es a lo que mi padre quería que yo me dedicara, pensó Ray, a punto de decirlo en voz alta, mientras se ocultaba tras el periódico que fingía leer y espiaba la conversación.

El sueño del juez Reuben V. Atlee había sido que su hijo terminara los estudios de derecho y volviera a Clanton. Entonces, él se retiraría de la judicatura y ambos abrirían un despacho en la plaza donde seguirían la honorable llamada de la vocación y él se encargaría de enseñarle cómo ser un abogado y un caballero de provincias.

Un abogado sin blanca, así era como lo había visto Ray. Al igual que todas las ciudades pequeñas del sur, Clanton rebosaba abogados, que se amontonaban en el edificio de oficinas que había ante el palacio de Justicia. Se ocupaban de la política, de los bancos, de los clubes cívicos y de las juntas escolares, incluso de las iglesias y de las ligas deportivas. ¿Exactamente en qué lugar de la plaza se suponía que tenía que encajar él?

Durante las vacaciones de verano del instituto y la universidad, Ray había trabajado como auxiliar de su padre —sin cobrar, naturalmente— y conoció a todos los abogados de Clanton. En su conjunto, no eran malas personas. El problema era que simplemente había demasiados.

Forrest se lanzó por el mal camino bastante temprano en la vida, lo cual todavía puso más presión a Ray para que siguiera a su padre por una vida de discreta pobreza. No obstante, Ray logró resistir la presión y, cuando finalizó su primer año en la facultad, se prometió solemnemente que no se quedaría en Clanton. Tardó otro años más en reunir el valor para decírselo a su padre, que pasó nueve meses sin dirigirle la palabra. El día en que Ray se graduó, Forrest se hallaba en la cárcel. El juez llegó tarde y se perdió el comienzo de la ceremonia, se sentó en un banco del fondo y se marchó temprano sin decir nada a su hijo. Hizo falta que sufriera el primer ataque al corazón para que volvieran a reunirse.

A pesar de todo, el dinero no había sido la razón principal de que Ray huyera de Clanton: Atlee & Atlee no había funcionado porque lo único que deseaba el socio más joven era escapar de la poderosa influencia de su progenitor.

El juez Atlee era un hombre prominente en una insignificante ciudad.

Ray repostó al salir de la ciudad y enseguida volvió a enfilar la carretera de montaña de las Blue Ridge conduciendo siempre a ochenta o menos. Se detuvo en varios miradores y disfrutó contemplando el paisaje. Procuró evitar las aglomeraciones urbanas y estudió los mapas. Tarde o temprano, todas las carreteras conducían a Mississippi.

Cerca de la frontera estatal con Carolina del Norte encontró un viejo motel que anunciaba aire acondicionado, televisión y habitaciones limpias por solo veintinueve dólares con noventa y nueve. Luego, comprobó que el cartel anunciador estaba un tanto oxidado y que la inflación y los canales de pago habían subido el precio a los cuarenta. Al lado había un bar abierto las veinticuatro horas donde se tomó la especialidad de la noche, un plato de albóndigas. Después de cenar, se sentó en un banco situado ante el motel, se fumó otro puro y observó los pocos coches que pasaban.

Al otro lado de la carretera, unos cien metros más adelante, había un cine al aire libre abandonado. La marquesina se había caído y estaba cubierta de malas hierbas y rastrojos; la gran pantalla y las vallas del perímetro llevaban años derrumbadas. En su día, Clanton también había contado con uno parecido, situado junto a la carretera principal que entraba en la ciudad. Era propiedad de una cadena de cines del norte y ofrecía a los habitantes de la localidad la habitual colección de comedias juveniles, películas de terror de serie B y de kung-fu, películas que atraían al público juvenil y que daban a los predicadores de la zona algo de lo que quejarse. En 1970, los poderes del norte decidieron una vez más contaminar el sur y enviaron películas porno.

Al igual que la mayoría de cosas, buenas y malas, la pornografía llegó tarde a Mississippi. Cuando los rótulos luminosos anunciaron *Las Animadoras*, el tráfico siguió pasando como si tal cosa. Cuando al día siguiente aparecieron junto al título «*XXX*», el tráfico se detuvo y en los bares y en la plaza empezaron a oírse todo tipo de comentarios airados. La primera función tuvo lugar un lunes por la noche ante un público reducido, curioso y bastante entusiasmado. Las reseñas del instituto fueron favorables, y el martes por la noche había un montón de adolescentes escondidos en el bosque, muchos de ellos con prismáticos, mirando con incredulidad. Después de los rezos del miércoles por la noche, los predicadores decidieron organizarse y lanzar una contraofensiva más inspirada en la intimidación que en la astucia.

Inspirándose en las iniciativas de los grupos defensores de los derechos civiles —grupos hacia los que no sentían la menor simpatía—, situaron sus rebaños en la entrada del cine con pancartas para que cantaran himnos y anotaran a toda prisa las matrículas de los coches que intentaban entrar.

Las proyecciones se interrumpieron como si alguien hubiera cerrado un grifo, y los directivos de la cadena presentaron una demanda exigiendo una inmediata compensación. Los predicadores presentaron la suya, y no fue ninguna sorpresa que el caso aterrizara en la mesa del juez Reuben V. Atlee, miembro de por vida de la Primera Iglesia Presbiteriana, descendiente de los Atlee que habían levantado el santuario original y profesor durante los últimos treinta años de las clases de la escuela dominical a la que asistían los viejos chivos del pueblo en el sótano de la iglesia.

Las vistas del juicio duraron tres días. Dado que ningún abogado de Clanton estaba dispuesto a defender *Las animadoras*, los ejecutivos de la cadena buscaron un bufete de Jackson para que los representara. Una docena de ciudadanos de Clanton declararon en contra de la película en nombre de los predicadores.

Diez años después de aquello, cuando estaba en la facultad, Ray tuvo ocasión de revisar las argumentaciones de su padre sobre el caso. El juez, siguiendo la orientación de la mayoría de los casos federales, decidió proteger los derechos de los demandantes con ciertas limitaciones y, citando un caso de obscenidad resuelto por el Tribunal Supremo, permitió que se continuara con la exhibición de la película.

Desde un punto de vista ajustado a derecho, el veredicto no había podido ser más impecable; políticamente, no pudo ser peor. Nadie quedó satisfecho. El teléfono de casa del juez empezó a sonar con llamadas amenazadoras, y los predicadores señalaron a Reuben Atlee como traidor. «¡Que espere a las próximas elecciones!», clamaron desde los púlpitos.

Un torrente de cartas inundó las redacciones del *Clanton Chronicle* y del *Ford County Times*, todas ellas reprochando al juez que hubiera permitido que semejante basura contaminara su inmaculada comunidad. Cuando el juez se hartó por fin de tantas críticas, tomó la decisión de explicarse públicamente. Para ello, escogió un domingo y la Primera Iglesia Presbiteriana como tiempo y lugar. Como siempre ocurría en Clanton, la noticia corrió igual que la pólvora. Llegado el momento, el juez caminó solemnemente por el alfombrado pasillo principal de la abarrotada iglesia y subió al púlpito. Medía más de metro ochenta y era corpulento. Su severo traje negro le confería un aire de autoridad.

—Un juez que cuenta los votos antes de un juicio debería entregar su toga y huir a otro estado —empezó diciendo con gravedad.

Ray y Forrest se hallaban sentados lo más lejos posible, en un rincón del piso superior, los dos al borde de las lágrimas. Habían suplicado a su padre que les permitiera no asistir a la misa, pero tal cosa resultaba inadmisible en cualquier circunstancia.

El juez siguió explicando a los menos informados que resultaba necesario atenerse a los precedentes legales al margen de las opiniones personales de cada uno y que los buenos jueces se atenían a lo que señalaba la ley, mientras que los malos jueces seguían el dictado de las multitudes. Eran los malos jueces quienes obraban en función de los votos y después gritaban que era trampa cuando sus cobardes veredictos eran rebatidos por tribunales superiores.

—Podéis llamarme lo que os plazca —declaró ante una silenciosa multitud—, pero no soy ningún cobarde.

Ray todavía podía ver con toda claridad a su padre en la distancia, de pie igual que un gigante.

Al cabo de una semana, más o menos, los demandantes se cansaron y la película porno desapareció. Kung-fu regresó para vengarse, y todo el mundo se sintió satisfecho. Dos años después, el juez Reuben V. Atlee recibió como siempre casi el ochenta por ciento de los votos del condado de Ford.

Ray arrojó la colilla del puro a unos arbustos, se levantó y caminó lentamente hacia su habitación. La noche era fresca, de modo que abrió una ventana y estuvo escuchando un rato el ruido de los coches que salían de la ciudad y se adentraban en las colinas.

5

Cada calle tenía su historia; cada edificio, su memoria. Los que habían tenido la fortuna de disfrutar de una infancia feliz podían recorrer las calles de su ciudad natal y rememorar dichosamente los años pasados. Los demás eran llevados a la fuerza por el deber y se marchaban en cuanto podían. Ray apenas llevaba un cuarto de hora en Clanton y ya estaba impaciente por largarse.

La ciudad había cambiado, pero no tanto. A ambos lados de la carretera principal que llevaba hasta allí se amontonaban las construcciones de chapa barata y las caravanas, todas muy juntas unas con otras, para tener visibilidad. El condado de Ford carecía de plan urbanístico, de modo que cualquier propietario de un terreno podía construir en él lo que le diera la gana sin necesidad de permisos, inspecciones, normas, aviso previo a los vecinos, sin nada de nada. Solo las granjas de cerdos y las centrales nucleares necesitaban una autorización. El resultado era un batiburrillo de casas que se hacía más y más feo a cada año que pasaba.

Sin embargo, el caso antiguo, cerca de la plaza, no había cambiado en absoluto. Las largas y sombreadas calles seguían tan limpias y pulcras como cuando Ray las había recorrido con su bicicleta. La mayoría de las casas seguían siendo propiedad de gente a la que conocía, y si esta había fallecido, sus sucesores mantenían el césped igual de cuidado; y las contra-

43

ventanas, pintadas. Solo unas pocas, las que habían sido abandonadas, tenían aspecto descuidado.

En aquel territorio, profundamente anclado en la Biblia, la norma no escrita seguía estableciendo que los domingos había poco que hacer salvo ir a la iglesia, sentarse en los porches, visitar a los vecinos y relajarse, descansar como Dios había dicho que era menester hacerlo.

Para tratarse de un día de mayo, estaba nublado y hacía fresco. Mientras paseaba por las viejas calles matando el tiempo hasta la hora señalada, Ray intentó concentrarse en los recuerdos felices que guardaba de Clanton. Estaba el parque Dizzy Dean, donde había jugado la liguilla con The Pirates, y también estaba la piscina pública, donde se había bañado todos los veranos excepto el de 1969, cuando el ayuntamiento decidió cerrarla antes que admitir a niños negros. Estaban las iglesias, la baptista, la metodista y la presbiteriana, situadas una frente a otra en el cruce de la calle Segunda y Elm como severos centinelas cuyos campanarios compitieran para ver cuál era más alto. En esos momentos estaban vacías, pero antes de una hora los fieles más piadosos se reunirían allí para el servicio de tarde.

La plaza se hallaba tan desierta y sin vida como las calles que a ella conducían. Con sus ocho mil habitantes, Clanton era lo bastante grande para haber atraído a las grandes cadenas de descuento que habían barrido a tantas ciudades pequeñas; pero allí la gente había seguido fiel a sus comercios del centro, y en la plaza no se veía un solo establecimiento tapiado, lo cual casi resultaba un pequeño milagro. Los comercios se mezclaban con los bancos y las oficinas, todas cerradas al ser domingo.

Pasó lentamente con el coche junto al cementerio y se acercó al sector más antiguo, donde descansaban los Atlee y donde las lápidas eran mayores. Algunos de sus antepasados habían erigido monumentos para sus muertos, y Ray siempre había dado por hecho que la fortuna familiar que no había llegado a ver tenía que estar enterrada bajo esas piedras. Aparcó y caminó hasta la tumba de su madre, cosa que no había hecho en años. Ella se encontraba enterrada entre los Atlee, pero en un extremo del camposanto porque casi no había pertenecido al clan.

Clay pensó que pronto, antes de una hora, se hallaría en el estudio del juez, sentado y con una taza de té instantáneo, recibiendo precisas instrucciones de cómo debía dar descanso eterno a su señoría. Sin duda le esperaban un montón de órdenes e indicaciones porque el juez era un gran hombre que se preocupaba mucho por la forma que deseaba ser recordado.

Volvió al coche, siguió circulando despacio y dejó atrás la torre del agua, a la que había trepado en un par de ocasiones, la segunda con la policía esperándolo abajo. Al pasar junto a su antiguo colegio torció el gesto. Era uno de tantos lugares que no había vuelto a visitar. Tras él se encontraba el campo de fútbol donde Forrest Atlee había ganado fácilmente a los contrarios y casi se había hecho famoso antes de que lo expulsaran del equipo.

Faltaban veinte minutos para las cinco del domingo 7 de mayo, la hora de la cita familiar.

No había señales de vida en Maple Run. El césped de la entrada había sido cortado recientemente, y el Lincoln negro del juez se hallaba aparcado en la parte de atrás. Aparte de esos dos indicios, nada hacía pensar que alguien viviera allí desde hacía años.

La fachada principal de la casa estaba dominada por cuatro grandes columnas que sostenían un pórtico. Ray las recordaba de su infancia, pintadas de blanco; pero, en esos momentos, se hallaban cubiertas de hiedra y plantas trepadoras que llegaban hasta el tejado y lo invadían todo: parterres, macetas y caminos de acceso.

Los recuerdos lo impactaron con fuerza cuando detuvo el coche ante la entrada y contempló el estado en que se hallaba lo que en su día había sido una casa magnífica. Y, una vez más, también afloró el sentimiento de culpa, la insensata ocurrencia de que tendría que haberse quedado, seguido los deseos del viejo y haber fundado el bufete de Atlee & Atlee, haberse casado con alguna de las chicas de la localidad y haber tenido media docena de hijos que en esos momentos estarían viviendo en Maple Run, donde alegrarían los últimos momentos de la vida de su abuelo.

Cerró la puerta del coche tan ruidosamente como pudo, confiando en alertar a cualquiera que debiera ser alertado; pero el silencio de Maple Run amortiguó suavemente el portazo. La casa vecina de la izquierda era otra vieja reliquia habitada por una familia de solteronas que llevaban años muriéndose. También era de antes de la guerra, pero le faltaban las malas hierbas y en su lugar disfrutaba de la sombra de cuatro de los más viejos robles de Clanton.

Alguien debía de haber limpiado recientemente los peldaños del porche porque, junto a la puerta, ligeramente entreabierta, había una escoba. El juez siempre se había negado a tener la casa cerrada, y puesto que esta carecía de aire acondicionado, dejaba abiertas puertas y ventanas las veinticuatro horas del día.

Ray respiró hondo y empujó la puerta hasta que golpeó con el tope e hizo ruido. Entró lentamente y esperó que el olor, fuera cual fuera, lo golpeara. El juez había tenido durante muchos años un gato, un animal con muy malas costumbres, y la casa llevaba su huella. Sin embargo, el gato hacía tiempo que había desaparecido, y lo que se respiraba en la casa no resultaba en absoluto desagradable. El aire estaba cargado de polvo y de aroma a tabaco de pipa.

—¿Hay alguien en casa? —preguntó Ray, pero sin gritar demasiado.

El vestíbulo, al igual que el resto de la casa, servía para almacenar cajas con los papeles y los viejos expedientes a los que el juez se aferraba como si tuvieran alguna importancia. Llevaban allí desde que el condado lo había expulsado de su despacho del tribunal. Ray miró a su derecha, al comedor, donde nada había cambiado en cuarenta años. Luego, fue por el pasillo, igualmente lleno de cajas. Siguió adelante unos pasos y se asomó al estudio de su padre. El juez estaba dando una cabezada en el sofá.

Ray retrocedió rápidamente y fue a la cocina, donde todo estaba limpio y no vio platos sucios amontonándose en el fregadero. La cocina siempre solía estar patas arriba, pero no ese día. Encontró un refresco bajo en calorías en la nevera y se sentó a la mesa, debatiéndose entre despertar a su padre o posponer lo inevitable. El viejo estaba enfermo y necesitaba descansar, de modo que Ray se tomó el refresco con calma y esperó a que el reloj marcara las cinco en punto.

Forrest aparecería. Estaba seguro de ello. Se trataba de una reunión demasiado importante para que se la saltara. Su hermano siempre se había negado a llevar reloj y aseguraba que nunca sabía qué día era. La mayoría de la gente lo creía.

Exactamente a las cinco, Ray decidió que estaba cansado de esperar. Había hecho un largo viaje y quería dejar el asunto resuelto. Entró en el estudio y vio que su padre no se había movido. Durante un rato se quedó inmóvil, resistiéndose a despertarlo pero, al mismo tiempo, sintiéndose como un intruso.

El juez llevaba el mismo pantalón negro y la misma almidonada camisa blanca que Ray recordaba haberle visto siempre, tirantes azul marino, sin corbata, y zapatos negros de cordones. Había adelgazado mucho, y parecía como si la ropa se lo hubiera tragado. Tenía el rostro enjuto y pálido, y llevaba el ralo cabello peinado hacia atrás con brillantina. Había cruzado las manos sobre el pecho, unas manos casi tan blancas como la camisa.

Junto a ellas, prendido a la cintura del pantalón, había una cajita de plástico. Ray se acercó un paso, silenciosamente, para verla mejor. Se trataba de un paquete de morfina.

Ray cerró los ojos unos instantes. Luego, volvió a abrirlos y recorrió el estudio con la mirada. El escritorio de persianilla, situado bajo el general Forrest, no había cambiado desde el principio de los tiempos. La vieja máquina de escribir Underwood seguía en el mismo sitio, junto a una pila de papeles. Un poco más allá, había un gran escritorio de caoba dejado allí por el mismo Atlee que había luchado a las órdenes del general.

Allí, bajo la mirada del general Nathan Bedford Forrest, de pie en medio de una estancia en la que el tiempo parecía haberse detenido, Ray empezó a darse cuenta de que su padre no respiraba. Lo comprendió lentamente. Carraspeó y no obtuvo la menor respuesta. Entonces, se inclinó y le palpó la muñeca. No tenía pulso.

El juez Reuben V. Atlee estaba muerto.

6

Había una vieja mecedora de mimbre con un cojín desgarrado y una arrugada manta en el respaldo. Nadie la había utilizado nunca salvo el gato. Ray retrocedió y se dejó caer en ella porque era el lugar más próximo donde sentarse. Allí estuvo largo rato, frente al sofá, esperando que su padre despertase, que volviera a respirar, que se sentara, tomara el mando de la situación y preguntara: «¿Dónde está Forrest?».

Pero el juez seguía inmóvil. La única respiración que se escuchaba en Maple Run eran los jadeantes intentos de Ray por serenarse. La casa estaba en silencio; y el ambiente aún más pesado. Contempló las pálidas manos, que descansaban pacíficamente, y por un instante esperó verlas alzarse y descender, lentamente, mientras se reanudaba el riego sanguíneo y los pulmones se llenaban y vaciaban de aire. Pero nada de eso ocurrió. Su padre estaba más rígido que una vara, con las manos y los pies juntos, con el mentón descansando sobre el pecho, como si en el momento de haberse tumbado hubiera sabido que aquel descanso iba a ser el eterno. En sus labios asomaba un atisbo de sonrisa: el poderoso narcótico había anulado el dolor.

Lentamente, la sorpresa fue cediendo paso a las preguntas. ¿Cuánto rato llevaba muerto? ¿El cáncer había acabado finalmente con él o había sido la morfina? ¿Acaso había alguna diferencia? ¿Lo habría escenificado a propósito para sus hijos?, y aunque no fuera de gran ayuda, ¿dónde demonios se había metido Forrest?

A solas con su padre por última vez, Ray contuvo las lágrimas y también los habituales reproches de por qué no había llegado antes, por qué no había ido más a menudo. Por qué no había llamado o escrito con mayor frecuencia. La lista podía resultar interminable si él lo permitía.

En lugar de eso, por fin se puso en movimiento. Se arrodilló silenciosamente al pie del sofá, descansó levemente la cabeza en el pecho de su padre y murmuró:

—Te quiero, papá.

Acto seguido, elevó una breve oración. Cuando se levantó, tenía lágrimas en los ojos, y no era eso lo que quería. Su hermano menor llegaría en cualquier momento, y Ray estaba decidido a manejar la situación sin excesos emocionales.

En la mesa de caoba encontró un cenicero con dos pipas. Una estaba vacía; la otra, llena de tabaco fumado recientemente y aún tibia. Al menos eso le pareció, aunque no estaba seguro. Se imaginó al juez fumando mientras ponía en orden los papeles de su mesa para que sus hijos no vieran demasiado desorden, lo vio estirarse en el sofá cuando le sobrevino el dolor, tomándose una dosis de morfina y quedándose dormido.

Junto a la Underwood había uno de los sobres membretados del juez donde este había escrito a máquina: «Testamento y últimas voluntades de Reuben V. Atlee». Debajo aparecía la fecha del día anterior, «6 de mayo de 2000». Ray lo cogió y salió de la habitación. Sacó otro refresco de la nevera y fue al porche delantero, donde se sentó en el balancín y esperó a Forrest.

¿Debía llamar a la funeraria para que se llevaran el cadáver antes de que su hermano llegara? Le dio vueltas furiosamente a la cuestión durante un momento; luego, leyó el testamento. Se trataba de un sencillo documento de una sola página que no albergaba sorpresa alguna.

Entonces decidió que esperaría hasta las seis y, si Forrest no había aparecido aún, avisaría a la funeraria.

El juez seguía muerto cuando Ray regresó al estudio, lo cual no fue ninguna sorpresa. Dejó el sobre junto a la máquina de escribir y examinó algunos documentos, sintiéndose extraño al hacerlo. Sin embargo, iba a ser el albacea de la herencia y no tardaría en hacerse cargo de todos los papeles. Tendría que hacer el inventario del caudal hereditario, pagar las facturas y hacer que el tribunal de testamentarías aprobara la liquidación de los últimos bienes de la familia Atlee. El testamento lo repartía todo entre los dos hijos, de modo que la sucesión sería sencilla y estaría, en principio, libre de problemas.

Mientras mataba el tiempo en espera de que llegara su hermano, Ray curioseó por el estudio, procurando no hacer ruido y bajo la atenta mirada del general Forrest. Los cajones del escritorio estaban llenos de material de oficina. Un montón de cartas se apilaban encima de la mesa de caoba.

Tras el sofá había una pared llena de estantes abarrotados de libros de leyes que parecían haber acumulado el polvo de décadas. Los estantes eran de nogal y habían sido un regalo que había hecho con sus propias manos un asesino a quien el abuelo del juez había sacado de la cárcel a finales del siglo anterior; al menos eso decía la historia de la familia, incuestionada hasta la llegada de Forrest. Los estantes se apoyaban en una larga cómoda de nogal de unos noventa centímetros de altura que tenía seis pequeñas puertas y que se destinaba a guardar cosas. Ray nunca había mirado en su interior. El sofá estaba situado delante de ella y la ocultaba casi por completo.

Una de las puertas se hallaba abierta, y en su interior Ray alcanzó a ver un ordenado montón de cajas de color verde oscuro de una tienda de material de oficina llamada Blake & Son, el mismo tipo de caja y etiqueta que Ray había visto toda su vida. Blake & Son era una vieja empresa de Memphis especializada en papel membretado donde compraban prácticamente todos los abogados y jueces del estado. Se agachó para ver mejor. El interior de la cómoda era estrecho y sombrío.

Una caja de sobres sin la tapa se hallaba junto a la puerta abierta del armarito, a escasos centímetros del suelo. Sin embargo, lo que había en su interior no eran sobres sino dinero. La caja estaba llena de billetes de cien dólares, cientos de ellos pulcramente guardados en una caja que tenía treinta centímetros de ancho por cuarenta y cinco de largo y doce de alto. Cogió la caja y la encontró pesada. Había muchas más ocultas en el interior de los armarios de la cómoda.

Sacó otra al azar y vio que también estaba llena de billetes de cien. Lo mismo le ocurrió con la tercera. Los billetes de la cuarta iban pulcramente agrupados por sus fajines donde se veía la cifra «2.000 $». Rápidamente contó cincuenta y tres fajines.

Ciento seis mil dólares.

Poniéndose a cuatro patas detrás del sofá y teniendo cuidado de no tocarlo y molestar a nadie, Ray abrió las cinco puertas restantes. Al menos había una veintena de cajas de Blake & Son.

Se levantó y caminó afuera del estudio, cruzó el vestíbulo y salió al porche en busca de aire fresco. La cabeza le daba vueltas, y cuando se sentó en los escalones una gota de sudor le rodó por el puente de la nariz y le cayó en el pantalón.

A pesar de que le costaba pensar con total claridad, Ray fue capaz de hacer un rápido cálculo. Suponiendo que hubiera un total de veinte cajas y que cada una contuviera unos cien mil dólares, la suma excedía ampliamente lo que el juez hubiera podido ganar a lo largo de sus treinta y dos años de ejercicio. Además, su cargo había sido a tiempo completo y no se había dedicado a actividades paralelas. Por si fuera poco, sus ingresos desde su derrota nueve años antes habían sido casi nulos. Tampoco se dedicaba a las apuestas, y por lo que Ray sabía, nunca había comprado ni vendido en bolsa.

Un coche se acercó por la calle. Ray se quedó petrificado,

temiendo que se tratara de Forrest. El vehículo pasó, y Ray se puso en pie de un salto y corrió al estudio. Levantó un extremo del sofá y lo apartó unos centímetros de la cómoda. Luego, hizo lo mismo con el otro lado. Se puso de rodillas y empezó a sacar las cajas de Blake & Son. Cuando tuvo apiladas cinco, las cogió y las llevó a la cocina, a un pequeño cuarto situado detrás de la despensa, donde Irene, la doncella, siempre había guardado las escobas y las fregonas, las mismas que seguían en su sitio sin que nadie las hubiera tocado desde su muerte. Ray apartó las telarañas a manotazos y dejó las cajas en el suelo.

El cuarto carecía de ventanas y no se veía desde la cocina.

Ray miró hacia la calle por la ventana del salón y no vio a nadie, de modo que corrió nuevamente al estudio, donde apiló siete cajas que dejó también en el escobero. Otra mirada a la calle, y otra carrera al estudio, donde su padre parecía arrugarse por momentos. Tras dos viajes más, la tarea quedó concluida. En total veintisiete cajas, todas ellas debidamente guardadas y a salvo donde nadie podría encontrarlas.

Eran casi las seis cuando Ray fue a su coche y cogió la bolsa de viaje. Necesitaba una camisa y un pantalón limpios. La casa era un nido de polvo, y cualquier cosa que tocaba dejaba mancha. Se lavó y se secó con una toalla en el único baño de la planta baja. Luego, ordenó el estudio, puso el sofá en su sitio y recorrió las habitaciones en busca de más cómodas.

Se hallaba en el primer piso, en el dormitorio del juez, con la ventana subida, cuando oyó que un coche se acercaba por la calle. Corrió escalera abajo y logró sentarse en el balancín del porche justo antes de que Forrest aparcara detrás de su Audi. Ray respiró hondo y procuró serenarse.

El shock de descubrir a su padre muerto ya había sido suficiente, de modo que el hallazgo del dinero lo había dejado temblando.

Forrest subió los peldaños de la entrada tan despacio como pudo, con las manos hundidas en los bolsillos de sus pantalones blancos de pintor. También llevaba unas relucientes botas militares con cordones de un llamativo color verde. Como de costumbre, diferente.

—Hola, Forrest —dijo Ray en voz baja, y su hermano alzó la cabeza para mirarlo.

—Hola, hermano.

—Está muerto.

Forrest se detuvo y lo estudió con la mirada un momento antes de volver la vista hacia la calle. Vestía una vieja americana marrón encima de una camiseta roja, un conjunto que solo se le habría podido ocurrir a él y que solo él habría sido capaz de llevar. Siendo como era el único autoproclamado espíritu libre de Clanton, siempre había hecho lo indecible para ir a contracorriente, ser guay, vanguardista y despreocupado.

Estaba un poco más gordo, pero los kilos de más le sentaban bien.

Su largo y rubio cabello se poblaba de canas mucho más deprisa que el de Ray, y llevaba una vieja gorra de béisbol.

—¿Dónde está? —quiso saber Forrest.

—Dentro.

Forrest abrió la puerta de tela metálica, y Ray lo siguió al interior. Se detuvo en la puerta del estudio y ladeó la cabeza, como si no supiera qué hacer a continuación. Por un instante, Ray temió que fuera a desmayarse. A pesar de que intentaba hacerse el duro, su hermano siempre tenía las emociones a flor de piel.

—¡Oh, Dios mío! —farfulló antes de caminar torpemente hacia la mecedora y dejarse caer en ella sin dejar de contemplar al juez con aire anonadado—. ¿Realmente está muerto? —logró articular apretando los dientes.

—Sí, Forrest.

Tragó saliva y luchó por frenar las lágrimas.

—¿Cuándo has llegado? —preguntó al fin.

Ray se sentó en un taburete y se volvió hacia su hermano.

—Alrededor de las cinco. Entré, me asomé y creí que estaba durmiendo. Entonces me di cuenta de que estaba muerto.

—Lamento que hayas tenido que ser tú quien lo encontrara —dijo Forrest, enjugándose las lágrimas de las comisuras de los ojos.

—A alguien tenía que tocarle.

—¿Y qué hacemos ahora?

—Llamar a la funeraria.

Forrest asintió como si supiera exactamente lo que había que hacer en aquellas circunstancias. Se levantó trabajosamente, se acercó al sofá y acarició las manos de su padre.

—¿Cuánto tiempo lleva muerto? —Su voz sonó ronca y estrangulada.

—No lo sé. Yo diría que unas horas.

—¿Qué es eso?

—Un estuche de morfina.

—¿Crees que se pasó con la dosis?

—Eso espero —contestó Ray.

—Me parece que tendríamos que haber estado aquí.

—No empecemos con eso, ¿vale?

Forrest contempló la estancia como si nunca hubiera estado allí. Se acercó al escritorio de persianilla y miró la máquina de escribir.

—Supongo que después de todo ya no va a necesitar una cinta nueva.

—Supongo que no —repuso Ray mirando de soslayo la cómoda de detrás del sofá—. Hay un testamento, por si quieres leerlo. Lleva firma y fecha de ayer.

—¿Qué dice?

—Que nos lo repartamos todo. Me nombra albacea.

—Claro. —Rodeó la mesa de caoba y echó un rápido vistazo a los papeles que la cubrían—. Hace nueve años que no pisaba esta casa. Cuesta creer, ¿verdad?

—Cierto.

—La última vez fue después de que perdiera las elecciones. Le dije que lamentaba mucho que los votantes le hubieran dado la espalda y le pedí un poco de dinero. Tuvimos unas palabras.

—Vamos, Forrest, ahora no.

Las historias de las peleas entre Forrest y el juez eran inacababables.

—Al final, nunca me dio ese dinero —murmuró mientras abría uno de los cajones del escritorio—. Supongo que tendremos que revisar todo esto, ¿no?

—Sí, pero no ahora.

—Encárgate tú, Ray. Eres el albacea. Te toca el trabajo sucio.

—Tenemos que avisar a la funeraria.

—Necesito un trago.

—No, Forrest, por favor.

—No te molestes, Ray. Me tomaré un trago siempre que me dé la gana.

—Sí. Eso es algo que has demostrado cientos de veces. Acompáñame. Llamaremos a los de la funeraria y saldremos al porche a esperar que lleguen.

El primero en aparecer fue un policía, un joven de cabeza rapada con todo el aspecto de haber sido interrumpido en su siesta dominguera. Formuló unas cuantas preguntas bajo el porche de la casa y después entró para ver el cuerpo. Había unos cuantos formularios que rellenar, y Ray se ocupó de hacerlo mientras preparaba una jarra de té frío instantáneo con mucho azúcar.

—¿Causa de la muerte? —preguntó el policía.

—Cáncer, problemas cardíacos, diabetes, vejez… —contestó Ray mientras él y su hermano se mecían en el balancín de la entrada.

—¿Le parece bastante? —preguntó Forrest, haciéndose el duro. Fuera cual fuera el respeto que hubiera sentido hacia la policía, hacía tiempo que lo había olvidado.

—¿Piensan solicitar una autopsia?

—No —respondieron al unísono los dos.

El policía acabó de rellenar los formularios y se los hizo firmar a ambos.

—A partir de este momento, la noticia correrá como la pólvora —comentó Ray mientras el agente se alejaba.

—No en nuestra y encantadora pequeña ciudad.

—Cuesta creer, ¿no?, que haya gente por aquí que se dedique a chismorrear.

—Bueno, llevo veinte años dándoles materia de la que hablar.

—La verdad es que sí.

Estaban sentados hombro con hombro, con vasos vacíos en la mano.

—Bueno, ¿qué hay de la herencia? —preguntó Forrest al fin.

—¿Quieres ver el testamento?

—No hace falta, cuéntamelo.

—Hizo una lista de sus bienes: la casa, los muebles, el coche, los libros y seis mil dólares en el banco.

—¿Eso es todo?

—Eso es todo lo que menciona —dijo Ray evitando mentir.

—Seguramente tiene que haber más dinero que ese en alguna parte —comentó Forrest, listo para empezar a buscar.

—Supongo que debió de donarlo.

—¿Y qué me dices de su pensión del Estado?

—Se la gastó cuando perdió las elecciones. Aquello le costó miles de dólares. Supongo que debió de donar el resto.

—No pensarás joderme, ¿verdad, Ray?

—Vamos, Forrest. No hay nada por lo que pelearse.

—¿Tenía deudas?

—Según dice, no.

—¿Algo más?

—Puedes leer el testamento, si quieres.

—Ahora no.

—Lo firmó ayer.

—¿Crees que lo tenía todo planeado?

—Al menos, eso parece.

Un coche fúnebre negro de Magargel's Funeral Home apareció por la calle y se detuvo ante Maple Run.

Forrest hundió la cabeza entre las manos y rompió a llorar.

7

Tras el coche de la funeraria llegó el forense del condado, Thurber Foreman, conduciendo la misma camioneta Dodge roja que conducía cuando Ray iba a la escuela, y tras Thurber apareció el reverendo Silas Palmer, de la Primera Iglesia Presbiteriana, un pequeño escocés de edad indeterminada que había bautizado a los hijos del juez. Forrest se levantó y fue a esconderse en el jardín de atrás mientras Ray saludaba al grupo bajo el porche y recibía sus respectivos pésames. El señor B. J. Magargel, de la funeraria, y el reverendo Palmer parecían hallarse al borde del llanto. Thurber había visto incontables cadáveres y aquel no tenía interés económico para él, de modo que se mostró indiferente, al menos de momento.

Ray los condujo al estudio, donde todos contemplaron respetuosamente el cadáver del juez Atlee el tiempo suficiente para que Thurber lo declarara oficialmente fallecido. Lo hizo sin pronunciar palabra, asintiendo sombríamente a Magargel.

—Está muerto —dijo—. Se lo puede llevar cuando quiera.

El señor Magargel respondió con un silencioso gesto de cabeza, siguiendo las pautas de un ritual que habían repetido cientos de veces.

Thurber sacó una hoja de papel y preguntó cuatro cosas básicas: el nombre completo del juez, su fecha y lugar de nacimiento y nombre de los parientes más cercanos. Por segunda vez, Ray rechazó la sugerencia de una autopsia.

Luego, él y el reverendo Palmer se retiraron y fueron a sentarse a la mesa del comedor. El párroco se mostró mucho más afectado que el hijo. Sentía veneración por el juez y aseguraba que era uno de sus más íntimos amigos.

Una misa de funeral en nombre de alguien de la talla de Reuben V. Atlee atraería a buen número de amigos y admiradores, de modo que debía planearse con la debida antelación.

—Reuben y yo hablamos de ello no hace mucho —comentó Palmer con voz baja y ronca, a punto de echarse a llorar en cualquier momento.

—Eso está bien.

—Él mismo escogió los himnos y las lecturas y también hizo una lista de quiénes debían portar el féretro.

Ray todavía no había pensado en semejantes detalles. Quizá se le habrían ocurrido de no haberse tropezado con unos cuantos millones de dólares en efectivo. Su saturado cerebro escuchaba a Palmer al tiempo que pensaba en el cuarto de las escobas. La cabeza no tardó en darle vueltas. De repente se sintió inquieto ante la idea de que Thurber y Magargel pudieran quedarse a solas con el juez en el estudio. Relájate, se repitió insistentemente.

—Gracias —dijo al fin, sinceramente aliviado por que alguien se hubiera ocupado de los detalles.

El ayudante del señor Magargel entró empujando una camilla por el pasillo y tuvo que maniobrar para conseguir meterla en el estudio del juez.

—Tu padre también deseaba un velatorio —anunció el reverendo.

Los velatorios formaban parte de la costumbre y constituían el preludio necesario de todo entierro como era debido, especialmente entre la gente de más edad.

Ray asintió.

—Aquí, en la casa —precisó el reverendo.

—No, aquí no —replicó Ray al instante.

Tan pronto como estuviera solo pensaba inspeccionar la

casa de arriba abajo en busca de más botín. La verdad era que ya estaba bastante preocupado con lo que había escondido en el cuarto de las escobas. ¿Cuánto habría exactamente y cuánto tardaría en contarlo? ¿Se trataba de billetes verdaderos o eran una falsificación? ¿De dónde habían salido? ¿Qué iba a hacer con ellos? ¿Adónde iba a llevarlos? ¿A quién podía contárselo? Necesitaba estar solo un tiempo para pensar, para situarse y trazar un plan.

—Tu padre fue muy claro al respecto —dijo Palmer con firmeza.

—Lo siento, reverendo. Tendremos un velatorio, pero no en esta casa.

—¿Puedo preguntar por qué?

—Por mi madre.

Palmer asintió y sonrió.

—Sí, me acuerdo de tu madre.

—Pues entonces recordará que su cuerpo estuvo expuesto dos días en el salón principal y que, durante ese tiempo, todo el pueblo pasó por esta casa para presentarle sus últimos respetos. Mi hermano y yo nos pasamos todo ese tiempo escondidos mientras maldecíamos a nuestro padre por aquel espectáculo. —El tono de Ray era tajante, y sus ojos lo acompañaban—. No tendremos otro velatorio en esta casa, reverendo.

Ray lo dijo con total sinceridad, pero al mismo tiempo no quería que entrara en la casa más gente de la necesaria. Un velatorio requeriría una limpieza a fondo de la vivienda por parte de una cuadrilla, que una empresa de *catering* se encargara de preparar la comida y una floristería de llevar las flores. Y toda esa actividad empezaría al día siguiente por la mañana.

—Lo entiendo —dijo el reverendo.

El ayudante de la funeraria fue el primero en salir tirando de la camilla mientras el señor Magargel la empujaba suavemente por el otro extremo. El juez iba tapado de la cabeza a los pies por una sábana blanca impecablemente almidonada y recogida bajo el cuerpo. Seguidos por el forense, entre los dos sacaron al porche el cuerpo del último Atlee que había vivido en Maple Run y bajaron los peldaños de la entrada.

Media hora más tarde, Forrest apareció en la parte de atrás de la casa como surgido de ninguna parte. Tenía en la mano un vaso alto lleno de un líquido marrón sumamente sospechoso que no era té frío.

—¿Se han ido ya? —preguntó mirando el camino de entrada.

—Sí —contestó Ray, que se hallaba sentado en los peldaños del porche, fumando un puro. Cuando Forrest se sentó a su lado, el aroma del bourbon lo siguió rápidamente—. ¿Dónde has encontrado eso? —quiso saber Ray.

—El viejo tenía un escondite en el cuarto de baño. ¿Quieres un poco?

—No. ¿Cuánto tiempo hace que lo sabías?

—Treinta años.

A Ray se le ocurrieron veinte maneras distintas de sermonear a su hermano, pero hizo un esfuerzo para olvidarlas. Ya lo había hecho infinidad de veces, y estaba claro que sin ningún éxito porque allí estaba Forrest tomándose un bourbon tras ciento cuarenta y un días en el dique seco.

—¿Cómo está Ellie? —preguntó Ray tras dar una larga calada al puro.

—Igual, tan loca como siempre.

—¿La veré en el funeral?

—No. Está casi en los ciento cincuenta kilos y para ella setenta son el límite. Por debajo de esa cifra, sale de casa; por encima, se encierra a cal y canto.

—¿Y cuándo ha estado por debajo de setenta?

—Hace tres o cuatro años. Encontró a cierto médico chiflado que le recetó unas píldoras. Ellie se las tomó y llegó a estar por debajo de cincuenta. Entonces al tipo ese lo metieron en la cárcel, y ella volvió a subir hasta los ciento cincuenta. De todas maneras, ese es su límite y no pasa de ahí. Se pesa todos los días y se lleva un susto de muerte cada vez que la aguja pasa de ciento cincuenta.

—He dicho al reverendo Palmer que montaríamos un velatorio, pero no aquí, no en la casa.

—Tú eres quien decides.

—¿Estás conforme?

—Desde luego.

Otro trago de bourbon y otra calada al puro.

—¿Qué sabes de la idiota esa que te abandonó? No recuerdo cómo se llamaba…

—Vicki.

—Eso, «Vicki». Me cayó mal desde el día en que la vi.

—Ya. Ojalá a mí también.

—¿Sigue por ahí?

—Sí. El otro día la vi en el aeropuerto, saliendo de su reactor privado.

—Se casó con un tiburón de Wall Street, un viejo pedorro, ¿no?

—Sí, ese mismo. ¿Por qué no hablamos de otra cosa?

—Has sido tú quien ha sacado el tema de las mujeres.

—Sí, y siempre es un error.

Forrest tomó otro trago y dijo:

—Hablemos del dinero. ¿Dónde está?

Ray dio un leve respingo y tuvo la sensación de que el corazón le dejaba de latir. Por suerte, Forrest estaba contemplando el jardín y no se dio cuenta. ¿A qué dinero te refieres, hermano?

—Lo donó.

—Pero ¿por qué?

—Era su dinero, no nuestro.

—Pero ¿por qué no dejarnos algo a nosotros?

No hacía muchos años, el juez había confesado a Ray que se había gastado más de noventa mil dólares en honorarios de abogados, multas y tratamientos de desintoxicación de Forrest. Podía hacer dos cosas, darle dinero para que se lo puliera en drogas y alcohol o dedicar ese dinero a obras de caridad para gente que lo necesitara. En cuanto a Ray, tenía una profesión que le permitía mantenerse holgadamente.

—Nos ha dejado la casa —contestó Ray.

—¿Y qué pasa con ella?

—Podemos venderla, si quieres. El dinero pasará a engrosar un fondo común con todo lo demás. Un cincuenta por ciento se irá en impuestos. La liquidación final de la herencia seguramente llevará un año.

—Dame el resumen, por favor.

—El resumen es que tendremos suerte si dentro de un año tenemos cincuenta mil dólares para repartirnos.

Naturalmente, había otros bienes. En el cuarto de las escobas descansaba inocentemente el botín que había encontrado, pero Ray necesitaba tiempo para pensar. ¿Se trataba de dinero sucio? ¿Había que incluirlo en la herencia? Si la respuesta era afirmativa, los problemas que eso plantearía resultarían considerables: primero, habría que explicar su presencia; segundo, la mitad se esfumaría en concepto de impuestos; y tercero, Forrest se encontraría con los bolsillos llenos de billetes que emplearía para matarse de un modo u otro.

—¿Me estás diciendo que dentro de un año puede que nos llevemos cada uno veinticinco mil dólares? ¿Es eso?

Ray no supo decir si su hermano estaba disgustado o ansioso.

—Más o menos es eso.

—¿Tú quieres la casa?

—No. ¿Y tú?

—¡Demonios, no! ¡No pienso volver a poner los pies ahí!

—Vamos, Forrest…

—Me echó de esa casa, ¿lo sabías? Me dijo que ya había traído bastante desgracia a la familia y que no volviera a pisar el mismo suelo que él nunca más.

—Sí, y luego se disculpó.

Un rápido trago.

—Sí, se disculpó. Pero este sitio me deprime. Tú eres el albacea. Ocúpate tú. Sencillamente, envíame un cheque cuando todo haya quedado resuelto.

—Al menos deberíamos repasar sus cosas entre los dos.

—No pienso tocarlas —dijo, y se puso en pie—. Quiero una cerveza. Hace cinco meses que no me tomo una y quiero una cerveza. —Echó a andar hacia su coche sin dejar de hablar—. ¿Quieres una tú también?

—No, gracias.

Ray quería acompañarlo y proteger a su hermano, pero el deseo de quedarse allí y proteger el dinero de la familia Atlee fue más fuerte. El juez nunca cerraba la casa. ¿Dónde estarían las llaves?

—Te espero aquí —respondió.

—Como quieras.

La siguiente visita no constituyó ninguna sorpresa. Ray se hallaba en la cocina, hurgando en los cajones en busca de las llaves, cuando oyó un vozarrón que llamaba en la puerta principal. A pesar de que llevaba años sin oírlo, no le cupo duda de que era el de Harry Rex Vonner.

Se dieron un abrazo, un abrazo de oso por parte de Harry Rex y un tímido gesto por parte de Ray.

—No sabes cuánto lo siento, no sabes cuánto lo siento —repitió Harry.

Se trataba de un hombre alto y corpulento, con una prominente barriga, una especie de oso grandote que sentía veneración por el juez y que haría cualquier cosa por los hijos de este. Era un brillante abogado atrapado en una pequeña ciudad, y la persona hacia la que el juez siempre se había vuelto para que lo ayudara a resolver los problemas de Forrest con la ley.

—¿Cuándo has llegado?

—Alrededor de las cinco. Lo encontré en su estudio.

—Llevo dos semanas liado con un juicio y no he tenido tiempo de hablar con tu padre. Lo siento. ¿Dónde está tu hermano?

—Ha ido a comprar unas cervezas.

Los dos sopesaron la gravedad de aquel comentario y salieron a sentarse a las mecedoras del porche, junto al balancín.

—Me alegro de verte, Ray.

—Y yo a ti también.

—Me cuesta creer que haya muerto.

—Y a mí. Por alguna razón tenía la impresión de que siempre estaría aquí.

Harry Rex se enjugó una lágrima con el dorso de la mano.

—No sabes cómo lo lamento —farfulló—. Es que no puedo creerlo. Lo vi hará un par de semanas, creo. Me pareció que se movía sin problemas y estaba tan despierto como siempre. Eso sí, con sus dolores a cuestas, pero sin una queja.

—Le dieron un año, y eso fue hará unos doce meses. De todas maneras, pensé que aguantaría.

—Y yo también. Era un viejo tozudo y cabrón.

—¿Te apetece un poco de té?

—Me encantaría, gracias.

Ray fue a la cocina, sirvió dos vasos de té instantáneo y volvió al porche con ellos.

—No es que sea muy bueno, la verdad.

Rex tomó un sorbo y estuvo de acuerdo.

—Sí, pero al menos está frío.

—Escucha, Harry, tengo que organizar un velatorio y no quiero que sea en casa. ¿Se te ocurre algo?

Vonner lo pensó un segundo. Luego, se inclinó hacia Ray con una gran sonrisa.

—¿Por qué no lo hacemos en el edificio del tribunal? Podríamos ponerlo en la rotonda de la planta baja, como si fuera una especie de rey o algo así.

—¿Lo dices en serio?

—¿Por qué no? Le encantaría. Toda la ciudad podría acudir a darle el último adiós.

—Me gusta.

—Es buena idea. Confía en mí. Hablaré con el sheriff y conseguiré el permiso. A todo el mundo le encantará. ¿Cuándo será el funeral?

—El martes.

—Entonces el velatorio tiene que ser mañana por la tarde. ¿Quieres que diga unas palabras?

—Desde luego. ¿Por qué no lo organizas todo?

—Dalo por hecho. ¿Has escogido ya el ataúd?

—Íbamos a hacerlo por la mañana.

—Escoged uno de roble y olvidaos de todas esas tonterías del bronce y el cobre. Nosotros enterramos a nuestra madre el año pasado en uno de roble y te aseguro que quedó estupendamente. Magargel te puede conseguir uno en Tupelo en un par de horas. Y olvídate también del sepulcro. Son un timo. Acuérdate, «Ceniza a las cenizas, polvo al polvo». Enterrarlos y dejar que se descompongan es lo mejor. Los episcopalianos lo hacen como Dios manda.

Ray estaba un poco aturdido por aquel torrente de consejos, pero también agradecido. El testamento del juez no mencionaba el ataúd, pero sí exigía claramente un sepulcro. También quería una bonita lápida. Al fin y al cabo, era un Atlee e iba a ser enterrado entre los miembros destacados de la familia.

Si alguien sabía algo de los negocios del juez, ese era Harry Rex. Mientras contemplaban las sombras que se alargaban en el césped de la entrada, Ray preguntó con la mayor naturalidad:

—Según parece, el juez ha donado todo el dinero que tenía.

—A mí no me sorprende. ¿Y a ti?

—La verdad es que no.

—A su funeral acudirá mucha gente que en algún momento se benefició de su generosidad, niños tullidos, gente enferma que no tenía seguro, chavales negros a los que pagó el colegio, todos los voluntarios del departamento de bomberos, los del club cívico y los del equipo de baloncesto. Nuestra congregación envió unos cuantos médicos a Haití, y el juez nos dio mil dólares.

—¿Cuándo has empezado a ir a misa?

—Hace un par de años.

—¿Y por qué?

—Tengo una nueva esposa.

—¿Cuántas hacen ya?

—Cuatro, pero esta me gusta de verdad.

—Me alegro por ella.

—Sí, es muy afortunada.

—Me gusta la idea del velatorio en el tribunal, Harry Rex. Así, toda esa gente que has mencionado podrá presentarle sus últimos respetos en público. Además, tendrán sitio donde aparcar y no habrá problemas de espacio para sentarse.

—Es una gran idea.

Forrest entró con el coche en el camino de acceso y frenó de golpe a pocos centímetros del Cadillac de Harry Rex. Luego, se apeó trabajosamente y caminó con paso vacilante en la semioscuridad llevando lo que parecía ser una caja entera de cerveza.

8

Cuando se quedó solo, Ray se sentó en la mecedora de mimbre que había delante del sofá del estudio e intentó convencerse de que la vida sin su padre no sería muy distinta de la vida lejos de él. Aquel día había tardado en llegar y pensaba tomárselo lo mejor posible y con un poco de duelo. Haz lo que se suele hacer en estos casos —se dijo—, luego, deja los asuntos resueltos aquí y vuelve corriendo a Mississippi.

La única luz del estudio provenía de una polvorienta lámpara de pantalla, que había en el escritorio de persianilla, y que proyectaba largas y oscuras sombras. Al día siguiente se pondría manos a la obra y empezaría a examinar los papeles de la mesa, pero esa noche no.

Esa noche necesitaba pensar.

Forrest se había marchado, arrastrado por Harry Rex. Los dos borrachos. Forrest, como era habitual en él en esos casos, se había puesto taciturno y empeñado en volver en coche a Memphis. Ray había intentado convencerlo para que se quedara allí.

—Si no quieres dormir en la casa, puedes hacerlo en el porche —le dijo sin insistir demasiado porque de haberlo hecho la cosa habría degenerado en pelea.

Harry Rex comentó que, en circunstancias normales, habría invitado a Forrest a su casa, pero que su nueva mujer era muy estricta y que dos tíos borrachos seguramente serían demasiados.

—¿Por qué no te quedas aquí? —propuso a Forrest, pero este no quiso saber nada.

Si ya era tozudo cuando estaba sobrio, tras unas copas se volvía intratable. Ray lo había visto así más veces de las que era capaz de recordar y se quedó sentado en silencio mientras Harry Rex discutía con su hermano.

El asunto quedó zanjado cuando Forrest decidió que alquilaría una habitación en el motel Deep Rock, situado al norte de la ciudad.

—Solía ir allí cuando me acostaba con la mujer del alcalde, de eso hace quince años —comentó.

—Pero si está lleno de pulgas —objetó Harry Rex.

—Es un caso de añoranza.

—¿Hacia la mujer del alcalde? —preguntó Ray.

—Mejor no quieras saberlo —repuso Harry Rex.

Se marcharon poco después de las once. La casa se había ido sumiendo en un creciente silencio.

La puerta principal tenía un pestillo; y la del jardín, un cerrojo. La puerta de la cocina, la única de la parte de atrás de la casa, contaba solo con un endeble picaporte y una cerradura que no funcionaba. El juez era de los que no sabían ni coger un destornillador, y Ray había heredado su falta de talento para las manualidades. Todas las ventanas estaban cerradas y con el seguro puesto, de modo que no le cabía duda de que la mansión de los Atlee no había gozado nunca de tanta seguridad. Si resultaba necesario, estaba dispuesto a dormir en la cocina, desde donde podría vigilar el armario de las escobas.

Para no pensar en el dinero, y mientras permanecía sentado en el santuario de su padre, se dedicó a escribir mentalmente la nota necrológica del juez.

El juez Atlee fue elegido para ocupar la presidencia del tribunal del distrito en 1959 y, a partir de ese momento, salió reelegido por amplia mayoría cada cuatro años hasta 1991. Como jurista, su historial fue impecable. Raras fueron las ocasiones en que el Tribunal de Apelaciones tuvo que revisar sus sentencias, y numerosos colegas le pidieron a menudo que se encargara de los casos más difíciles que les habían correspondido. Fue profesor emérito de la Ole Miss Law School y escribió cientos de artículos sobre práctica y procedimientos judiciales. En dos ocasiones rechazó la posibilidad de ocupar una plaza del Tribunal Supremo de Mississippi, sencillamente porque no deseaba abandonar su estrado de juez.

Cuando no vestía la toga, el juez Atlee se mantenía en contacto con los asuntos locales: política, labores a favor de la comunidad, escuelas e iglesias. Pocos asuntos que afectaran al condado de Ford seguían adelante sin su aprobación, y aún más escasos fueron los que se llevaron a cabo sin ella. En distintos momentos de su vida colaboró con todo tipo de comités y juntas cívicas. También participó discretamente en la selección de candidatos para cargos públicos, y con igual discreción colaboró en derrotar aquellos que no eran de su agrado.

En su tiempo libre, por escaso que fuera, se entregó al estudio de la historia y de la Biblia y a escribir sobre derecho. No dedicó ningún momento ni ocasión a jugar con sus hijos ni los llevó jamás de pesca.

En 1969 enviudó de su esposa Margaret, que falleció inesperadamente de un aneurisma. Le sobreviven sus hijos, Ray y Forrest.

Y en algún momento de esta historia, se las arregló para amasar unos cuantos millones en billetes de curso legal, añadió Ray para sus adentros.

Quizá el misterio de ese dinero hallara su solución en el escritorio de persianilla, enterrado entre papeles o escondido en los cajones. Seguramente su padre habría dejado alguna pista cuando no una explicación completa. Tenía que haber algo. A Ray no se le ocurría a nadie de Clanton que pudiera tener dos millones de dólares y aún menos guardados en casa y en metálico.

Tenía que contar el dinero. Durante la noche lo había hecho un par de veces, pero solo con recontar las veintisiete cajas de Blake & Son ya se sentía preso de la ansiedad. Decidió que lo haría a primera hora de la mañana, cuando hubiera luz suficiente y la ciudad no se hubiera despertado todavía. Taparía las ventanas de la cocina y examinaría el contenido de las cajas una por una.

Poco antes de medianoche, encontró un pequeño colchón en el dormitorio de la planta baja, lo arrastró hasta el comedor y lo dejó a pocos metros del armario de las escobas, en un lugar desde donde podía ver el camino de entrada y la casa vecina. En el piso de arriba encontró el Smith-Wesson de calibre 38 que el juez guardaba en el cajón de la mesilla de noche. Con una almohada que olía a rancio y una manta que olía a moho, intentó dormir en vano.

El ruido provenía del otro lado de la casa. Se trataba de una ventana, aunque Ray tardó varios minutos en despertar, aclararse la cabeza, darse cuenta de dónde estaba y qué era lo que oía. Sonó como un picoteo, después unos golpes más fuertes y se hizo el silencio. El tiempo pareció detenerse mientras se incorporaba en el colchón y agarraba el 38. La casa estaba mucho más oscura de lo que le habría gustado porque casi todas las bombillas se habían fundido, y el juez era demasiado tacaño para haberlas cambiado.

Sí, demasiado tacaño a pesar de esconder veintisiete cajas llenas de dinero.

Tomó nota mentalmente para comprar bombillas a primera hora de la mañana.

El ruido volvió a oírse, demasiado fuerte y rápido para tratarse de alguna rama o de las hojas agitándose con el viento. El rítmico «tap-tap-tap» sonó de nuevo, seguido de un golpe sordo, como si alguien intentara abrir.

En el camino de entrada había dos coches, el suyo y el de Forrest. Cualquier idiota podía ver que había gente en la casa;

así que, fuera quien fuera el idiota, estaba claro que eso no le importaba. Seguramente también tendría una pistola, y lo más probable era que supiera manejarla mejor que Ray.

Se arrastró por el vestíbulo, desplazándose igual que un cangrejo y jadeando como un viejo. Se detuvo en el oscuro pasillo y prestó atención al silencio, al encantador silencio. Vete, seas quien seas —se dijo una y otra vez—, vete por favor.

«Tap-tap-tap.» Volvió a arrastrarse sobre codos y rodillas hacia el dormitorio de atrás, con la pistola apuntando por delante. ¿Estará cargada?, se preguntó, seguramente demasiado tarde. Si el juez la tenía en la mesilla de noche, lo más probable era que lo estuviera. El ruido sonaba con más fuerza y provenía del pequeño dormitorio que en su día había servido como cuarto de invitados, pero que durante décadas no había hecho más que acumular polvo y cajas llenas de trastos. Empujó lentamente la puerta con la cabeza y solo vio cajas de cartón. El batiente se abrió del todo y acabó golpeando una lámpara de pie que se estrelló en el suelo, cerca de la primera de las tres oscuras ventanas.

Ray estuvo a punto de empezar a disparar, pero contuvo el dedo en el gatillo y el aliento en los pulmones. Permaneció tendido en el hundido suelo de madera durante lo que le parecieron horas, sudando, escuchando, apartando arañas a manotazos y sin oír nada de nada. Las sombras se movieron. Una ligera brisa agitaba los árboles en el exterior y, en algún lugar cerca del tejado, un tronco rozaba contra la casa.

Era el viento, después de todo, el viento y los viejos fantasmas de Maple Run; según su madre, un lugar poblado de espíritus porque se trataba de una casa muy antigua donde habían muerto muchas personas. Ella decía que en el sótano había esclavos enterrados y que sus fantasmas vagaban inquietos entre aquellas paredes.

El juez aborrecía las historias de fantasmas y había negado siempre su existencia.

Cuando al fin Ray decidió sentarse, tenía los codos y las

rodillas escocidos. Se puso en pie muy despacio y se apoyó en el marco de la puerta sin quitar ojo a las tres ventanas y apuntando siempre con la pistola. Si realmente había habido un intruso merodeando, el ruido lo había espantado; pero, cuanto más permanecía allí, más se convencía de que los golpes habían sido cosa del viento.

Forrest había tomado la decisión correcta. Por muy sucio que estuviera el motel Deep Rock, sin duda sería un lugar más tranquilo.

«Tap-tap-tap.» Volvió a arrojarse cuerpo a tierra, nuevamente presa del miedo, solo que en esa ocasión fue peor porque el ruido provenía de la cocina. Tomó la decisión de moverse a cuatro patas en lugar de arrastrarse, de modo que cuando llegó al vestíbulo tenía las rodillas hechas polvo. Se detuvo en las puertas de cristal que daban al comedor y esperó. El suelo estaba oscuro, pero la débil claridad de la luz del porche penetraba por una abertura de las cortinas y se proyectaba en la parte alta de la pared y el techo.

Entonces se preguntó, y no por primera vez, qué hacía un profesor de derecho de una prestigiosa universidad escondiéndose en la oscuridad del hogar de su infancia, pistola en mano, más asustado que un conejo y a punto de que el estómago le diera un vuelco, y todo por querer proteger a toda costa el misterioso montón de dinero con el que se había tropezado.

A ver si contestas a eso, farfulló para sí.

La puerta de la cocina se abría a una pequeña plataforma de madera. Alguien caminaba por allí arrastrando los pies, justo al otro lado de la puerta. Se oían los pasos en la tablazón. Entonces, el picaporte se movió, el endeble cuya cerradura no funcionaba. Fuera quien fuese, había tomado la audaz decisión de entrar directamente por la puerta en lugar de hacerlo furtivamente por la ventana.

Pero Ray era un Atlee; y aquel, su territorio. También estaba en Mississippi, donde era normal utilizar un arma para defenderse. Ningún tribunal del estado lo sancionaría por actuar drásticamente en una situación semejante. Se puso en cuclillas tras la mesa de la cocina, apuntó a un lugar alto de la ventana que había encima del fregadero y empezó a apretar el gatillo. Un fuerte disparo saliendo de la oscuridad que hiciera añicos un cristal sin duda asustaría al ladrón más templado.

La puerta se agitó de nuevo, y él apretó con fuerza el gatillo, pero no ocurrió nada. La pistola no tenía balas. El tambor giró y el percutor golpeó de nuevo, pero tampoco hubo descarga. Presa del pánico, Ray cogió la jarra vacía de té y la lanzó con todas sus fuerzas contra la puerta. Para su alivio, hizo mucho más ruido que cualquier bala. Con un susto de muerte aún en el cuerpo, dio al interruptor de la luz, abrió la puerta de golpe y salió pistola en mano, gritando:

—¡Largo de aquí!

Cuando por fin se dio cuenta de que no había nadie, dejó escapar un hondo suspiro de alivio y volvió a respirar nuevamente.

Pasó la siguiente media hora recogiendo los cristales rotos de la jarra, haciendo tanto ruido como pudo.

El policía se llamaba Andy y era sobrino de un antiguo compañero de colegio de Ray. Ese vínculo quedó definido a los treinta segundos de su llegada y, una vez consolidado, charlaron de fútbol mientras inspeccionaban juntos el exterior de Maple Run. No hallaron señales de irrupción en ninguna de las ventanas inferiores. No encontraron nada junto a la puerta de la cocina salvo restos de vidrio roto. Ray buscó balas en las habitaciones de arriba mientras Andy las examinaba una tras otra. La inspección no dio resultado. Ray preparó café y se lo tomaron en el porche mientras conversaban y se acercaba el amanecer. Andy era el único policía encargado de vigilar Clanton a esa hora y le confesó que tampoco era realmente necesario.

—Los lunes de madrugada nunca pasa nada —explicó—. La gente o bien está durmiendo o bien se prepara para ir al trabajo.

Unas pocas preguntas bastaron para que se lanzara a explicar el panorama delictivo del condado de Ford: camionetas robadas, peleas en los bares, tráfico de drogas en Lowtown, el barrio negro... Le aseguró con orgullo que llevaban cuatro años sin tener un asesinato, y que hacía dos habían atracado el banco local. Andy siguió charlando mientras se tomaba su segunda taza de café, y Ray siguió sirviéndole y lo habría hecho hasta el amanecer. La presencia del conspicuo coche patrulla aparcado ante la entrada hacía que se sintiera confortado.

Andy se marchó a las tres y media, y Ray pasó la siguiente hora tumbado en el colchón, mirando el techo y aferrado a una pistola inservible. Luchó contra el sueño tramando estrategias para proteger el dinero, pero no planes de inversión: esos podían esperar. Lo más importante era encontrar la manera de sacarlo del cuarto de las escobas y llevarlo a un lugar seguro en alguna parte. ¿Acaso iba a verse obligado a trasladarlo a Virginia? Lo que no podía era dejarlo en Clanton. Además, ¿cuándo iba a contarlo?

Al final, el cansancio y la presión emocional del día acabaron siendo más fuertes, y se durmió. El golpeteo volvió a repetirse, pero no lo oyó. La puerta de la cocina, en esos momentos bloqueada por una silla y un trozo de cuerda, recibió unos cuantos empujones y zarandeos, pero Ray siguió durmiendo.

9

La luz del sol lo despertó a las siete y media. El dinero seguía en su sitio, sin que nadie lo hubiera tocado; y, por lo que pudo ver, nadie había abierto puertas ni ventanas. Preparó café y, mientras se bebía la primera taza sentado a la mesa de la cocina, tomó una decisión importante: si alguien iba detrás del dinero, entonces no podía dejarlo ni por un momento.

Pero las veintisiete cajas de Blake & Son no cabían en el diminuto maletero de su Audi TT descapotable.

El teléfono sonó pasadas las ocho. Se trataba de Harry Rex que llamaba para decirle que había dejado a Forrest sano y salvo en el motel, que el condado había dado permiso para que el velatorio tuviera lugar en el vestíbulo del edificio de los juzgados esa tarde a las cuatro y media, que había contratado a una soprano y a un vigilante negro y que estaba trabajando en un panegírico sobre su querido amigo.

—¿Qué has decidido con respecto al ataúd? —preguntó.

—Vamos a reunirnos con Magargel a las diez —contestó Ray.

—Bien. Acuérdate de lo que te dije del roble. Estoy seguro de que al juez le gustaría.

Luego, hablaron un rato de Forrest, la misma conversación que habían mantenido muchas otras veces. Cuando colgó, Ray decidió ponerse en marcha rápidamente. Abrió ventanas y descorrió cortinas para ver u oír si llegaba alguna visita. Sin duda habría corrido la noticia del fallecimiento del juez, de modo que cabía esperar visitantes.

La casa tenía demasiadas puertas y ventanas, y él no podía montar guardia las veinticuatro horas del día. Si alguien iba detrás del dinero, entonces ese alguien querría echarle el guante. Una bala en la cabeza de Ray sería un precio razonable que pagar a cambio de unos cuantos millones de dólares.

Tenía que llevarse el dinero de allí.

Arrodillado ante el armario de las escobas, sacó la primera caja y vació su contenido en una gran bolsa de basura. Luego, repitió lo mismo con otras ocho cajas. Cuando calculó que ya tenía un millón de dólares en la bolsa número uno, la arrastró hasta la puerta de la cocina y se asomó al exterior. Luego, devolvió las cajas vacías a la cómoda del estudio de su padre y llenó dos bolsas más. Fue a su coche y lo llevó marcha atrás hasta la parte trasera de la casa, lo más cerca posible de la cocina, se apeó y escrutó a su alrededor, en busca de miradas curiosas. No vio ninguna. Los vecinos más próximos eran las solteronas de la casa de al lado, que a duras penas si lograban ver la televisión de su propio salón. Corriendo del coche a la cocina y viceversa, Ray cargó su fortuna en el maletero y distribuyó las bolsas lo mejor que pudo. Le pareció que la tapa del maletero no cerraría, pero la bajó de un golpe seco y, para alivio suyo, la cerradura se cerró con un «clic».

No estaba seguro de cómo descargaría las bolsas una vez en Virginia y de qué modo las transportaría desde el aparcamiento hasta la bulliciosa zona peatonal donde vivía; pero decidió que ya se preocuparía de eso más adelante.

El motel Deep Rock tenía restaurante, un establecimiento caluroso y grasiento donde Ray no había estado nunca, pero que resultaba el lugar ideal donde desayunar la mañana siguiente a la muerte del juez Atlee: las tres cafeterías de la plaza estarían llenas de cuchicheos y comentarios sobre el gran hombre, y Ray prefería no tener que soportarlos.

Forrest tenía un aspecto presentable. Al menos, Ray lo había visto mucho peor en más de una ocasión. Llevaba la misma ropa del día anterior y no se había duchado, pero tratándose de él no era nada raro. Tenía los ojos enrojecidos, pero no hinchados. Dijo que había dormido bien pero que necesitaba su ración de grasa. Los dos encargaron huevos con beicon.

—Pareces cansado —comentó Forrest tomando un trago de café.

Lo cierto era que Ray parecía estarlo.

—Estoy bien. Unas horas de sueño y me encontraré listo para lo que sea —contestó, mirando por la ventana el Audi que había dejado aparcado lo más cerca posible del restaurante. Estaba dispuesto a dormir en el condenado automóvil si se hacía necesario.

—Es curioso —comentó Forrest—. Cuando estoy limpio, duermo como un bebé, hasta ocho y nueve horas cada noche. En cambio, cuando no lo estoy, tengo suerte si consigo pegar ojo más de cinco y tampoco es un sueño profundo.

—Solo por curiosidad. ¿Cuando estás limpio piensas en la próxima vez que te tomarás una copa?

—Siempre. Es como una necesidad que va en aumento. Igual que el sexo. Puedes apañártelas un tiempo sin él, pero la necesidad está ahí y tarde o temprano hay que darle salida. Alcohol, sexo, drogas. Sea lo que sea, siempre acabo recayendo.

—Llevabas limpio ciento cuarenta días, ¿no?

—Ciento cuarenta y uno.

—¿Cuál es tu récord?

—Catorce meses. Fue hace unos años, tras salir de un centro de rehabilitación estupendo que el viejo pagó. Estuve limpio mucho tiempo, hasta que recaí.

—¿Por qué? ¿Qué te hizo volver a las andadas?

—Lo de siempre. Cuando eres un adicto, cualquier cosa

puede hacerte recaer en cualquier momento o en cualquier lugar. Todavía no han inventado lo que pueda mantenerme limpio. Soy un adicto incurable, hermano. Así de simple.

—¿Sigues con las drogas?

—Desde luego. Anoche fue bourbon y cerveza, lo mismo que esta noche y mañana. A final de la semana será algo peor.

—¿Y eso es lo que quieres?

—No, pero sé lo que ocurre.

La camarera les llevó la comida. Forrest untó rápidamente una tostada con mantequilla y le dio un gran bocado. Cuando por fin pudo hablar, preguntó:

—El viejo está muerto, Ray. ¿Puedes creértelo?

Ray también deseaba cambiar de conversación. Si seguían hablando de las malas costumbres de Forrest acabarían peleándose.

—La verdad es que no. Me creía preparado, pero no lo estaba.

—¿Cuándo fue la última vez que lo viste?

—En noviembre, cuando lo operaron de la próstata. ¿Y tú?

Forrest regó sus huevos revueltos con tabasco y meditó la respuesta.

—¿Cuándo tuvo el ataque al corazón?

El juez había sufrido tantos problemas cardíacos y operaciones que resultaba difícil recordarlo.

—Tuvo tres.

—El de Memphis.

—Ese fue el segundo. Hará unos cuatro años —explicó Ray.

—Sí, eso es. Pasé un tiempo en el hospital con él. ¡Qué demonios, vivía apenas a unas manzanas de distancia! Era lo menos que podía hacer.

—¿De qué hablasteis?

—De la guerra civil. Seguía pensando que la habíamos ganado.

Ambos sonrieron ante aquella idea y siguieron comiendo en silencio durante un rato. La placidez del momento se acabó cuando Harry Rex los encontró. Pidió unas galletas y empezó a explicarles los detalles de la espléndida ceremonia que había organizado para el juez Atlee.

—Todo el mundo quiere pasar por la casa —dijo con la boca llena.

—Eso está fuera de discusión —contestó Ray.

—Ya se lo he dicho a toda la gente. ¿Querréis recibir visitas esta noche?

—No —aseguró Forrest.

—¿Deberíamos? —quiso saber Ray.

—Es lo correcto, ya sea en casa o en la funeraria; pero si no queréis no pasa nada, nadie se ofenderá ni os retirará la palabra.

—Vamos a tener el velatorio en el edificio de los tribunales y a celebrar un funeral, ¿no es bastante? —preguntó Ray.

—Yo creo que sí.

—Yo no pienso pasarme toda la noche en la funeraria abrazando a viejas damas que llevan veinte años contando chismes sobre mí —aseguró Forrest—. Vosotros podéis hacerlo si os da la gana, pero yo no estaré allí.

—Será mejor que prescindamos de eso —propuso Ray.

—Acabas de hablar como un verdadero albacea —dijo Forrest en tono de burla.

—¿Albacea? —preguntó Harry Rex.

—Sí. En su escritorio encontré un sencillo testamento fechado el sábado y redactado a mano en el que nos dejaba todo a los dos, hacía una lista de sus bienes y me nombraba albacea. También indicaba que quería que fueras tú, Harry Rex, el que se encargara de la liquidación.

Harry Rex había dejado de masticar. Se frotó el puente de la nariz con un dedo regordete y miró a su alrededor.

—Eso es curioso —dijo, obviamente sorprendido por algo.

—¿El qué?

—Pues que hará más o menos un mes redacté un largo testamento para él.

Todos dejaron de comer. Ray y Forrest cruzaron una mirada que no decía nada porque ninguno de los dos sabía lo que estaba pensando el otro.

—Supongo que vuestro padre debió de cambiar de opinión —dijo Harry Rex.

—¿Qué había en ese otro testamento? —preguntó Ray.

—No os lo puedo decir. El juez era mi cliente, por lo tanto se trata de un secreto profesional que...

—Disculpad, pero creo que me he perdido —interrumpió Forrest—. Lamento no ser abogado.

—El único testamento que cuenta es el último —explicó Harry Rex—. Revoca todos los anteriores, de modo que fuera lo que fuera aquello que figurara en el testamento que yo preparé resulta irrelevante.

—¿Por qué no puedes decirnos entonces lo que decía ese testamento? —quiso saber Forrest.

—Porque, como abogado que soy, no puedo hablar de la última voluntad de un cliente mío.

—Pero el testamento que redactaste no tiene validez, ¿no?

—No la tiene, pero no por ello puedo contaros lo que decía.

—Eso es una gilipollez —declaró Forrest, fulminando a Harry Rex con la mirada.

Los tres dieron un gran suspiro y un gran mordisco a la comida.

Ray comprendió al instante que iba a tener que echar un vistazo al otro testamento y hacerlo deprisa. Si mencionaba el dinero escondido en la cómoda, entonces Harry Rex conocería su existencia. Si así era, tendría que sacarlo a toda prisa del maletero de su Audi, meterlo en las cajas de Blake & Son y devolverlas todas a la cómoda. Si así era, se incorporaría al caudal hereditario y sería del dominio público.

—No tendrás una copia del testamento que redactaste en tu despacho, ¿verdad? —preguntó Forrest, mirando a Harry Rex.

—No.

—¿Estás seguro?

—Estoy razonablemente seguro —dijo Harry—. Cada vez que se redacta un nuevo testamento hay que destruir el anterior. Nadie quiere que alguien pueda encontrar el viejo y pretenda darlo por bueno. Hay gente que cambia todos los años el testamento, de modo que los abogados sabemos que debemos quemar los viejos. El juez era un firme defensor de la costumbre de destruir testamentos revocados porque se pasó treinta años zanjando disputas testamentarias.

El hecho de que un amigo íntimo supiera algo de su padre que acababa de fallecer y que no quisiera compartirlo con ellos enfrió de golpe la conversación. Ray decidió esperar a estar a solas con Harry Rex para presionarlo.

—Magargel nos espera —le dijo a Forrest.

—Vaya, eso sí que promete ser divertido.

Llevaron el elegante ataúd de roble por el ala este del edificio de los juzgados en una camilla de la funeraria cubierta por un faldón de terciopelo color púrpura. El señor Magargel marchaba por delante mientras su ayudante la empujaba. Tras el ataúd iban Ray y Forrest; y tras ellos, una escolta de boy scouts negros portando banderas y ataviados con sus planchados uniformes caqui.

Dado que Reuben V. Atlee había luchado por su país, el ataúd estaba cubierto por la bandera de Estados Unidos. Y por la misma razón, un grupo de reservistas locales se puso en posición de firmes cuando los restos mortales del capitán retirado Atlee fueron depositados en la rotonda del vestíbulo del palacio de Justicia. Allí esperaba Harry Rex, vestido con un elegante traje negro ante una larga fila de coronas y arreglos florales.

También estaban presentes los demás abogados del condado que, por sugerencia expresa de Harry Rex, habían sido agrupados en una zona especialmente acordonada cerca del féretro. Había acudido todo el personal de los juzgados y la policía. Cuando Harry Rex dio un paso al frente para empezar, la multitud se acercó. En lo alto, en el primer y segundo piso, más gente se asomó a la barandilla de hierro y observó con curiosidad.

Ray iba vestido con un traje azul que acababa de comprar en Pope's, la única sastrería de la ciudad. Los trescientos diez dólares que le había costado hacían de él el más caro de la tienda, pero se había beneficiado del diez por ciento de descuento que el señor Pope había insistido que aceptara. El traje de Forrest era gris oscuro, y había costado doscientos ochenta dólares antes de la rebaja, cantidad que también había pagado Ray. Forrest no se había puesto un traje en veinte años y juró que tampoco se lo pondría para el funeral. Solo la afilada lengua de Harry Rex fue capaz de llevarlo hasta Pope's.

Los hijos se quedaron de pie cerca de la cabecera del féretro mientras Harry Rex se situaba al otro lado. En el centro, Billy Boone, el anciano bedel de los tribunales, había colocado un retrato del juez. Este había sido pintado diez años atrás por un artista local que no había querido cobrar por su trabajo, y todo el mundo sabía que el juez no tenía especial aprecio al cuadro porque lo había dejado en el despacho que tenía junto a la sala del tribunal, detrás de una puerta para que nadie lo viera. Tras su derrota, las autoridades del condado lo habían colgado en la mayor de las salas, presidiendo el estrado.

Se habían impreso unos programas titulados «Despedida del juez Reuben Atlee». Ray lo estudió a conciencia porque no deseaba contemplar a los allí reunidos. Todas las miradas estaban fijas en él y en Forrest. El reverendo Palmer pronunció una pomposa oración. Ray le había insistido en que fuera breve. Al fin y al cabo, al día siguiente se celebraría el funeral.

Los boy scouts dieron un paso al frente con la bandera y pronunciaron el juramento de lealtad a la nación. Luego, la hermana Oleda Shumpert, de la Iglesia de Dios en Cristo, se adelantó y cantó una triste versión de *Shall We Gather at the River*, ella sola porque no necesitaba acompañamiento alguno.

Las palabras y la melodía llenaron de lágrimas los ojos de más de uno, Forrest incluido, que se mantenía junto a su hermano, cabizbajo.

Mientras se hallaba de pie, junto al féretro del juez, escuchando elevarse aquella poderosa voz, Ray sintió por primera vez la pesada carga de la muerte de su padre. Pensó en todas las cosas que podrían haber hecho en esos momentos, cuando todos se habían convertido en hombres; en todas las cosas que no habían hecho siendo ellos niños. Sin embargo, él había vivido su vida y el juez la suya; y la situación les había parecido bien a todos.

No era justo que empezaran a revivir el pasado solo porque el viejo había fallecido. Se lo repitió una y otra vez. Ante la muerte resultaba natural desear haber hecho más cosas, pero lo cierto era que el juez le había guardado rencor durante años por haberse marchado de Clanton. Lamentablemente, tras haber abandonado el estrado, se había convertido en un tipo solitario y recluido.

El momento de debilidad pasó, y Ray enderezó la espalda. No estaba dispuesto a reprocharse nada por haber escogido un camino en la vida que no había sido el que su padre deseaba.

Harry Rex comenzó lo que había asegurado que solo serían unas breves palabras.

—Hoy nos hemos reunido aquí para despedirnos de un viejo amigo —empezó diciendo—. Todos sabíamos que este día llegaría y todos rezábamos para que no se produjera.

A continuación hizo un recorrido por los logros profesionales del juez y contó su primera aparición ante el gran hombre, treinta años antes, cuando él no era más que un novato recién salido de la facultad que tenía entre manos un caso de divorcio que acabó perdiendo.

Todos los abogados presentes habían oído la anécdota al menos un centenar de veces; no obstante, rieron de buena gana en el momento oportuno. Ray los contempló y empezó a estudiarlos como grupo. ¿Cómo era posible que en una ciudad tan pequeña hubiera tantos abogados? Conocía al menos a la mitad de ellos. La mayoría de los que recordaba de la niñez o de su época de estudiante estaban muertos o jubilados. Era la primera vez que veía a los más jóvenes.

Sin embargo, todos lo conocían a él: por algo era el hijo mayor del juez Atlee.

Ray empezó a comprender que su apresurada marcha de Clanton tras el entierro solo sería temporal. Tendría que regresar pronto para comparecer brevemente ante el tribunal e iniciar la certificación de la herencia; para confeccionar el inventario y desempeñar las pequeñas tareas propias de un albacea. Eso sería fácil y solo le llevaría unos pocos días. Pero resolver el misterio del dinero amenazaba con ocuparle semanas y hasta meses.

¿Acaso alguno de aquellos abogados sabría algo? El dinero tenía que provenir con toda probabilidad de un acuerdo judicial, ¿o no? El juez no tenía otra vida que la que pasaba en la sala del tribunal. Sin embargo, mirándolos, Ray no fue capaz de imaginar una fuente con la riqueza capaz de generar la cantidad de dinero que en esos momentos se hallaba escondida en su pequeño coche. No eran más que humildes abogados que bastante trabajo tenían para conseguir un caso más que su vecino con el que pagar las facturas a final de mes. No había dinero a lo grande entre ellos. El bufete Sullivan contaba con ocho o nueve abogados que representaban a los bancos y compañías de seguros locales y que ganaban apenas lo suficiente para codearse con los médicos que frecuentaban el club de golf.

En todo el condado no había un solo abogado que fuera verdaderamente rico. Irv Chamberlain, que estaba allí con sus gafas de gruesos cristales y su ridículo peluquín, era propietario de gran cantidad de terrenos que habían ido pasando de herencia en herencia, pero no podía venderlos por falta de compradores. Además, se rumoreaba que pasaba mucho tiempo en los nuevos casinos de Tunica.

Mientras Harry Rex seguía parloteando, Ray se concentró en los letrados. Alguno de ellos estaba en el secreto, alguno sabía lo del dinero. ¿Acaso sería algún distinguido miembro del Colegio de Abogados del condado de Ford?

La voz de Harry Rex se quebró. Era tiempo de ir acabando. Dio las gracias a todo el mundo por asistir y anunció que el velatorio se prolongaría hasta las diez de la noche; luego, rogó a los presentes que empezaran a desfilar a partir de donde se hallaban Ray y Forrest. La gente obedeció y formó una cola a lo largo del ala este que llegó hasta la calle.

Durante una hora, Ray se vio obligado a sonreír, a estrechar manos y a dar las gracias amablemente a todo el mundo por acudir. Escuchó cientos de pequeñas historias acerca de su padre y de las vidas en las que el gran hombre había intervenido. Fingió recordar las caras y los nombres de quienes decían conocerlo. Abrazó a viejas damas que jamás había visto. La procesión pasó lentamente ante Ray y Forrest y después ante el ataúd, donde todos se detuvieron un instante para contemplar melancólicamente el retrato del juez y pasar al ala oeste, donde los esperaban los libros de firmas. Harry Rex iba de un lado para otro, moviendo a la gente igual que un político.

En algún momento de aquel suplicio, Forrest desapareció. Murmuró algo a Harry Rex sobre volver a casa, a Memphis, y algo sobre sentirse mortalmente cansado.

Al fin, Harry Rex se acercó a Ray y le susurró:

—La cola da la vuelta al edificio. Puedes estarte toda la noche.

—Pues sácame de aquí —le contestó.

—¿Quieres ir al baño? —preguntó entonces Harry Rex lo bastante alto para que los que aguardaban en la cola lo oyeran.

—Sí —dijo Ray, haciéndose a un lado.

Se alejaron hablando en voz baja con aire solemne y se escabulleron por el pasillo. Momentos más tarde, salieron por la puerta trasera de los juzgados.

Se alejaron en el coche de Ray, naturalmente, pero antes dieron una vuelta por la plaza para contemplar la situación. La bandera que presidía el edificio colgaba a media asta, y una gran multitud aguardaba pacientemente para dar su último adiós al juez.

10

Ray solo llevaba veinticuatro horas en Clanton y ya desesperaba por marcharse. Después del velatorio se fue a cenar con Harry Rex a Claude's, el restaurante negro del lado sur de la plaza cuyo plato especial de los lunes consistía en un pollo a la barbacoa con judías tan picante que lo servían acompañado de grandes vasos de té frío. Harry Rex estaba entusiasmado con el éxito de su discurso de despedida al juez y se mostraba impaciente por regresar al edificio de los juzgados y ver cómo transcurría el final del velatorio.

Forrest, evidentemente, se había marchado a pasar la noche fuera de la ciudad. Ray confió en que hubiera vuelto a Memphis, junto a Ellie y al buen camino; pero dudaba que así fuera. ¿Cuántas veces más podía recaer antes de acabar definitivamente con su vida? Harry Rex comentó que consideraba que había un cincuenta por ciento de probabilidades de que Forrest se presentara al funeral del día siguiente.

Cuando Ray se encontró por fin solo cogió el coche y se alejó de Clanton hacia el oeste, sin dirigirse a ningún sitio en especial. A unos ciento veinte kilómetros de distancia había una serie de casinos nuevos situados junto al río, y en cada viaje que había hecho a Mississippi había oído hablar de aquella nueva industria del estado. El juego legalizado había llegado por fin al estado con menos renta per cápita del país.

A una hora y media de distancia de Clanton, se detuvo a

poner gasolina y mientras llenaba el depósito se fijó en un nuevo motel que había al otro lado de la carretera. Lo que antes habían sido campos de algodón estaban llenos de nuevas carreteras, nuevos moteles, nuevas gasolineras y carteles nuevos, todos ellos resultado de la presencia de los casinos, situados a un par de kilómetros de distancia.

El motel tenía dos pisos, y las habitaciones daban todas al aparcamiento. La noche parecía floja. Pagó treinta y nueve dólares con noventa y nueve por una habitación de dos camas de la planta baja, en una zona donde no se veían ni coches ni camiones aparcados. Situó el Audi lo más cerca posible de la puerta de su habitación y en cuestión de segundos ya tenía las tres bolsas de basura en el cuarto.

El dinero cubría una de las camas. No se entretuvo admirándolo porque estaba convencido de que era sucio y de que estaría marcado de una manera u otra. Quizá fuera falso. Fuera lo que fuese, no le correspondía quedárselo.

Todos los billetes eran de cien, algunos nuevos y por estrenar. No había ninguno excesivamente gastado, pero la mayoría estaban usados. Databan de años comprendidos entre 1944 y 1986. Alrededor de la mitad iban fajados en lotes de dos mil dólares, y esos fueron los primeros que Ray contó. Cien mil dólares en billetes de cien formaban una pila de unos treinta y cinco centímetros de alto. Empezó a contar el dinero en una cama y lo fue depositando en ordenados montones en la otra. Fue muy minucioso. El tiempo que tardara carecía de importancia. Mientras procedía, lo fue tocando y manoseando, incluso lo olió para ver si era falso. Parecía auténtico lo mirara como lo mirara.

Treinta y un montones y unos cuantos billetes sueltos. En total tres millones ciento dieciocho mil dólares que había sacado, como si de un tesoro escondido se tratara, de la ruinosa casa de un hombre que a lo largo de su vida había ganado una cantidad que no llegaba ni a la mitad de aquella.

Le resultó imposible no admirar una fortuna como la que

tenía ante los ojos. ¿Cuántas veces en su vida podría contemplar tres millones de dólares? ¿Cuánta gente tenía semejante oportunidad? Ray se sentó en el sillón, apoyando la cara en las manos, mirando fijamente los ordenados montones mientras la cabeza le daba vueltas al pensar de dónde provenían y en qué lugar terminarían.

El ruido de la puerta de un coche cerrándose en algún lugar del exterior lo sobresaltó. Aquel era un sitio perfecto para que se lo robaran. Cuando uno viajaba con tres millones de dólares en efectivo, cualquiera se convertía en un asesino potencial.

Lo volvió a meter en las bolsas, las guardó en el maletero de su coche y se dirigió al casino más cercano.

Su relación con el juego se había limitado a una excursión de fin de semana que había hecho con un par de profesores, amigos suyos de la facultad de derecho, que habían leído sobre cómo desbancar con éxito un casino. No lo consiguieron. Ray, que había jugado muy poco a las cartas, encontró un hueco en la mesa de blackjack de cinco dólares la apuesta, y tras pasar dos días en aquel antro se fue con sesenta dólares en el bolsillo y jurando no volver. Las pérdidas de sus colegas nunca quedaron claras, pero aprendió que los jugadores habituales solían mentir a menudo con respecto a sus ganancias.

Para tratarse de un lunes por la noche, había bastante gente en el Santa Fe Club, un edificio construido apresuradamente y del tamaño de un campo de fútbol. Una torre adosada de diez pisos servía de hotel y alojamiento para los clientes, en su mayoría jubilados del norte que nunca habían pensado en bajar hasta Mississippi, pero que se habían dejado atraer por las innumerables máquinas tragaperras y las diversiones y la bebida gratis.

En el bolsillo tenía cinco billetes que había cogido al azar de otros tantos montones del dinero que había contado en la habitación del motel. Se acercó a una mesa de blackjack vacía cuya crupier estaba medio dormida y puso el primer billete en el tapete.

—Vamos a jugar —dijo.

—Apuesta de cien —anunció la crupier por encima del hombro aunque no hubiera nadie para escucharla. Acto seguido, cogió el billete, lo examinó superficialmente y lo puso en juego.

Ray pensó que debía de ser auténtico y se relajó un poco, al fin y al cabo, aquella mujer veía y tocaba cientos de billetes al cabo del día. Ella barajó las cartas con mano experta y Ray no tardó en sacar un veintiuno. La crupier le cambió rápidamente el billete por un par de fichas negras y se las entregó. Ray decidió jugarse las dos, doscientos dólares, con nervios de acero. La mujer repartió cartas rápidamente y cuando tenía un quince sacó un nueve. Las fichas de Ray pasaron de dos a cuatro. En menos de un minuto acababa de ganar trescientos dólares.

Se guardó las fichas en el bolsillo y se dio una vuelta por el casino, primero por la sala de máquinas tragaperras, ocupada por gente mayor que parecía hipnotizada mientras tiraban incansablemente de las palancas y contemplaban tristemente las pantallas. En las mesas de dados, donde un ruidoso grupo de patanes se gritaban unos a otros lo que debían hacer, había mucho ambiente. Los contempló un momento, fascinado por el movimiento de los dados, por las apuestas y por cómo las fichas de colores cambiaban de manos.

Encontró otra mesa de blackjack vacía y sacó el segundo billete, esa vez con ademán de jugador experto. El crupier lo miró a contraluz, lo frotó con los dedos y se lo llevó al jefe de mesa, que lo miró con aire suspicaz antes de sacar una lupa ocular y lo examinó atentamente, como si fuera un cirujano. Justo cuando Ray se disponía a dar media vuelta y salir a toda prisa, oyó una voz que decía:

—Es bueno.

No estaba seguro de cuál de los dos lo había dicho porque

estaba mirando a su alrededor y esperando ver aparecer en cualquier momento un grupo de vigilantes de seguridad. El crupier volvió a la mesa y dejó el billete sospechoso ante Ray, que le dijo que lo jugara. Segundos más tarde tenía delante la reina de corazones y el rey de picas y ganaba su tercera mano seguida.

Puesto que aquel crupier estaba totalmente despierto y el jefe de mesa había dado el visto bueno, Ray decidió zanjar el asunto de una vez por todas. Sacó los otros tres billetes de cien del bolsillo y los depositó en la mesa. El crupier los examinó de cerca, hizo un gesto afirmativo y preguntó.

—¿Quiere cambio?

—No. Prefiero jugarlos.

—Apuesta de trescientos —anunció el crupier, y el jefe de mesa se acercó para mirar por encima de su hombro.

Ray se plantó con un diez y un seis. El crupier sacó un diez y un cuatro y, cuando descubrió un as de diamantes, Ray ganó su cuarta mano ininterrumpida. Los billetes desaparecieron y fueron sustituidos por seis fichas negras. En esos momentos, Ray ya tenía diez mil dólares, y también sabía que los otros treinta mil billetes guardados en el maletero de su coche no eran falsos. Dejó una ficha en la mesa y se fue por una cerveza.

La barra del bar se hallaba elevada, de modo que uno podía, si le apetecía, tomarse una copa mientras contemplaba la sala de juegos o se distraía viendo un partido de béisbol, de bolos o las carreras de la NASCAR en cualquiera de los monitores. Lo que todavía no estaba permitido era apostar sobre las apuestas.

Era consciente de los riesgos que planteaba el casino. Sabiendo que el dinero era auténtico, la siguiente cuestión consistía en averiguar si estaba marcado de alguna manera. Las sospechas del segundo crupier y su jefe de mesa seguramente serían motivo suficiente para que alguien de las oficinas echara un vistazo a los billetes. Estaba seguro de que lo habían grabado en vídeo, al igual que al resto de los clientes. Por los comentarios de los listillos de sus colegas que habían intentado desbancar el casino, sabía que los sistemas de vigilancia de aquellos establecimientos eran exhaustivos.

Si sus billetes hacían sonar las alarmas, podrían encontrarlo sin dificultad.

Pero ¿en qué otro sitio podía lograr que examinaran su dinero? ¿Acaso iba a entrar en la sucursal de Clanton del First National y preguntarle al señor Dempsey si no le importaba echar un vistazo a aquellos billetes y decirle si eran buenos o no? Ningún cajero de Clanton había visto nunca dinero falso, de modo que a la hora de comer todo el pueblo estaría comentando que el hijo del juez Atlee estaba dando vueltas por allí con los bolsillos llenos de dinero sospechoso.

Había pensado en esperar a hallarse de vuelta en Virginia. Allí podía consultar con su abogado, quien le encontraría sin problemas un experto para que examinara una muestra del dinero. Pero no podía aguardar tanto. Si los billetes resultaban ser falsos, los quemaría. Si no, no estaba seguro de qué haría con ellos.

Se tomó la cerveza lentamente, dando tiempo a los del casino para que enviaran a un par de matones con traje que se le acercarían y le preguntarían discretamente «¿Tiene un minuto, por favor?». No podían trabajar tan deprisa, y él lo sabía. Si el dinero estaba marcado, harían falta días para relacionarlo con su lugar de procedencia, fuera cual fuera.

Y si lo descubrían con dinero marcado, ¿acaso habría cometido un delito? Lo había encontrado en casa de su difunto padre, un lugar que el testamento le destinaba a él y a su hermano. Además, era el albacea testamentario y pronto recibiría el encargo oficial de asumir la responsabilidad de proteger el caudal hereditario. Tenía por delante varios meses para informar al juez encargado y a las autoridades tributarias. Si el juez había acumulado aquel dinero por medios ilegales, pues lo sentía mucho. En esos momentos estaba muerto. Ray no había hecho nada malo. Al menos, por el momento.

Se llevó sus ganancias a la primera mesa de blackjack e hizo una apuesta de quinientos dólares. El crupier llamó la atención del jefe de mesa, que se acercó con aire de superioridad, como si las apuestas de quinientos dólares fueran cosa de todos los días en el Santa Fe Club. Le dieron un as y un rey, y el crupier le entregó setecientos cincuenta dólares.

—¿Le apetece algo de beber? —le preguntó el jefe de mesa, todo sonrisas y todo dientes carcomidos.

—Una cerveza Beck —contestó Ray, y una camarera apareció como surgida de la nada.

Apostó cien dólares en la mano siguiente y perdió. Luego, puso rápidamente tres fichas encima de la mesa para la siguiente apuesta y ganó. También ganó ocho de las diez siguientes manos en apuestas de cien y quinientos dólares que fue alternando, como si supiera exactamente lo que estaba haciendo. El jefe de mesa se quedó tras el crupier. Tenían entre manos un potencial jugador profesional de blackjack, uno al que había que observar y filmar antes de dar aviso al resto de los casinos.

Si supieran la verdad…, se dijo.

Perdió varias apuestas seguidas de doscientos dólares y entonces, cansado ya, decidió jugárselo todo en una última de mil dólares. Tenía tres millones guardados en el maletero, de modo que la cantidad era calderilla. Cuando las dos reinas cayeron junto a sus fichas, mantuvo una perfecta cara de póquer, como si llevara años ganando en los casinos de aquella manera.

—¿Le gustaría cenar algo, señor? —le preguntó el jefe de mesa.

—No, gracias —contestó Ray.

—¿Hay algo que podamos hacer por usted? —insistió el hombre.

—Una habitación no me vendría mal. —Un gilipollas habría dicho «una suite, desde luego», pero Ray se contuvo y dijo—: Cualquiera que tenga me irá bien.

No había hecho planes para quedarse, pero, con un par de

cervezas en el cuerpo pensó que era mejor no conducir. ¿Y si un sheriff local lo hacía parar y echaba un vistazo al maletero?

—Desde luego, señor. Yo mismo me encargaré de registrarlo.

Durante la siguiente hora ni ganó ni perdió. La camarera se le acercó cada poco, intentando que consumiera, pero Ray hizo durar su cerveza. Mientras el crupier barajaba, contó treinta y nueve fichas negras.

A medianoche empezó a bostezar y se acordó de lo poco que había dormido la noche anterior. Tenía la llave de la habitación en el bolsillo. La mesa tenía un límite de apuesta de mil dólares, de lo contrario se habría jugado todo lo que tenía y se habría largado envuelto en gloria. Puso diez fichas en círculo encima del tapete y acertó blackjack mientras la gente lo observaba. Otras diez fichas y el crupier se pasó con un veintidós. Recogió sus ganancias, dejó cuatro fichas para el crupier y se dirigió a la caja. Llevaba tres horas en el casino.

Desde su habitación de la tercera planta podía ver el aparcamiento y puesto que tenía a la vista su descapotable se sintió empujado a observarlo. A pesar de lo cansado que se sentía, no podía dormirse. Acercó un sillón a la ventana e intentó dormitar, pero no pudo dejar de dar vueltas a la cabeza.

¿Acaso el juez había descubierto el mundo de los casinos? ¿Podía ser que el juego fuera el origen del dinero, un pequeño y lucrativo vicio que había reservado para sí?

Cuanto más se repetía Ray que la idea era demasiado inverosímil, más se convencía de que había dado con la fuente del dinero. Por lo que sabía, el juez nunca había jugado en bolsa, pero ¿y si lo había hecho, si había resultado ser un nuevo Warren Buffet?, ¿por qué iba entonces a guardar sus beneficios en efectivo y esconderlos en una cómoda? Además, quedaría un importante rastro de papeleo.

Quizá hubiera llevado la doble vida de un juez dispuesto a dejarse sobornar, pero resultaba imposible sacar tres millones de dólares del calendario de casos de un juzgado rural de Mississippi; además, aceptar sobornos habría implicado a muchas personas más.

El dinero tenía que provenir del juego. Se trataba de efectivo. Él mismo acababa de ganar seis mil dólares en una sola noche. Seguro que había intervenido la suerte, pero ¿acaso no intervenía siempre? Quizá el viejo hubiera tenido un talento especial para los dados o las cartas, quizá había acertado uno de los premios gordos de las tragaperras. Vivía solo y no daba cuentas a nadie.

Podía haber ganado todo ese dinero.

Pero tres millones a lo largo de siete años… ¿Los casinos no hacían firmar nada en caso de ganancias importantes? ¿No había declaraciones a hacienda de por medio?

¿Y por qué lo había escondido? ¿Por qué no lo había donado, como el resto de su dinero?

Poco después de las tres, lo dejó estar y salió de la habitación de cortesía que le habían facilitado. Estuvo hasta el amanecer durmiendo en su coche.

11

La puerta principal se hallaba ligeramente entreabierta, y a las ocho de la mañana, sin nadie viviendo en la casa, se trataba sin duda de una ominosa señal. Ray la observó durante un largo rato, sin estar seguro de querer entrar; pero sabiendo al mismo tiempo que no le quedaba otro remedio. La empujó para abrirla, y respiró hondo mientras apretaba los puños, como si el ladrón fuera a estar allí mismo. La puerta se abrió por completo con un agudo chirrido, y, cuando la luz iluminó el vestíbulo lleno de cajas, Ray vio un rastro de huellas de barro en el suelo. El intruso había entrado desde la parte de atrás, donde el césped estaba sucio de tierra y, por alguna razón, había decidido marcharse por la puerta principal.

Ray sacó lentamente la pistola del bolsillo.

Las veintitrés cajas verdes de Blake & Son se encontraban tiradas por el suelo del estudio del juez. El sofá estaba patas arriba; y las puertas de la cómoda bajo los estantes, abiertas. El escritorio de persianilla parecía intacto, pero el suelo estaba lleno de papeles.

El intruso había sacado las cajas y, al hallarlas vacías, las había arrojado por los aires en un ataque de rabia. A pesar de la quietud que reinaba en el estudio, Ray percibió la violencia de la situación y se sintió aturdido.

Aquel dinero podía costarle la vida.

Cuando por fin consiguió salir de su estupor puso el sofá

en su sitio y recogió los papeles. Estaba reuniendo las cajas cuando oyó algo en el porche de entrada. Se asomó a la ventana y vio a una mujer mayor que llamaba a la puerta.

Claudia Gates había conocido al juez como ninguna otra persona había llegado a hacerlo. Había sido su auxiliar en el tribunal, su secretaria, su chófer y muchas otras cosas a tenor de los chismorreos que habían circulado desde que Ray era pequeño. Durante casi treinta años, ella y el juez habían viajado por los seis condados del distrito Veinticinco, saliendo a menudo de Clanton a las siete de la mañana para regresar bien entrada la noche. Cuando no estaban en el tribunal, compartían el despacho del juez en los juzgados, donde ella se dedicaba a pasar a máquina las sentencias y resoluciones mientras él realizaba su trabajo.

En una ocasión, un abogado llamado Turley los había descubierto en una posición comprometedora durante la hora de comer y cometió el lamentable error de comentárselo a sus colegas. A partir de ese momento perdió todos los casos que presentó a lo largo del año siguiente y se quedó sin clientes. El juez Atlee tardó cuatro años en lograr que lo expulsaran del Colegio de Abogados.

—Hola, Ray —lo saludó ella a través de la puerta de tela metálica—. ¿Puedo entrar?

—Claro —contestó él, abriéndola del todo.

Claudia y Ray nunca se habían caído bien mutuamente. Este siempre había creído que ella recibía la atención y el cariño que su padre les escatimaba, tanto a él como a Forrest, mientras que la mujer siempre lo había visto como una amenaza. En lo que al juez se refería, Claudia Gates siempre había visto a todo el mundo como una amenaza.

Tenía muy pocas amigas y aún menos admiradores. Era brusca y cruel porque se había pasado la vida asistiendo a juicios, y también era arrogante porque había sido la confidente del gran hombre.

—Lo siento mucho —dijo.

—Y yo también.

Cuando pasaron junto al estudio, Ray cerró la puerta y dijo:

—Será mejor que no entres.

Claudia no parecía haber notado las huellas del intruso.

—Sé amable conmigo, Ray —dijo ella.

—¿Por qué?

Entraron en la cocina, donde él preparó un poco de café, y se sentaron uno frente al otro.

—¿Puedo fumar? —preguntó ella.

—Me da igual —repuso Ray, que pensó que podía fumar hasta asfixiarse si quería. Los trajes negros de su padre siempre llevaban el acre olor de los cigarrillos de Claudia porque el juez le había permitido fumar en todas partes menos en la sala del tribunal, y seguramente también en la cama.

El aliento jadeante, la voz cascada, las innumerables arrugas alrededor de los ojos… ¡Ah, las delicias del tabaco!

Claudia había estado llorando, lo cual no era algo precisamente habitual en su vida. Cuando Ray había trabajado un verano como ayudante de su padre, había tenido la desgracia de asistir a la vista de un estremecedor caso de abusos infantiles. La declaración del testigo había sido tan lastimosa y patética que a todos, incluyendo al juez, se les habían llenado los ojos de lágrimas. Los únicos que permanecieron secos fueron los de la impasible Claudia Gates.

—No puedo creer que haya muerto —dijo, lanzando una nube de humo hacia el techo.

—Llevaba cinco años muriéndose, Claudia. No ha sido ninguna sorpresa.

—No por eso resulta menos triste.

—Sí, es muy triste; pero al final sufría mucho. La muerte ha sido una liberación.

—No me dejaba que viniera a verlo.

—Mira, será mejor que no repasemos viejas historias, ¿vale?

Las viejas historias, según la versión que cada uno decidiera creer, habían sido objeto de los chismorreos de Clanton durante más de veinte años. Pocos años después de que muriera la madre de Ray, Claudia se divorció de su marido por razones que nunca habían quedado del todo claras. Una parte de la ciudad creía que el juez le había prometido que se casaría con ella una vez se hubiera divorciado; la otra opinaba que el juez, que era un Atlee hasta la médula, nunca se casaría con alguien vulgar como Claudia, y que su marido se divorció de ella porque la encontró tonteando con otro hombre. El caso fue que los años pasaron y los dos disfrutaron de las ventajas de una vida marital, salvo por los papeles y el techo en común. Ella no dejó de presionar al juez para que pasara por el altar, y él de posponer la cita con evasivas. Evidentemente su excelencia tenía todo lo que deseaba.

Al final, Claudia le planteó un ultimátum, lo cual se demostró una estrategia equivocada. Los ultimátums no impresionaban al juez Atlee. Un año antes de que la despidieran del despacho, Claudia se casó con un hombre nueve años más joven. El juez la echó sin miramientos, y en los cafés y los clubes de ganchillo no se habló de otra cosa durante tiempo. Tras unos años tempestuosos, el joven marido de Claudia murió y ella se quedó sola, igual que el juez; pero como lo había traicionado casándose, este nunca la perdonó.

—¿Y Forrest?

—No creo que tarde en llegar.

—¿Cómo está?

—Como siempre. Forrest es Forrest.

—¿Quieres que me vaya?

—Eso es cosa tuya.

—Me gustaría hablar contigo, Ray. Necesito hablar con alguien.

—¿No tienes amigos?

—No. Reuben era mi único amigo.

Ray dio un respingo cuando oyó que llamaba a su padre

por su nombre de pila. Claudia se llevó el cigarrillo a los labios repintados de rojo, de un rojo apagado por el duelo, no el rojo brillante por el que había sido conocida. Tenía al menos setenta años, pero los llevaba bien. Seguía manteniéndose delgada y erguida y se había puesto un ajustado vestido que ninguna otra mujer de su edad del condado de Ford se habría atrevido a ponerse. Llevaba un diamante en cada oreja y otro en un dedo, aunque no había forma de saber si eran auténticos. También llevaba un bonito colgante de oro y dos pulseras.

Sin duda era una vieja fulana, pero seguía siendo un volcán activo. Ray tomó nota mental para preguntar a Harry Rex con quién se estaba viendo Claudia. Sirvió un poco de café y le preguntó:

—¿De qué querías hablar?

—De Reuben.

—Mi padre ha muerto, y no me gustan las historias del pasado.

—¿No podemos ser amigos?

—No. Nunca nos hemos caído bien, de modo que ahora no veo razón para que nos demos abrazos ante el féretro. ¿A santo de qué?

—Soy una mujer anciana, Ray.

—Y yo vivo en Virginia. Hoy asistiremos al funeral y después no volveremos a vernos. ¿Qué te parece eso?

Claudia encendió otro cigarrillo y lloró un poco más. Ray pensaba en el desorden del estudio y en lo que tendría que decirle a Forrest si se presentaba en ese momento y veía las cajas tiradas por todas partes y las huellas de barro. Además, si su hermano veía a Claudia allí sentada podía lanzársele al cuello.

Aunque carecían de pruebas, tanto él como Forrest sospechaban que durante muchos años el juez le había pagado un sueldo muy superior al estipulado para los ayudantes judiciales, una cantidad extra en concepto de compensación por las tareas extra que había desempeñado. No, no resultaba difícil guardarle rencor.

—Solo quiero algo para recordar. Solo eso —dijo Claudia.

—¿Quieres recordarme a mí?

—Tú eres como tu padre, Ray. Me aferro a eso.

—¿Buscas dinero?

—No.

—¿Estás sin blanca?

—Bueno, digamos que no tengo la vida resuelta.

—Aquí no hay nada para ti.

—¿Tienes su testamento?

—Sí, y tu nombre no aparece mencionado en él.

Ella se echó a llorar de nuevo y Ray empezó a impacientarse. Ella se había llevado el dinero hacía veinte años, mientras él se dedicaba a servir mesas, a vivir de bocadillos, intentando sobrevivir otro mes en la facultad mientras evitaba por todos los medios que lo echaran de su mísero apartamento. Ella siempre había tenido un Cadillac nuevo cuando él y Forrest conducían chatarra rodante. Se habían visto obligados a vivir como aristócratas arruinados mientras que ella tenía ropa nueva y joyas.

—Siempre me prometió que se haría cargo de mí.

—Esa es una promesa que rompió hace muchos años, Claudia. Olvídala.

—No puedo. Lo amaba demasiado.

—Se trataba de sexo y de dinero, no de amor, y preferiría no hablar más de ello.

—¿Qué hay en herencia?

—Nada. Lo repartió todo.

—¿Que hizo qué?

—Ya me has oído. Sabes lo mucho que le gustaba firmar cheques. Cuando tú te fuiste, la cosa empeoró.

—¿Y qué hay de su retiro?

Claudia ya no lloraba. Aquello era un asunto serio. Sus verdes ojos estaban secos y llameantes.

—Se lo gastó después de dejar el cargo. Fue una pifia económica de primera, pero lo hizo sin que yo me enterara. Estaba medio chiflado. Cogió el dinero, vivió con parte de él y resto lo repartió a los boy scouts, a las girl scouts, al Lion's Club, a los Hijos de la Confederación, al Comité para la Conservación de Lugares Históricos... Podría enumerarte un centenar.

Si su padre había sido un juez corrupto —y eso era algo que Ray no estaba dispuesto a creer—, entonces Claudia sabría de la existencia del dinero; pero saltaba a la vista que no estaba al corriente. De todas maneras, a Ray nunca se le había pasado por la cabeza que lo supiera. De haber sido así, el dinero no habría estado mucho tiempo en la cómoda. Si Claudia hubiera podido echar mano a tres millones de dólares, todo el condado se habría enterado. Era de las que lucían hasta el último centavo. Ray sospechó que no debía de tener gran cosa.

—Creía que tu segundo marido era un hombre de fortuna —dijo con una crueldad excesiva.

—Y yo también —contestó ella con una leve sonrisa.

Ray rió por lo bajo. Entonces los dos soltaron una carcajada, y el hielo se fundió apreciablemente. Claudia era conocida por su falta de tacto.

—No apareció, ¿no?

—Ni un centavo. Era un tipo bien parecido, nueve años más joven, ya sabes...

—Lo recuerdo bien. Fue un buen escándalo.

—Tenía cincuenta y un años, era persuasivo y estaba seguro de que podía ganar una fortuna dedicándose al petróleo. Nos pasamos cuatro años perforando como locos y salí con las manos vacías.

Ray rió con más fuerza que antes. En esos momentos no recordaba haber hablado de sexo y dinero con una mujer de setenta años y tuvo la impresión de que Claudia tenía un montón de anécdotas que contar. Los Grandes Éxitos de Claudia.

—Tienes buen aspecto, Claudia. Todavía se te puede presentar otra oportunidad.

—Estoy cansada, Ray. Vieja y cansada. Tendría que correr detrás de él, y no vale la pena.

—¿Qué le pasó al número dos?

—Que se lo llevó un ataque al corazón y que yo no llegué a ver ni mil dólares.

—El juez ha dejado seis mil.

—¿Solo? —preguntó, incrédula.

—Sí. No hay acciones ni bonos, nada salvo una vieja casa y seis mil dólares en el banco.

Ella bajó la vista y meneó la cabeza mientras se convencía de que Ray le decía la verdad. Desde luego, no tenía ni idea de la existencia del dinero.

—¿Qué haréis con la casa?

—Forrest propone quemarla y repartirnos la prima del seguro.

—No es mala idea.

—Sí, pero la venderemos.

Se oyó ruido en el porche y alguien llamó a la puerta. El reverendo Palmer había llegado para hablar del funeral, que se celebraría en un par de horas. Claudia dio un abrazo a Ray cuando este la acompañó hasta el coche. Luego volvió a abrazarlo al despedirse.

—Lamento no haber sido más amable contigo —susurró ella cuando Ray le abrió la puerta.

—Adiós, Claudia. Nos veremos en la iglesia.

—Tu padre nunca me perdonó, Ray.

—Yo sí te perdono.

—¿De verdad?

—Sí. Estás perdonada. Ahora somos amigos.

—Muchas gracias —dijo antes de abrazarlo por tercera vez y echarse a llorar.

Ray la ayudó a subir al coche, que, como de costumbre, era un Cadillac. Antes de poner el motor en marcha, Claudia lo miró y preguntó:

—¿Y a ti, Ray, te perdonó a ti?

—No lo creo.

—Yo tampoco lo creo.

—Pero se trata de algo que ahora carece de importancia. Debemos enterrarlo.

—Podía ser un verdadero cabronazo, ¿verdad? —comentó Claudia, sonriendo a través de las lágrimas.

Ray no pudo evitar reír. La amante septuagenaria de su padre recién fallecido acababa de llamar «cabronazo» al gran hombre.

—Sí —convino—, desde luego que podía serlo.

12

Empujaron el bonito ataúd de roble, con el juez dentro, por el pasillo central de la iglesia y lo dejaron junto al altar, frente al púlpito, donde el reverendo Palmer aguardaba vestido de negro. La caja estaba cerrada, para disgusto de los asistentes, la mayoría de los cuales se aferraban todavía a la vieja costumbre sureña de poder ver al difunto una última vez en un curioso intento de aumentar su tristeza en lo posible. «Mire, no», le había dicho educadamente Ray al señor Magargel cuando este le preguntó si quería el ataúd abierto. Cuando todas las piezas estuvieron en el sitio, Palmer alzó los brazos y los bajó lentamente. La gente se sentó.

El banco de la primera fila, a su derecha, estaba ocupado por la familia del difunto: sus dos hijos. Ray llevaba el traje que se había comprado y tenía aspecto cansado. Forrest vestía vaqueros, una chaqueta de ante negra y parecía notablemente sobrio. Tras ellos estaban Harry Rex y el resto de los portadores del féretro, y más atrás una lamentable colección de viejos jueces retirados, que tampoco se hallaban muy lejos del ataúd. El primer banco de la izquierda lo ocupaban toda una serie de dignatarios locales: políticos, un ex gobernador y un par de magistrados del Tribunal Superior de Justicia de Mississippi. Clanton nunca había visto tanto poder reunido al mismo tiempo.

La iglesia estaba abarrotada. Había gente de pie bajo las vidrieras. La galería superior se había llenado y el auditorio del piso de abajo había sido conectado con señal de audio para los amigos y admiradores que se habían reunido allí.

Ray estaba impresionado por la cantidad de gente, y Forrest ya empezaba a mirar el reloj. Había llegado quince minutos antes y se había llevado una reprimenda de Harry Rex pero no de Ray. Se disculpó diciendo que el traje se le había manchado; además, el año anterior, Ellie le había regalado la chaqueta negra de ante y, según ella, le servía estupendamente para la ocasión.

Ellie, con sus más de ciento cincuenta kilos, no había querido salir de casa, razón por la cual Ray y Harry Rex le estaban sumamente agradecidos. En cuanto a Forrest, había logrado de un modo u otro mantenerse sobrio; sin embargo, se respiraba la recaída. Por un millar de razones, lo único que Ray deseaba era poder regresar a Virginia.

El reverendo pronunció un breve y elocuente discurso dando gracias por la vida de un gran hombre. A continuación, dio paso a un coro infantil que había ganado un premio de canto en Nueva York y al que, según Palmer, el juez había dado tres mil dólares para los gastos de viaje. El coro cantó dos canciones que Ray no había oído nunca, pero lo hizo estupendamente.

El primer discurso de alabanza —siguiendo las instrucciones de Ray solo habría dos y serían breves— lo hizo un hombre muy mayor que a duras penas consiguió llegar al púlpito pero que, una vez en él, sorprendió a todos con su voz clara y potente. Había sido compañero de estudios del juez, casi un siglo antes. Contó dos anécdotas sin gracia, y su potente voz empezó a flaquear.

El reverendo Palmer leyó unos pasajes de las Escrituras y pronunció palabras de consuelo por la pérdida de los seres queridos, incluso tratándose de alguien muy anciano que había vivido plenamente.

El segundo discurso estuvo a cargo de un joven negro llamado Nakita Poole que era una especie de leyenda en Clanton.

Poole provenía de una familia sin recursos del sur de la ciudad, y de no haber sido por el profesor de química del instituto habría dejado los estudios y se habría convertido en una estadística más. El juez lo había conocido con ocasión de una agria disputa familiar que había tenido que resolver y le tomó aprecio. Poole tenía verdadero talento para las matemáticas y la ciencia. Acabó siendo el primero de su clase, presentó solicitudes de ingreso en las mejores universidades y fue aceptado por todas ellas. El juez le escribió poderosas cartas de recomendación y tiró de tantos hilos como pudo. Nakita acabó escogiendo Yale, y el paquete económico se lo cubrió todo menos los gastos de bolsillo. Durante cuatro años, el juez le escribió semanalmente y en cada sobre metió un talón de veinticinco dólares. En esos momentos, Nakita era médico y tenía planeado pasar dos años trabajando en África como voluntario.

—Yo no fui el único que recibió su correspondencia y sus cheques —dijo ante un silencioso auditorio—. Muchos otros se beneficiaron de ellos. Lo que sí os digo es que echaré de menos sus cartas.

Los ojos de las mujeres que llenaban la iglesia se llenaron de lágrimas. El siguiente fue Thurber Foreman, el forense. Desde hacía años, Foreman era un fijo de los funerales del condado de Ford, y el juez había solicitado expresamente su presencia para que interpretara *Just a Closer Walk with Thee* acompañándose con su mandolina. Realizó una interpretación magnífica y se las compuso para lograrlo sin dejar de llorar.

Forrest acabó secándose las lágrimas mientras Ray seguía con los ojos fijos en el ataúd, preguntándose de dónde había salido el dinero. ¿Qué demonios había hecho el viejo, qué había pensado que pasaría con el dinero tras su muerte?

Cuando el reverendo finalizó su breve oración, los portadores del féretro sacaron al juez Atlee de la iglesia. El señor Magargel acompañó a Ray y a Forrest por el pasillo y afuera hasta una limusina que esperaba tras el coche fúnebre. La multitud se dispersó en busca de sus vehículos para ir al cementerio.

Como en tantas otras ciudades pequeñas, a los habitantes de Clanton les encantaban los funerales. El tráfico se detuvo. Los que no se habían incorporado a la procesión esperaban en las aceras para ver pasar el cortejo fúnebre y el interminable desfile de coches que lo seguía. Todos los ayudantes voluntarios de la policía se habían puesto el uniforme y bloqueaban el paso en las calles, los callejones y los cruces.

El cortejo pasó junto al edificio de los juzgados donde la bandera seguía ondeando a media asta y los funcionarios aguardaban en la acera con la cabeza gacha. Incluso los comerciantes de la ciudad salieron de sus tiendas para decir adiós al juez.

Lo depositaron para su descanso eterno en la parcela de los Atlee, junto a una esposa largo tiempo olvidada y entre los antepasados a los que tanto había reverenciado. Aunque nadie lo supiera y a nadie le importara, sería el último de los Atlee que volvería al polvo del condado de Ford: Ray había decidido que sus cenizas fueran esparcidas por las montañas Blue Ridge; y Forrest, que reconocía hallarse más cerca de la muerte que su hermano, aún no se había molestado en precisar los detalles de su entierro, pero sin duda no sería enterrado en Clanton. Ray apoyaba la idea de una cremación, mientras que Ellie se inclinaba por un panteón.

Los acompañantes del féretro se agruparon bajo una carpa color carmesí, gentileza de Magargel Funeral Home, que era demasiado pequeña porque solo cubría la tumba y cuatro filas de sillas plegables. Tendría que haber habido un millar.

Ray y Forrest se sentaron tan cerca del ataúd que casi lo tocaban con las rodillas y escucharon mientras el reverendo Palmer seguía con el ritual. Sentado al borde del foso, Ray pensó en lo extrañas que eran las cosas que le pasaban por la cabeza. Quería volver a su casa. Echaba de menos las clases y a sus alumnos, volar y los paisajes del valle de Shenandoah que veía desde el cielo. Estaba cansado, se sentía irritable y no deseaba pasar las dos horas siguientes en aquel cementerio, hablando de trivialidades con gente que solo lo recordaba de cuando era niño.

La esposa de un reverendo pentecostaliano pronunció las palabras finales. Cantó *Amazing Grace* y, durante cinco minutos, el tiempo pareció detenerse. Su bella voz de soprano resonó entre las suaves colinas del cementerio, confortando a los muertos y dando esperanza a los vivos. Hasta los pájaros dejaron de volar.

Un soldado interpretó *Taps* con su corneta y todo el mundo lloró a moco tendido. Alguien recogió la bandera, la dobló y se la entregó a Forrest, que lloraba y sudaba bajo su condenada chaqueta de ante. Cuando las últimas notas se perdieron entre los árboles, Harry Rex lanzó un estremecido sollozo. Ray se inclinó hacia delante y acarició el ataúd; elevó en silencio una breve despedida y hundió la cara entre las manos.

Los que habían acudido al entierro se dispersaron rápidamente. Era hora del almorzar. Ray supuso que si se limitaba a permanecer sentado donde estaba, mirando el ataúd, la gente lo dejaría en paz. Forrest le rodeó los hombros con un brazo, y los dos dieron la imagen de estar dispuestos a quedarse allí hasta que anocheciera. Harry Rex recobró la compostura y asumió el papel de portavoz de la familia. De pie, fuera de la carpa, dio las gracias a los dignatarios por su presencia, felicitó al reverendo Palmer por el funeral, alabó la interpretación de la soprano, dijo a Claudia que era mejor que no se sentara con Ray y Forrest y fue despidiendo a todo el mundo. Los enterradores esperaban, apoyados en un árbol cercano, con las palas en la mano.

Cuando la gente se hubo marchado, incluyendo el señor Magargel y sus ayudantes, Harry Rex se dejó caer en una silla junto a Forrest. Los tres permanecieron un buen rato allí, con la mirada perdida y sin ánimo de levantarse. El único sonido era el de una retroexcavadora que esperaba en la distancia, pero a Ray y a Forrest les daba igual. ¿Cuántas veces enterraba uno a su padre? ¿Y qué importancia tenía el tiempo para un sepulturero?

—Ha sido un magnífico funeral —dijo finalmente Harry Rex, como experto en la materia.

—El viejo se habría sentido orgulloso —comentó Forrest.

—Sí, le encantaban los grandes funerales —añadió Ray—, pero aborrecía las bodas.

—A mí me encantan las bodas —terció Harry Rex.

—¿Cuántas llevas, cuatro o cinco? —preguntó Forrest.

—Cuatro y sigo contando.

Un individuo vestido con uniforme de funcionario municipal se acercó y preguntó:

—¿Quieren que lo bajemos ahora?

Ni Ray ni Forrest supieron qué responder, pero Harry Rex no lo dudó.

—Sí, por favor —contestó.

El hombre hizo girar una manivela oculta y, muy lentamente, el ataúd empezó a descender. Todos lo observaron hasta que fue depositado en las profundidades de tierra roja de la tumba.

El hombre retiró las correas y el mecanismo con la manivela y se marchó.

—Bueno, supongo que ya se ha acabado —sentenció Forrest.

El almuerzo fueron unos tamales y unas gaseosas en un *drive-in* a las afueras de la ciudad, lejos de los lugares más frecuentados donde sin duda alguien se acercaría para darles el pésame. Se sentaron a una mesa de picnic de madera, bajo una sombrilla, y vieron pasar los coches.

—¿Cuándo pensáis marcharos? —preguntó Harry Rex.

—Mañana, a primera hora —respondió Ray primero.

—Tenemos trabajo por delante.

—Lo sé. Podríamos hacerlo esta tarde.

—¿Qué clase de trabajo? —quiso saber Forrest.

—Preparar el papeleo de la herencia —explicó Harry Rex—. Dentro de unas semanas, cuando le vaya bien a Ray, tendremos que presentar los papeles para la certificación. Ahora tenemos que revisar los documentos del juez y ver qué trabajo nos espera.

—Suena como una tarea para el albacea.

—Puedes ayudarnos, si quieres.

Ray comía y pensaba en su coche, que se encontraba aparcado en una bulliciosa calle, cerca de la iglesia presbiteriana. Sin duda allí estaría seguro.

—Anoche fui al casino —comentó con la boca llena.

—¿A cuál? —preguntó Harry Rex.

—A uno que se llama no-sé-qué Santa Fe. Fue el primero que me encontré. ¿Has estado?

—He estado en todos —dijo como si no fuera a volver. Con la excepción de los narcóticos ilegales, Harry Rex había probado todos los vicios.

—Yo también —añadió Forrest, que no era persona dada a hacer excepciones—. ¿Qué tal te fue?

—Gané unos miles al blackjack y me obsequiaron con una habitación.

—Pues yo pagué la condenada habitación —gruñó Harry Rex—. Seguramente pagué toda la planta.

Ray tragó saliva y decidió lanzar el anzuelo.

—En el escritorio del viejo encontré una caja de cerillas del casino. ¿Acaso iba por allí?

—Desde luego —contestó Harry Rex—. Él y yo solíamos acercarnos una vez al mes. Le encantaban los dados.

—¿Al viejo? —preguntó Forrest—. ¿Me estás diciendo que el viejo era jugador?

—Pues sí.

—Ahora sé por dónde se ha ido el resto de mi herencia: lo que el juez no repartió por ahí se lo ventiló en el casino.

—Yo diría que no. La verdad es que era un jugador experto.

Ray fingió estar tan sorprendido como Forrest, pero se sintió satisfecho por haber dado con la primera pista, por endeble que fuera. Le parecía casi imposible que el juez hubiera sido capaz de amasar tanto dinero jugando a los dados una vez por semana.

Volvería a hablar con Harry Rex más tarde.

13

El juez había sido diligente organizando sus asuntos al ver que se acercaba el final. Todos los archivos importantes se hallaban en su estudio y a mano.

Repasaron primero los cajones de la mesa de caoba. En un cajón encontraron los recibos del banco de los últimos diez años, ordenados cronológicamente. Sus declaraciones de renta estaban en otro. Había grandes libros contables con las anotaciones de las donaciones que había realizado a todos aquellos que se lo habían pedido. El cajón más grande estaba lleno de sobres que contenían todo tipo de papeles: resguardos, historiales médicos y cartas de sus doctores, viejas escrituras, facturas pagadas y pendientes, su fondo de jubilación… Ray los ojeó sin abrirlos salvo el de facturas por pagar. Solo había una: 13,80 dólares a Wayne's Lawnmower Repair, con fecha de la semana anterior.

—Siempre se me hace raro examinar los papeles de alguien que acaba de morir —comentó Harry Rex—. Me parece sucio, como si yo fuera una especie de mirón.

—Yo me siento más como un detective a la búsqueda de pistas —contestó Ray.

Se hallaba sentado a un extremo de la mesa, y Harry Rex al otro. Se habían aflojado las corbatas y arremangado las camisas. Tenían una montaña de papeles ante ellos. Forrest, siempre fiel a sí mismo, era de gran ayuda y, después de haberse bebido seis latas de cerveza después de comer, roncaba a pierna suelta en el balancín del porche.

Pero, al menos, estaba allí en lugar de haber corrido a refugiarse en cualquiera de las sustancias que eran su marca de fábrica. Había desaparecido tantas veces al correr de los años… Nadie de Clanton se habría sorprendido si no hubiera asistido al funeral: solo habría sido otro borrón más en el largo historial de borrones del menor de los Atlee, una anécdota más.

En el último cajón encontraron algunos objetos personales: estilográficas, pipas, fotos del juez con sus amigos en las reuniones del Colegio de Abogados, unas cuantas de Ray y de Forrest muy antiguas, su certificado de matrimonio y el de defunción de su esposa. En un sobre sin abrir encontraron la necrológica recortada del *Clanton Chronicle* y fechada el 12 de octubre de 1969, junto con una fotografía. Ray la leyó y se la pasó a Harry Rex.

—¿Te acuerdas de ella?

—Sí. Asistí a su funeral —comentó mirando la imagen—. Era una mujer atractiva que no tenía demasiados amigos.

—¿Por qué no?

—Era de la zona del delta, y la mayoría de la gente de allí tiene bastante sangre azul en sus venas. Eso era lo que el juez buscaba en una esposa, pero la verdad es que por aquí no acabó de funcionar. Ella creyó que se casaba con alguien adinerado, pero en aquella época los jueces no se hacían ricos, de modo que ella tuvo que esforzarse en ser mejor que todos los demás.

—No te caía bien, ¿verdad?

—No especialmente. Tu madre pensaba que yo era un tipo tosco y sin refinar.

—Imagínate.

—Yo apreciaba de verdad a tu padre, Ray; pero también te digo que en el funeral de tu madre no se derramaron demasiadas lágrimas.

—Creo que será mejor que solo nos ocupemos de un funeral al mismo tiempo.

—Lo siento.

—¿Qué había en el testamento que preparaste para él, en el último?

Harry Rex dejó el recorte de periódico en la mesa, se recostó en la silla y dejó que su mirada se extraviara más allá de la ventana.

—El juez quería crear un fondo —dijo en voz baja—, de manera que, cuando se vendiera esta casa, el dinero fuera a parar allí. Yo sería el administrador y de ese modo me correspondería el placer de entregaros el dinero a ti y a él —dijo, señalando el porche con un gesto de la cabeza—. De todas maneras, los primeros cien mil serían devueltos a la herencia porque esa era la cantidad que el juez calculaba que Forrest le debía.

—Menudo desastre.

—La verdad es que intenté convencerlo para que no lo hiciera.

—Gracias a Dios que lo quemó.

—Desde luego. Tu padre sabía que era una mala idea, pero su intención era proteger a Forrest de sí mismo.

—Eso es lo que hemos estado intentando durante veinte años.

—Lo tenía todo pensado. Iba a dejártelo todo a ti, y a él fuera, pero sabía que eso no haría más que provocar enfrentamientos. Luego se enfadó mucho porque ninguno de los dos queríais vivir aquí, de manera que me pidió que redactara un testamento en el que dejaba la casa a la iglesia. Nunca lo firmó. Luego, el reverendo Palmer lo cabreó con el asunto de la pena de muerte, de modo que tu padre cambió nuevamente de idea y dijo que prefería que sus herederos la vendieran después de su muerte y entregaran el dinero a obras de caridad. —Hizo una pausa mientras estiraba los brazos hacia arriba hasta hacer crujir la espalda. Harry Rex había sufrido dos operaciones de columna y casi nunca conseguía sentarse y estar cómodo del todo—. Supongo que la razón por la que os llamó a ti y a Forrest fue que entre los tres decidierais lo que queríais hacer con la herencia.

—Entonces, ¿por qué redactó ese testamento en el último minuto?

—Creo que eso es algo que nunca sabremos. Quizá se hartó de sufrir dolores. Tengo la sospecha de que se había aficionado a la morfina. Es algo que le pasa a mucha gente al final. Puede que se diera cuenta de que iba a morir.

Ray miró a los ojos del general Nathan Bedford Forrest, que llevaba casi un siglo observando con aire severo el estudio del juez desde su atalaya en la pared. Ray no tenía ninguna duda de que su padre había decidido morir en el sofá para que el general pudiera verlo emprender el último viaje. El general lo sabía, sabía cómo y en qué momento había fallecido el juez. Sabía de dónde había salido el dinero y también quién había entrado la noche anterior en el estudio y lo había puesto patas arriba.

—¿Alguna vez incluyó a Claudia en alguna de las disposiciones testamentarias?

—Nunca. Ya sabes lo rencoroso que podía llegar a ser.

—Esta mañana Claudia se presentó en la casa.

—¿Qué quería?

—Me parece que venía en busca de dinero. Me dijo que el juez siempre le había prometido que se haría cargo de ella y me preguntó si el testamento la mencionaba.

—¿Y tú se lo dijiste?

—Desde luego y con sumo gusto.

—No te preocupes por esa mujer. No le ocurrirá nada malo. ¿Te acuerdas del viejo Walter Sturgis, de Karraway, aquel tipo que se dedicaba al movimiento de tierras y que era más tieso que una escoba? —Harry Rex conocía a todo el mundo en el condado, a sus treinta mil almas, ya fueran negros, blancos o los recién llegados mexicanos.

—Me parece que no.

—Bueno, da igual. El caso es que se rumorea que tiene medio millón de dólares guardado en billetes y que Claudia va detrás de ese dinero. Ha conseguido que el viejo se vista con camisas de golf y vaya a comer todos los días al club. El pobre ha dicho a todos sus amigos que toma Viagra día sí y día también.

—Menuda fiera.

—Acabará arruinándolo.

Forrest se agitó en el balancín del porche, y las cadenas chirriaron. Ray y Harry Rex esperaron un momento hasta que todo volvió a quedar en silencio. Luego, este último abrió una carpeta.

—Aquí está la tasación —dijo sacando un documento—. La encargamos el año pasado a un tipo de Tupelo, seguramente el mejor tasador al norte del Mississippi.

—¿Cuánto calculó?

—Cuatrocientos mil dólares.

—Vendida.

—A mí me pareció que el tipo se pasaba, aunque, como es natural, el juez estaba convencido de que valía al menos un millón.

—Faltaría más.

—Yo calculo que trescientos mil es una cifra más lógica.

—No creo que saquemos ni la mitad de eso. ¿En qué se basó el tasador?

—Está todo aquí —repuso Harry Rex blandiendo el documento—: metros cuadrados construidos, extensión de la propiedad, encanto del lugar, referencias comparadas...

—Mencióname una de esas.

Harry pasó las páginas del informe.

—Aquí hay una: una casa del mismo tamaño y la misma época, cerca de Holly Springs, que se vendió hace un año por ochocientos de los grandes.

—Vale, pero esto no es Holly Springs.

—No, desde luego.

—Esta es una ciudad de antes de la guerra llena de casas viejas.

—¿Qué quieres, que demande al tasador?

—Sí, por qué no. ¿Qué pagarías tú por una casa como esta?

—Nada. ¿Quieres una cerveza?

Harry Rex fue a la cocina arrastrando los pies y regresó con una lata alta de Pabst Blue Ribbon.

—No sé por qué tu hermano se empeña en comprar esta marca —comentó antes de beberse casi la mitad de un trago.

—Siempre ha sido su favorita.

Harry Rex espió a través de la cortina y solo vio uno de los pies de Forrest colgando del balancín.

—No me parece que esté muy interesado en la herencia de su padre.

—Es como Claudia, solo quiere un cheque.

—Ese dinero podría matarlo.

A Ray le resultó reconfortante escuchar a Harry Rex manifestando la misma opinión que él. Esperó a que se sentara de nuevo a la mesa porque deseaba observar atentamente la expresión de sus ojos.

—El año pasado, el juez ganó menos de nueve mil dólares —comentó estudiando la declaración de renta que tenía en la mano.

—Estaba enfermo —dijo Harry Rex antes de estirar la maltrecha espalda y sentarse de nuevo—. Pero estuvo ocupándose de casos hasta hace un año.

—¿Qué clase de casos?

—De todo tipo. Hace unos años tuvimos aquel gobernador que era una especie de ultraderechista…

—Lo recuerdo.

—Sí. Le gustaba rezar en los mítines, estaba en contra de todo salvo de las armas y siempre alababa las virtudes de la familia. Sin embargo, le gustaban las mujeres, y resultó que su esposa lo pilló en un asunto muy feo, un verdadero escándalo. Los jueces de Jackson no quisieron entrar en el asunto por razones obvias, de modo que llamaron a tu padre para que interviniera como árbitro imparcial.

—¿Y hubo juicio?

—¡Y tanto! Un juicio bien feo, por cierto. La esposa se había hecho con los bienes del gobernador, y este creía que podría intimidar al juez. Al final, ella consiguió quedarse con la casa y la mayor parte del dinero. Lo último que supe de él era que estaba viviendo encima del garaje de casa de su hermano; eso sí, con guardaespaldas.

—¿Tú viste alguna vez que el viejo se dejara intimidar?

—Nunca. Ni una sola vez en treinta años.

Harry Rex dio un trago a su cerveza, y Ray echó una ojeada a otra declaración de renta. Todo estaba muy tranquilo. Cuando oyó a Forrest roncar, se volvió hacia Harry Rex y le dijo:

—Escucha, quiero que sepas que he encontrado cierta cantidad de dinero.

Los ojos de Harry Rex no le dijeron nada. En ellos no se leía ni conspiración, ni sorpresa ni alivio alguno. No parpadeó ni lo fulminó con la mirada.

—¿Qué cantidad? —preguntó al cabo de un momento, encogiéndose hombros.

—Una caja llena —contestó Ray, que había intentado prever las respuestas.

Harry Rex volvió a guardar silencio un momento, hasta que hizo otro gesto de indiferencia y preguntó:

—¿Dónde?

—Allí —señaló Ray—, en los armarios de la cómoda que hay detrás del sofá. Era una caja con billetes. Casi noventa mil dólares.

Hasta ese momento no había dicho ninguna mentira. Desde luego, no había contado toda la verdad, pero eso no equivalía a mentir. Todavía no.

—¿Noventa mil dólares? —repitió Harry Rex demasiado

fuerte, y Ray le hizo un gesto señalando el porche para que fuera con cuidado.

—Sí, en billetes de cien —añadió en voz baja—. ¿Tienes idea de dónde han podido salir?

Harry Rex tomó otro sorbo de cerveza, y entrecerró los ojos.

—La verdad es que no —contestó al fin.

—¿Crees que pudo conseguirlos jugando en el casino? Tú mismo has dicho que era bueno con los dados.

Otro trago.

—Sí, puede ser. Los casinos abrieron hará unos seis o siete años. Tu padre y yo solíamos ir una vez por semana, al menos al principio.

—¿Tú lo dejaste?

—Ojalá lo hubiera hecho. Entre tú y yo, acabé yendo todo el tiempo. Apostaba tanto que no quería que el juez se enterase; de manera que, cuando íbamos los dos, siempre apostaba cantidades pequeñas, pero a la noche siguiente volvía por mi cuenta y perdía hasta la camisa.

—¿Cuánto perdiste?

—Preferiría que habláramos del juez.

—Vale. ¿Él era de los que solían ganar?

—Desde luego. Si tenía una noche buena, podía llevarse sus buenos miles.

—¿Y en una noche mala?

—Quinientos. Ese era su límite máximo. Era de los que sabían retirarse cuando iba perdiendo. Ese es el secreto de saber jugar. Tienes que saber cuándo debes dejarlo y tener las pelotas para levantarte y marcharte. Él las tenía; yo, no.

—¿Iba sin ti?

—Sí. Lo vi una vez. Una noche me escapé y fui a ver un casino nuevo. Joder, ahora hay más de diez. Bueno, el caso es que me encontraba jugando en una de las mesas de black-jack cuando oí que las cosas se animaban en una de dados que no estaba lejos. Entonces vi al juez. Se había puesto una gorra de béisbol para que no lo reconocieran, pero sus disfraces no debieron de tener mucho éxito, porque no tardaron en circular rumores por la ciudad de gente que lo había visto. Hay un montón de gente de por aquí que también va a los casinos.

—¿Iba muy a menudo?

—¿Quién sabe? Tu padre no rendía cuentas a nadie. En esa época yo tenía un cliente, uno de los chicos Higginbotham, los que venden coches usados, y me contó que había visto al juez en la mesa de dados a las tres de la madrugada, en Treasure Island. Así pues, me figuro que tu padre era de los que se escapaban a jugar a horas intempestivas para que nadie lo descubriese.

Ray hizo un rápido cálculo mental. Suponiendo que el juez hubiera ido al casino tres veces por semana durante cinco años y hubiera ganado dos mil dólares cada noche, sus ganancias habrían rondado el millón y medio.

—¿Crees que pudo haber reunido poco a poco esos noventa mil? —preguntó Ray. Le sonó a cantidad insignificante.

—Todo es posible, pero ¿por qué esconderlos?

—No sé, dímelo tú.

Guardaron silencio un momento, mientras meditaban sobre aquello. Harry Rex acabó la cerveza y encendió un puro. El lento ventilador que giraba en el techo lo esparció por la habitación. Al cabo de un rato, lanzó una bocanada hacia lo alto y dijo:

—Cuando uno gana en los juegos de azar tiene que pagar impuestos. Puede que tu padre lo mantuviera en secreto para que nadie se enterase de que jugaba.

—Pero ¿los casinos no te hacen rellenar ciertos formularios en caso de que ganes por encima de determinada cantidad?

—Yo nunca he visto esos malditos papeles.

—Pero ¿y si hubieras ganado?

—Sí, es cierto que los casinos lo hacen. Tuve un cliente que ganó once mil dólares en las máquinas tragaperras y le dieron un impreso diez-noventa y nueve para que lo rellenara. Una declaración para el IRS.*

—¿Y qué pasa en las mesas de dados?

—Si te llevas más de diez mil de golpe, hay papeleo. Basta con mantenerse por debajo de esa cifra para que nadie se entere. En ese caso es igual que un intercambio de efectivo en el banco.

—Dudo que el juez quisiera que quedara constancia.

—Seguro que no.

—¿Nunca mencionó dinero en efectivo cuando te pidió que le redactaras los testamentos?

—Nunca. Ese dinero es un asunto secreto, Ray. No tengo explicación alguna y no se me ocurre en qué podía estar pensando tu padre. Tenía que saber a la fuerza que tarde o temprano alguien lo descubriría.

—Desde luego. Ahora, la pregunta es qué hacemos con él.

Harry Rex asintió y se encajó el puro entre los dientes. Ray se inclinó hacia atrás y contempló el ventilador. Ninguno de los dos quería sugerir que sencillamente debían seguir ocultándolo. Harry Rex decidió ir por otra cerveza, y Ray dijo que también él se tomaría una. A medida que fueron pasando los minutos se hizo evidente que no hablarían más del dinero, no ese día. En unas semanas, cuando el inventario estuviera hecho y completo, podrían sacar el tema de nuevo. O quizá no.

Durante dos días, Ray había meditado si contarle o no a Harry Rex lo del dinero; no hablarle de toda la fortuna, sino solo de una pequeña parte; pero, después de haberlo hecho, tenía la impresión de que el número de preguntas sin respuesta había aumentado.

No había sacado nada en claro acerca del dinero. Había descubierto que el juez era bueno jugando a los dados y que apostaba con frecuencia, pero no parecía probable que hubiera

---

* Internal Revenue Service, el equivalente a la Agencia Tributaria española. (N. del T.)

amasado de ese modo más de tres millones a lo largo de siete años. Hacer semejante cosa sin dejar rastro parecía del todo imposible.

Ray volvió a las declaraciones de renta mientras Harry Rex examinaba las donaciones.

—¿Qué contable jurado piensas utilizar? —preguntó Ray tras un largo silencio.

—Hay varios.

—Uno que no sea local.

—Sí, prefiero mantenerme alejado de la gente de aquí. Es una ciudad muy pequeña.

—Me da la impresión de que los papeles están todos en orden —dijo Ray cerrando un cajón.

—Será fácil, salvo la casa.

—Pongámosla en venta. Cuanto antes, mejor. No resultará fácil de vender.

—¿Qué pedimos por ella?

—Empecemos en trescientos mil.

—¿Vamos a gastarnos algo en reacondicionarla?

—No tenemos dinero, Harry Rex.

Justo antes de que oscureciera, Forrest anunció que estaba harto de Clanton, harto de tanta muerte, harto de dar vueltas por aquella deprimente casa por la que nunca había sentido especial aprecio, harto de Harry Rex y de Ray, y que se volvía a Memphis y a su casa, donde lo esperaban grandes fiestas y mujeres.

—¿Cuándo piensas volver? —preguntó a Ray.

—Dentro de un par de semanas.

—¿Para certificar la herencia?

—Sí —respondió Harry Rex—. Nos presentaremos ante el juez. Puedes acompañarnos si quieres, pero tu presencia no resultará obligatoria.

—No pienso presentarme ante ningún juez. Ya he hecho bastante viniendo al entierro.

Los dos hermanos fueron por el camino de entrada hasta el coche de Forrest.

—¿Estás bien? —le preguntó Ray, pero solo porque se sentía obligado a mostrar interés por él.

—Lo estoy. Ya nos veremos, hermano —contestó Forrest, que estaba impaciente por marcharse antes de que a Ray se le ocurriera decir cualquier tontería—. Llámame cuando vuelvas —le dijo antes de meterse en el coche y alejarse.

Ray sabía que se detendría en algún lugar entre Clanton y Memphis, ya fuera en cualquier antro que tuviera una barra y una mesa de billar o en una tienda de bebidas, donde compraría una caja de cerveza que iría bebiéndose mientras conducía. Forrest había sobrevivido al funeral de su padre con una entereza sorprendente, pero la presión había ido acumulándose en su interior. Cuando reventara, no sería agradable de ver.

Como de costumbre, Harry Rex estaba hambriento y preguntó a Ray si le apetecía probar un poco de pez-gato frito.

—La verdad es que no mucho —contestó este.

—Bien, porque hay un restaurante nuevo junto al lago.

—Ya, ¿y cómo se llama?

—Jeter's Catfish Shack.

—¿Bromeas?

—No. Es delicioso.

Cenaron en una terraza desierta que se extendía sobre las pantanosas aguas de la orilla. Harry Rex tomaba pez-gato dos veces por semana; Ray, una vez cada cinco años. El cocinero era aficionado a usar rebozado y aceite en abundancia, y Ray supo que por muchas razones sería una larga noche.

Durmió en su vieja habitación del piso superior con la pistola bajo la almohada, con las puertas y las ventanas cerradas y con las tres bolsas de basura llenas de dinero al pie de la cama. En semejante situación, le costó mirar a su alrededor y revivir recuerdos felices de la infancia que, de otro modo, estarían prestos a aflorar. La casa se había tornado oscura y fría, especialmente a partir de la muerte de su madre.

En lugar de entregarse a los recuerdos intentó dormirse contando pequeñas fichas negras de cien dólares cada una, imaginando que el juez las iba llevando de las mesas de juego a la caja. Contó con tanta imaginación y ambición como pudo, pero no se acercó ni de lejos a la suma que tenía a sus pies.

14

La plaza de Clanton tenía tres cafés: dos para los blancos y uno para los negros. La clientela del Tea Shoppe la formaban empleados de banca, abogados y comerciantes, y las conversaciones versaban sobre asuntos serios: la bolsa, la política y el golf. Claude's, el restaurante para negros, era el que ofrecía la mejor comida.

El Coffee Shop era el favorito de los agricultores de la zona y de los empleados de las fábricas, que hablaban de fútbol y de caza. También era el favorito de Harry Rex y de algunos otros abogados a quienes les gustaba comer con la gente a la que representaban. Abría todos los días a las cinco de la mañana salvo el domingo, y lo normal era que a las seis ya estuviera lleno. Ray aparcó en la plaza, en algún lugar próximo, y cerró el coche. El sol asomaba por el este, por encima de las colinas. Calculaba que tenía por delante unas quince horas de carretera y confiaba en que llegaría a casa a medianoche.

Harry Rex tenía una mesa junto a la ventana y un diario de Jackson que había leído y doblado tantas veces que lo había dejado inservible para los demás.

—¿Sale algo en las noticias? —preguntó Ray.

Obviamente, en Maple Run no había televisión.

—Nada de nada —masculló Harry Rex con la mirada fija en los editoriales—. No te preocupes, te mandaré las necrológicas que salgan. —Le pasó el arrugado diario—. Toma, ¿quieres leerlo?

—No, gracias. Tengo que marcharme.

—¿Vas a tomar algo primero?

—Sí.

—¡Eh, Dell! —llamó Harry Rex haciéndose oír por encima del bullicio.

La barra, las mesas y los reservados estaban llenos de hombres y solo de hombres que no hacían más que comer y conversar.

—¿Dell sigue aquí? —preguntó Ray.

—El tiempo no pasa por ella —contestó Harry Rex, haciéndole un gesto con la mano—. Su madre tiene ochenta años, y su abuela casi cien. Es de las que seguirán por aquí mucho después de que nos hayan enterrado a todos.

A Dell no le gustaba que la llamaran a gritos. Llegó con la cafetera y una cara de pocos amigos que cambió en el acto cuando se dio cuenta de quién era Ray.

—Vaya —dijo—. Hacía veinte años que no te veía por aquí.

Entonces se sentó junto a Ray y le rodeó los hombros con un brazo mientras le repetía lo mucho que lamentaba lo del juez.

—¿Verdad que fue un funeral estupendo? —comentó Harry Rex.

—No recuerdo uno mejor —repuso ella como si pretendiera consolar e impresionar a Ray al mismo tiempo.

—Gracias —contestó él con los ojos llenos de lágrimas, pero no por la tristeza sino por la nube de perfumes baratos que flotaba alrededor de Dell.

La mujer se puso en pie con aire decidido y preguntó:

—Bueno, ¿qué vais a desayunar? Hoy corre por cuenta de la casa.

Harry Rex encargó tortitas y salchichas para los dos, muchas en su caso, menos en el de Ray. Dell se alejó dejando un oloroso rastro tras ella.

—Te esperan muchas horas conduciendo. Las tortitas te darán energía.

Después de tres días en Clanton, eso era lo que necesitaba y también volver a disfrutar de los paseos por la campiña de Charlottesville y de una cocina más ligera.

Para alivio suyo, nadie más lo reconoció. A esa hora no había más abogados en el Coffee Shop, y ninguno de los parroquianos había conocido lo bastante al juez para asistir a su entierro. Los policías y los mecánicos estaban demasiado ocupados con sus bromas y sus chismes para dedicar su atención a otras cosas. Además, sorprendentemente, Dell no había abierto la boca. Después de la primera taza de café, Ray se relajó y empezó a disfrutar de las risas y del bullicio que lo rodeaban.

Dell no tardó en volver cargada con comida para un regimiento: un montón de tortitas, más salchichas de las que Ray pudo contar, una bandeja de gruesas galletas, mantequilla y un cuenco de mermelada casera. Se preguntó quién comía galletas con las tortitas, pero Dell interrumpió sus pensamientos dándole una palmada en el hombro.

—Tu padre era un hombre encantador —le dijo antes de dar media vuelta y marcharse.

—Tu padre era muchas cosas —comentó Harry Rex regando sus tortitas con al menos medio litro de melaza casera—, pero no precisamente encantador.

—Desde luego que no —convino Ray—. ¿Solía venir por aquí?

—No que yo recuerde. No acostumbraba a desayunar, no le gustaban las multitudes, aborrecía los chismorreos y prefería levantarse todo lo tarde que pudiera. No creo que este fuera uno de sus sitios. En los últimos nueve años nadie lo vio demasiado por la plaza.

—¿Y dónde lo conoció Dell?

—En el tribunal. Una de sus hijas tuvo un bebé, pero resultó que el padre ya tenía otra familia. Fue un buen lío —explicó Harry Rex, metiéndose en la boca tortitas suficientes para ahogar a un caballo y un trozo de salchicha.

—Y, claro, tú estabas en medio de todo el asunto —comentó Ray.

—Naturalmente. Hay que decir que el juez se portó muy bien con ella —repuso Harry Rex sin dejar de masticar.

Ray se sintió obligado a imitarle, de modo que pinchó unas tortitas empapadas de melaza y se las llevó a la boca.

—El juez era una leyenda, Ray, ya lo sabes. La gente de por aquí lo adoraba. En el condado de Ford siempre consiguió más del ochenta por ciento de los votos.

Ray asintió mientras se afanaba con las tortitas. Estaban calientes y tenían mucha mantequilla, pero no le parecieron especialmente sabrosas.

—Oye, Ray —dijo Harry Rex entre bocado y bocado—, creo que si nos gastamos cinco mil dólares en la casa podremos sacar bastante más por ella. Sería una buena inversión.

—¿Cinco mil en qué?

Harry Rex se limpió los labios con un extremo de la servilleta.

—En adecentarla. Habría que limpiarla, fregar los suelos, fumigarla, darle una mano de pintura y encerar los muebles, hacer que huela mejor. Luego podríamos pintarla por fuera y arreglarle el techo para que no tuviera goteras. También habría que cortar el césped, arrancar las malas hierbas y hacer una poda. Conozco a la gente que se encargaría de todo. —Engulló otra ración de tortitas y salchichas y esperó a que Ray contestara.

—En el banco solo hay seis mil dólares —objetó este.

Dell pasó junto a ellos y se las arregló para rellenarles las tazas de café y dar una palmada en el hombro a Ray sin perder el paso.

—Tienes mucho más que eso en la caja que encontraste —contestó Harry Rex, pinchando tortitas.

—¿Quieres decir que podemos gastarlo?

—Lo he estado pensando. La verdad es que no he pegado ojo en toda la noche dándole vueltas.

—¿Y?

—Hay dos cosas. Una es importante; y la otra, no. —Dio un mordisco a la salchicha y siguió explicándose y gesticulando con los cubiertos—. La primera, ¿de dónde ha salido ese dinero? Eso es algo que todos queremos saber, pero no es lo importante. Si resulta que atracó un banco, el juez está muerto. Si resulta que lo ganó en los casinos y no pagó impuestos, el juez está muerto. Si resulta que le gustaba el olor de los billetes y los ahorró con el paso de los años, el juez está muerto. Haya hecho lo que haya hecho, el juez está muerto. ¿Me sigues?

Ray se encogió de hombros, como si esperara algo complicado, y Harry hizo una pausa para pinchar otra salchicha. Luego, prosiguió:

—Y la segunda: ¿qué piensas hacer con él? Esa es la pregunta importante. Supongo que nadie sabrá que ese dinero existe, ¿no?

Ray asintió,

—Nadie lo sabe —explicó—. Estaba escondido.

En su mente oyó las ventanas siendo zarandeadas y vio las cajas de Blake & Son volando por los aires a patadas. No pudo evitar mirar por la ventana y echar un vistazo a su Audi TT, cargado con las bolsas y dispuesto a partir.

—Si haces que el dinero figure en la herencia, la mitad irá a parar a manos del IRS.

—Eso ya lo sé, Harry Rex. ¿Qué harías tú en mi lugar?

—No soy la persona adecuada para que se lo preguntes. Llevo dieciocho años peleándome con el IRS y no me preguntes quién lleva las de perder. Por mí, que se jodan.

—¿Ese es tu consejo como abogado?

—Como amigo. Si quieres mi consejo como abogado te diré que hay que contar todos los bienes y hacer el inventario conforme al derecho local de Mississippi.

—Gracias.

—Yo lo que haría sería coger unos veinte mil e incorporarlos a la herencia para que cubran los gastos. Luego, dejaría pasar el tiempo y daría a Forrest la mitad de lo que quedara.

—Eso es lo que yo llamo un buen consejo legal.

—Ni hablar. Es simple sentido común.

El misterio de las galletas quedó resuelto cuando Harry Rex se lanzó por ellas.

—¿Te apetece una? —le preguntó a Ray, aunque este tenía la bandeja más cerca.

—No, gracias.

Harry Rex partió una por la mitad, le untó mantequilla, una capa de mermelada y, en el último momento, le añadió una rodaja de salchicha.

—¿Estás seguro?

—Sí, estoy seguro. ¿Crees que es posible que ese dinero esté marcado de alguna manera?

—Solo si ha salido de un rescate o proviene de la droga; pero, la verdad, no me parece que el juez Reuben Atlee estuviera metido en ese tipo de cosas. ¿Y tú?

—De acuerdo. Gasta los cinco mil que has dicho.

—Te gustará el resultado.

Un hombre menudo, vestido con una camisa caqui y un pantalón a juego, se detuvo frente a la mesa y dijo con una amble sonrisa:

—Perdona, Ray, pero soy Lloyd Darling. —Le tendió la mano mientras hablaba—. Tengo una granja a las afueras de la ciudad.

Ray le estrechó la mano e hizo ademán de levantarse. El señor Lloyd era el mayor terrateniente del condado de Ford y había sido profesor de Ray en la escuela dominical.

—Me alegro de verlo —contestó este.

—No te muevas —dijo Darling, apoyándole la mano en el hombro para que siguiera sentado—. Solo quería decirte cuánto siento lo de tu padre.

—Gracias, señor Darling.

—No he conocido hombre mejor que Reuben Atlee. Tienes todas mis condolencias.

Ray no supo qué decir y se limitó a asentir con la cabeza. Rex había dejado de comer y parecía al borde de las lágrimas. Cuando Darling se alejó, siguieron con el desayuno y Harry Rex empezó a contar una larga serie de anécdotas de los abusos del IRS. Al cabo de un par de bocados más, Ray quedó saciado y, mientras fingía escuchar pensó en toda la buena gente que tanto admiraba a su padre, en todos los Lloyd Darling del mundo que reverenciaban al viejo.

¿Y si el dinero no había salido de los casinos? ¿Qué pasaría si se había cometido un delito, si el juez guardaba el secreto de algo horrible? Fue entonces, sentado entre los parroquianos que abarrotaban el Coffee Shop, mirando a Harry Rex pero sin escucharlo, cuando Ray Atlee tomó una decisión y se prometió que si algún día descubría que el dinero que tenía guardado en el maletero de su coche provenía de algún acto moralmente reprobable cometido por su padre, nadie se enteraría. No estaba dispuesto a manchar la impecable reputación del juez Reuben Atlee.

Llegó a un acuerdo consigo mismo y juró por Dios y por sus antepasados. Nadie lo sabría nunca.

Se despidieron en la acera, ante una de tantas oficinas de abogados. Harry Rex lo rodeó con su abrazo de oso, y él intentó devolverle el gesto, pero tenía los brazos inmovilizados.

—Me cuesta creer que se haya ido —dijo Harry Rex con los ojos húmedos de nuevo.

—Lo sé, lo sé.

Se alejó meneando la cabeza y luchando por contener las lágrimas. Ray se metió en su Audi de un salto y salió de la plaza sin mirar atrás. Minutos más tarde, salía de la ciudad dejando atrás el viejo cine al aire libre, donde se habían proyectado las primeras películas porno, y la fábrica de zapatos en cuya huelga había mediado el juez. Se internó en la campiña, alejándose del tráfico y de la leyenda. Entonces miró el velocímetro y vio que conducía a más de ciento cuarenta.

Tenía que evitar tanto a la policía como las colisiones traseras. El camino era largo, pero la hora de llegada a Charlottesville resultaba crucial. Demasiado pronto, y habría demasiados peatones paseando por el centro. Demasiado tarde, y la patrulla nocturna podría verlo y hacerle preguntas que no deseaba responder.

Cuando cruzó la frontera con Tennessee se detuvo a repostar y pasó por el cuarto de baño. Había tomado demasiado café y comido demasiado. Intentó hablar con Forrest llamándolo a su móvil, pero no obtuvo respuesta. No supo interpretar si aquello era buena o mala noticia: con Forrest uno no podía estar seguro de nada.

Se puso en marcha de nuevo, pero cuidando de no pasar de ochenta por hora, y las horas empezaron a pasar una tras otra. El condado de Ford se desvaneció en lo que le pareció que era otra vida. Todo el mundo tenía sus raíces en alguna parte, y Clanton no era un mal sitio al que llamar «hogar»; sin embargo, no iba a sentirse especialmente desdichado si no volvía a poner los pies allí.

En una semana, los exámenes habrían acabado. Luego, llegaría la semana de la graduación y, después, la larga pausa de las vacaciones. Dado que se suponía que estaba investigando y escribiendo, le esperaban tres meses sin clases, lo cual significaba que prácticamente no tendría nada que hacer.

Regresaría a Clanton y asumiría su papel como albacea de la herencia de su padre. Haría todo lo que Harry Rex le pidiera; pero, sobre todo, intentaría resolver el misterio del dinero.

15

A pesar de disponer de tiempo más que suficiente para planear sus movimientos, no le sorprendió que todo saliera mal. Su hora de llegada fue de lo más conveniente: las once y veinte de la noche del miércoles 10 de mayo. Había contado con poder aparcar en la acera aunque estuviera prohibido, a escasos metros de la puerta de la calle de su apartamento; pero otros conductores habían tenido la misma idea. La calle nunca había estado tan abarrotada de coches. Para su satisfacción, todos ellos tenían una multa prendida en el parabrisas.

Podía dejar el Audi en doble fila mientras iba y volvía corriendo, pero eso equivalía a buscarse problemas. El pequeño solar situado detrás del edificio tenía cuatro plazas de aparcamiento, pero cerraban la puerta después de las once.

Así pues, se vio obligado a utilizar un oscuro y casi abandonado edificio de estacionamiento situado a tres manzanas de distancia, una serie de plantas enormes y cavernosas siempre llenas por las mañanas y siempre siniestramente vacías por las noches. Había considerado dicha alternativa durante varias horas, mientras conducía hacia el norte y el este, planeando su ofensiva, y le había parecido la menos atractiva de todas las opciones a su alcance. Era el plan D o E en su lista de las posibles maneras de trasladar el dinero. Aparcó en el Nivel I, sacó su bolsa de viaje, cerró el coche con llave, lo dejó allí con gran preocupación y se alejó corriendo, mirando a un lado y a otro, como si una banda de gángsteres lo estuviera observando y esperando. Las piernas y la espalda le dolían por el viaje, pero tenía trabajo que hacer.

El apartamento tenía el mismo aspecto que cuando se había marchado, lo cual fue un considerable alivio. En el contestador le esperaban treinta y siete mensajes, sin duda de colegas y amigos que habían llamado para darle el pésame. Se ocuparía de ellos más tarde.

En el fondo de un pequeño armario ropero del pasillo, bajo una manta, un poncho y otras cosas que había arrojado dentro para no tener que guardarlas, encontró una bolsa de tenis de Wimbledon roja que al menos hacía un par de años que no tocaba. Aparte de sus maletas, que le parecían demasiado conspicuas, era la bolsa más grande que tenía.

Si hubiera tenido una pistola, se la habría metido en el cinturón; pero los delitos no eran cosa frecuente en Charlottesville, y él prefería vivir desarmado. Después de la experiencia del domingo en Clanton, las armas de fuego aún le inspiraban más temor si cabía. Por eso había dejado la pistola del juez bien escondida en un armario de Maple Run.

Se echó la bolsa al hombro, salió por la puerta que daba a la calle, la cerró e intentó por todos los medios caminar como si tal cosa por la acera. Estaba bien iluminada y siempre había una pareja de policías observando. Los peatones con los que se cruzó a aquella hora eran los clásicos gamberros con el pelo teñido de verde, el borracho de turno y unos pocos rezagados que regresaban tarde a casa. Charlottesville era una ciudad muy tranquila después de medianoche.

Aquella tarde había pasado una tormenta, de modo que las calles estaban mojadas, y soplaba un poco de viento. Antes de llegar al garaje, vio a una pareja que iba de la mano y a nadie más.

Había sopesado la posibilidad de echarse al hombro una bolsa de basura cada vez y hacer el trayecto hasta su casa como si fuera Santa Claus. De ese modo, le bastaría con tres viajes, lo cual reduciría el riesgo de correr por la calle. Pero desistió por dos razones: una, ¿y si una de las bolsas se rompía por el camino derramando un millón de dólares en plena acera?, todos los chorizos y maleantes de la ciudad se le echarían encima como tiburones atraídos por el olor de la sangre; dos, el espectáculo de alguien metiendo bolsas de basura en un apartamento, en lugar de sacarlas de él, podía resultar sumamente sospechoso y llamar la atención de la policía.

«¿Qué hay en esa bolsa, señor?», podía preguntar un poli.

«Nada.» «Basura.» «Un millón de dólares.» Ninguna de las posibles respuestas le pareció adecuada.

Por lo tanto, el plan consistía en tener paciencia, tomarse el tiempo que hiciera falta, trasladar el botín en pequeñas cantidades y no preocuparse del número de viajes necesarios porque lo menos importante era si estaba fatigado o no. Ya tendría tiempo de descansar.

La parte más terrorífica era pasar el dinero de una bolsa a otra en el maletero de su coche sin parecer culpable de algo. Por suerte, el garaje estaba desierto, de modo que metió fajo tras fajo hasta que casi no pudo cerrar la cremallera de la bolsa de tenis. Cuando cerró el maletero de golpe miró a su alrededor como si acabara de ocultar un cadáver en su interior.

Solo llevaba una tercera parte de contenido de la bolsa de basura, unos trescientos mil dólares, pero era mucho más de lo que hacía falta para que lo detuvieran o lo acuchillaran. Naturalidad. Eso era lo que deseaba desesperadamente, pero sus pasos y movimientos carecían de la menor fluidez. Procuraba mirar al frente, pero no podía evitar que sus ojos observaran subrepticiamente en todas direcciones. Un adolescente lleno de tachuelas y con una pinta que daba miedo pasó junto a él con aire de ir colgado o de haberse frito el cerebro. Ray avivó el paso y se preguntó si tendría el temple necesario para otros ocho o nueve paseos de ida y vuelta al garaje.

Un borracho tendido en un banco en sombras le gritó algo ininteligible. Ray estuvo a punto de abalanzarse contra él, pero se contuvo, agradecido por no ir armado. En ese momento habría sido capaz de pegar un tiro a cualquier cosa que se moviera. La bolsa le pesaba cada vez más, pero consiguió llegar a casa sin incidentes. Vació el dinero encima de la cama, cerró todas las puertas con llave y volvió al coche.

Durante el quinto viaje se encaró con un viejo perturbado que salió de entre las sombras y le preguntó:

—¿Qué demonios hace?

Sostenía algo oscuro en la mano, y Ray dio por hecho que se trataba del arma con la que pretendía asesinarlo.

—¡Apártese de mi camino! —le contestó con tanta rudeza como pudo, pero tenía la boca seca.

—¡No hace más que ir y venir! —chilló el viejo. Apestaba, y los ojos le brillaban como los de un demonio.

—¡Ocúpese de sus asuntos! —le soltó Ray sin dejar de caminar.

El viejo lo seguía como si fuera el tonto del pueblo.

—¿Qué problema hay? —dijo una voz tras él, alto y claro.

Ray se detuvo y vio que un policía se acercaba blandiendo una linterna de seguridad. Lo saludó con su mejor sonrisa.

—Buenas noches, agente.

Sudaba copiosamente y jadeaba.

—¡Está tramando algo! —chilló el viejo—. ¡No hace más que ir y venir todo el rato! ¡Cuando va, la bolsa está llena; y cuando vuelve, vacía!

—Tranquilo, Gilly —dijo el policía, y Ray soltó un suspiro de alivio. Le aterrorizaba pensar que alguien hubiera estado observándolo, pero se tranquilizó al ver que se trataba de alguien como Gilly. De todos los personajes que frecuentaban la zona peatonal, a ese no lo había visto nunca.

—¿Qué lleva en la bolsa? —le preguntó el agente.

Se trataba de una pregunta estúpida que caía de pleno en territorio privado. Por un segundo, Ray —el profesor de derecho que había en él— pensó en contestar con un sermón sobre detenciones, registros y los permisos necesarios para llevarlos a cabo. Sin embargo, se olvidó y contestó con la frase que tenía preparada:

—Vengo de jugar a tenis en Boar's Head, agente. He tenido un tirón muscular y estaba caminando un rato a ver si se me pasaba. Vivo aquí cerca —dijo, señalando su apartamento situado a un par de manzanas de distancia.

El policía se volvió hacia Gilly.

—No puedes ir por ahí metiéndote con la gente —lo reprendió—. Ya te lo he dicho otras veces. ¿Sabe Ted que has salido?

—Tiene algo en esa bolsa —insistió Gilly, pero en tono más bajo mientras el policía se lo llevaba.

—Sí, seguro que hay un montón de billetes. Ese tipo es un atracador y tú acabas de descubrirlo. Buen trabajo.

—¡Pero primero está llena y después vacía!

—Buenas noches, señor —se despidió el agente, mirando a Ray por encima del hombro.

—Buenas noches —contestó este antes de alejarse cojeando ligeramente por si hubiera algún otro extraño personaje acechando en la oscuridad. Después de vaciar por quinta vez el contenido de la bolsa en la cama, sacó una botella de whisky escocés del mueble bar y se sirvió uno doble.

Decidió esperar un par de horas, tiempo suficiente para que Gilly regresara al cuidado de Ted que, con un poco de suerte, lo mantendría encerrado y sedado durante el resto de la noche; y también suficiente para que se produjera un cambio de turno y fuera otro policía quien patrullara las calles. Dos largas horas durante las cuales imaginó todas las situaciones posibles relacionadas con su coche y el aparcamiento: robo, vandalismo, incendio, que una grúa misteriosa se le llevara el coche; todo eso y más.

A las tres de la madrugada volvió a salir de su apartamento vestido con vaqueros, botas de excursionista y un jersey de algodón azul marino cono las letras «Virginia» bordadas en el pecho. Había cambiado la bolsa de tenis por una vieja maleta de cuero en la que no podría meter tantos billetes pero que tampoco llamaría la atención de la pasma. También iba armado con un cuchillo de trinchar que llevaba oculto bajo el jersey, dispuesto a blandirlo contra cualquier Gilly de turno con el que se topase. Era una locura, y lo sabía; pero tampoco era el mismo de siempre, y eso también lo sabía. Tras tres noches casi sin dormir, se sentía mortalmente cansado y un poco borracho por culpa del whisky doble; de todos modos, estaba decidido a poner el dinero a buen recaudo a pesar del miedo que le daba que pudieran detenerlo de nuevo.

A las tres de la madrugada, hasta los mendigos y los borrachos habían desaparecido. Las calles estaban desiertas, pero cuando entró en el garaje vio algo que le heló la sangre: al otro lado de la calle, un grupo de unos seis adolescentes negros caminaba en su misma dirección. Se movían lentamente, dando voces y buscando problemas.

Le iba a ser imposible hacer cinco o seis viajes más sin toparse con ellos. Decidió modificar sus planes en el acto.

Subió al Audi, lo puso en marcha y salió del garaje. Dio una vuelta y aparcó en doble fila, justo delante de la puerta de su casa. Apagó el motor y las luces y cogió el dinero. Cinco minutos más tarde, tenía toda su fortuna en casa, donde debía estar.

El teléfono lo despertó a las nueve de la mañana. Era Harry Rex.

—¡Despierta, muchacho! —gruñó—. ¿Qué tal el viaje?

Ray rodó hasta el borde de la cama e intentó abrir los ojos.

—Estupendo —farfulló.

—Ayer hablé con el agente inmobiliario. Es Baxter Redd, uno de los mejores de la ciudad. Fuimos a ver la casa, a comprobar su estado, ya me entiendes. Una pena. El caso es que quiere mantener el valor de la tasación, cuatrocientos mil, y cree que podremos conseguir al menos doscientos cincuenta mil. Se llevará el seis por ciento de costumbre. ¿Sigues ahí?

—Sí.

—Entonces, di algo, ¿vale?

—Vale. ¿Qué más?

—Estuvo de acuerdo en que deberíamos gastar un poco de pasta en adecentarla, una mano de pintura por aquí, una de cera por allá… Una chimenea en buen estado también ayudaría lo suyo. Me recomendó una empresa de limpieza. ¿Me oyes?

—Sí, te oigo.

Estaba claro que Harry Rex llevaba varias horas de pie, movido por otro monstruoso desayuno de tortitas, salchichas y galletas.

—Bueno, el caso es que he llamado a un pintor y a otro para que arregle el techo. Dentro de poco vamos a necesitar una buena inyección de capital.

—Escucha, Harry Rex, volveré en un par de semanas. ¿Todo esto no puede esperar un poco?

—Claro. ¿Tienes resaca?

—No. Solo estoy cansado.

—Pues ponte las pilas, ya son más de las nueve.

—Gracias.

—Hablando de resacas… —dijo bajando la voz—, Forrest me llamó anoche.

Ray se incorporó y enderezó la espalda.

—Eso no puede anunciar nada bueno.

—No, desde luego. Iba cargado hasta arriba, no sé si de alcohol o de drogas, puede que de ambos. Fuera lo que fuera, debía de ir servido. Empezó a hablar tan bajo y suave que pensé que iba a dormirse, pero de repente saltó.

—¿Qué quería?

—Dinero. Según me dijo, no ahora mismo. Asegura que no está sin blanca, pero que le preocupa la casa y la herencia y quiere asegurarse de que tú no vas a joderlo.

—¿Joderlo, yo?

—Estaba colgado, Ray. No se lo puedes tener en cuenta, aunque la verdad es que dijo algunas cosas bastante desagradables.

—Soy todo oídos.

—Te lo diré para que lo sepas, pero no te cabrees, por favor. No creo que esta mañana recuerde nada de lo que dijo anoche.

—Venga, suéltalo ya, Harry Rex.

—Me dijo que el juez siempre te tuvo como favorito y que por eso te nombró albacea; que tú siempre has sacado más del viejo y que me corresponde a mí vigilarte y proteger sus intereses en la herencia porque tú intentarás que no se lleve un centavo. Esas cosas.

—No ha tardado mucho, ¿verdad?

—No.

—No me sorprende.

—Será mejor que estés al tanto. Está con el subidón, de modo que es posible que te llame para soltarte la misma basura.

—Ya lo he oído antes. Los problemas que tiene no son culpa suya. Siempre hay alguien que intenta perjudicarlo. Típico de los adictos.

—Ya. Cree que la casa vale un millón de pavos y me dijo que mi trabajo consiste en conseguirlos para él. Me amenazó con contratar a otro abogado si no lo hago. Bla, bla, bla. La verdad es que no me molestó. El pobre estaba totalmente colgado.

—Es patético.

—Desde luego, pero tocará fondo y volverá a estar sobrio dentro de una semana o algo así. Entonces le echaré un rapapolvo, y todo volverá a estar en su sitio.

—Lo lamento, Harry Rex.

—Forma parte de mi trabajo. Ya sabes, las alegrías de la abogacía.

Ray se preparó una cafetera de su mezcla italiana favorita, bien fuerte. La había echado de menos en Clanton y le hizo falta una taza entera antes de que el cerebro empezara a despertársele.

Los problemas con Forrest se solucionarían con el tiempo.

A pesar de lo difícil que era, resultaba básicamente inofensivo. Harry Rex se ocuparía de los trámites de la herencia y de hacer un reparto equitativo de lo que quedara. En menos de un año, Forrest recibiría un cheque por una cantidad superior a la que jamás hubiera soñado.

La idea de una empresa de limpieza campando a sus anchas por Maple Run lo inquietó durante un rato. Se imaginó una docena de mujeres de la limpieza trabajando como hormigas, encantadas con tanto que limpiar. ¿Y si acababan encontrando otro tesoro malévolamente escondido por el juez, colchones llenos de billetes o armarios rebosantes de tesoros? Ray ya había registrado cada rincón, era lo normal cuando uno encontraba tres millones ocultos en una cómoda. Incluso se había abierto paso entre las telarañas del sótano, una mazmorra en la que ninguna mujer de la limpieza se atrevería a entrar.

Se sirvió otra taza de fuerte café y volvió al dormitorio, donde se sentó en una silla y contempló la pila de billetes. ¿Y ahora, qué?

En la confusión de los últimos cuatro días se había concentrado exclusivamente en conseguir trasladar el dinero hasta el lugar donde se hallaba en esos momentos. A partir de ese instante era necesario que planeara su siguiente paso, y no tenía demasiadas ideas. Debía ocultarlo en lugar seguro. Al menos, sobre eso no tenía la menor duda.

16

En medio de su escritorio había un ramo de flores con una tarjeta de pésame firmada por sus catorce alumnos del curso sobre prácticas antimonopolio. Cada uno había escrito unas líneas de condolencia, y las leyó todas. Junto a las flores había un montón de tarjetas de sus colegas de la facultad.

Enseguida corrió la voz de que había regresado, y, a lo largo de la mañana, esos mismos colegas pasaron a saludarlo, darle la bienvenida o decirle cuánto lo sentían. En su mayoría, los profesores de la facultad formaban un grupo muy unido. Podían discutir ferozmente entre ellos sobre cualquier tontería referente a la política del campus; pero, a la hora de la verdad, siempre estaban dispuestos a hacer piña. Ray se alegró mucho de verlos. La mujer de Alex Duffman le envió una bandeja de sus famosas galletas de chocolate caseras; cada una pesaba casi medio kilo, más o menos el mismo peso que añadía a los michelines. Naomi Kraig le llevó unas cuantas rosas que había cortado en su jardín.

A media mañana, Carl Mirk pasó a verlo y cerró la puerta. Carl era su mejor amigo de la facultad, y su trayectoria hasta llegar hasta allí resultaba curiosamente parecida. Tenía la misma edad que Ray y también un padre que era juez de una pequeña ciudad rural donde llevaba décadas desempeñando el cargo. El padre de Carl seguía en activo y seguía guardando rencor a su hijo porque este no había regresado a ejercer la abogacía en el despacho familiar. De todas maneras, parecía que el rencor había ido disminuyendo con el paso de los años, mientras que el juez Atlee se había llevado el suyo a la tumba.

—Cuéntame cómo te ha ido —le pidió Carl, que tarde o temprano tendría que hacer el mismo viaje de regreso a su ciudad natal, en el norte de Ohio.

Ray empezó hablándole de la silenciosa casa, y en ese momento le pareció que lo había estado demasiado. Luego, le describió la escena de cómo había encontrado al juez.

—¿Estaba muerto cuando lo viste? —preguntó Carl—. ¿Crees que aceleró un poco su despedida?

—Eso espero. Sufría grandes dolores.

—Vaya…

La historia fue desplegándose con riqueza de detalles a medida que Ray iba recordando cosas en las que no había pensado desde el domingo. Las palabras fueron saliéndole naturalmente y el relato se convirtió en una terapia. Carl era un magnífico oyente.

La descripción que Ray hizo de Forrest y de Harry Rex fue de lo más colorista.

—Caramba, no tenemos personajes así en Ohio —comentó Carl.

Cuando contaban anécdotas de sus pequeñas ciudades de origen, normalmente a colegas de ciudades, solían añadirles un poco de sustancia. Ray no necesitó hacerlo con su hermano o con Harry Rex: la verdad ya resultaba de por sí bastante singular.

Luego habló del velatorio, del funeral y del entierro. Cuando acabó el relato mencionando Taps y cómo habían bajado el ataúd, tanto él como Carl estaban conmovidos. Carl se puso en pie.

—Una gran manera de despedirse de este mundo. Lo siento.

—Me alegro de que todo haya acabado.

—Y yo de que hayas vuelto. ¿Almorzamos juntos mañana?

—¿Qué día es mañana?

—Viernes.

—Hecho.

Para su clase del mediodía, Ray encargó unas pizzas a un sitio de comida para llevar, y él y sus estudiantes se las comieron durante una sesión al aire libre. Asistieron trece de sus catorce alumnos. Ocho de ellos se graduarían a la semana siguiente. Los estudiantes se mostraron más preocupados por Ray y por la muerte del padre de este que por los exámenes, pero él sabía que eso cambiaría rápidamente.

Cuando las pizzas y la clase se acabaron, los chicos se dispersaron. Solo Kaley se quedó un momento, igual que había hecho durante los últimos meses. Las normas de la facultad obligaban a mantener una estricta distancia entre los estudiantes y los profesores, y Ray no estaba dispuesto a saltársela. Se sentía demasiado satisfecho con su trabajo para arriesgarse a perderlo por tontear con una alumna. Sin embargo, en dos semanas Kaley se graduaría y las normas de la facultad no la afectarían. El flirteo había empezado lentamente: que si algunas preguntas una vez finalizada la clase, que si una visita a su despacho para recoger un trabajo… Y siempre con esa sonrisa en los ojos que inequívocamente duraba un segundo de más.

Era una alumna del montón, guapa y con un trasero de infarto. Había jugado a jockey y a lacrosse en Brown, de modo que estaba en forma. Tenía veintiocho años, era viuda y sin hijos y también tenía un montón de dinero, el que había cobrado de la empresa que había fabricado el planeador con el que su marido se había estrellado mientras volaba a pocos kilómetros de Cape Cod. Lo encontraron a dos metros de profundidad, con el arnés todavía cerrado, y las alas partidas limpiamente en dos. Ray había investigado en internet los detalles del accidente. También había echado un vistazo a la sentencia del tribunal de Rhode Island donde ella había presentado la demanda. El acuerdo de indemnización le había proporcionado cuatro millones iniciales y otros quinientos mil anuales durante los siguientes veinte años. Sin embargo, se reservó esa información para sí.

Después de haber ido detrás de los chicos de la universidad durante un par de años, en esos momentos se dedicaba a perseguir a los profesores. Ray sabía al menos de dos colegas que estaban siendo objeto del mismo tratamiento que él. Uno de ellos estaba casado, y todos se mostraban igualmente prudentes.

Cruzaron la puerta principal de la facultad, charlando tranquilamente sobre los exámenes finales. Kaley había ido reduciendo la distancia de seguridad en cada encuentro, preparando un encuentro que solo ella sabía dónde podía acabar.

—Alguna vez me gustaría salir a volar —declaró.

Cualquier cosa menos volar. Ray pensó en su joven esposo y en la horrible muerte que había tenido y durante unos segundos no supo qué decir.

—Siempre puedes comprarte un billete de avión —respondió al fin con una sonrisa.

—No me refería a eso, hablaba de ir contigo, en una avioneta. ¿Por qué no volamos juntos a alguna parte?

—¿A algún sitio en concreto?

—No. Solo dar unas vueltas. He pensado en tomar clases de vuelo.

—Y yo estaba pensando en algo más tradicional, quizá salir a comer o a cenar después de que te hayas graduado.

Ella se había acercado un poco más, de modo que cualquiera que pasara por allí y los viera no tendría duda de que alumna y profesor estaban hablando de algo prohibido.

—Me graduaré dentro de catorce días —repuso ella como si se sintiera capaz de esperar todo ese tiempo.

—Entonces te invitaré a cenar dentro de quince.

—No, saltémonos las normas ahora, mientras todavía soy tu alumna. Vayamos a cenar antes de que me gradúe.

Ray estuvo a punto de decir que sí.

—Me temo que no va a poder ser. La ley es la ley, y si estamos aquí es porque la respetamos.

—Es cierto, pero resulta fácil olvidarlo. De todas maneras, ¿tenemos una cita?

—No. Tendremos una cita.

Ella le obsequió con otra sonrisa y se marchó. Ray intentó con todas sus fuerzas no mirarla mientras se alejaba, pero le resultó imposible.

La furgoneta de alquiler era de una empresa de mudanzas del norte de la ciudad y costaba sesenta dólares al día. Había intentado alquilarla solo durante medio día porque solo la necesitaba durante unas pocas horas, pero no hubo manera. La condujo exactamente durante novecientos metros y se detuvo en Chaney's Self Storage, una amplia nave hecha de bloques de hormigón rodeada de una valla coronada por alambre de espino. Las cámaras de seguridad montadas en los postes registraron todos sus movimientos mientras aparcaba y se dirigía a las oficinas.

Tenían mucho sitio disponible. Un trastero de tres por tres metros valía cuarenta y cinco dólares al mes sin calefacción ni aire acondicionado, con una puerta de persiana y luz de sobra.

—¿Es a prueba de incendios? —preguntó.

—Por completo —le contestó la señora Chaney en persona mientras apartaba el humo del cigarrillo que tenía en los labios y rellenaba el correspondiente formulario—. Es todo de hormigón.

Todo estaba a buen recaudo en Chaney's, le dijo ella indicándole con la mano los cuatro monitores que había en el estante de la derecha. En el de la izquierda había un pequeño televisor donde aparecían unos tipos discutiendo y peleándose. Ray no tuvo la menor duda de cuál de las dos pantallas era objeto de mayor atención.

—Hay vigilantes las veinticuatro horas —dijo ella mientras acababa el papeleo—. La puerta está siempre cerrada. Nunca hemos tenido ningún incidente, y si lo tuviéramos contamos con un montón de seguros. Firme aquí, por favor. Es el Catorce B.

Ray regresó un par de horas más tarde con seis cajas de almacenaje nuevas, un montón de ropa vieja y unos cuantos muebles inservibles que había comprado en el mercadillo para rodearse de mayor credibilidad. Aparcó en el callejón situado frente al 14-B y se apresuró a descargar sus cosas.

El dinero iba metido en bolsas de plástico de congelación de un kilo y medio. Las bolsas ocupaban el fondo de las seis cajas y estaban cuidadosamente cubiertas por documentos, carpetas y notas de investigación que, hasta hacía poco, había considerado de utilidad. En esos momentos, sus meticulosos archivos cumplían una misión mucho más importante. También había añadido unos cuantos libros viejos, por si acaso.

Si por casualidad entraba un ladrón en el 14-B, seguramente echaría un somero vistazo a las cajas y lo dejaría estar. El dinero estaba tan escondido y protegido como resultaba posible. Aparte de una caja de seguridad de un banco, a Ray no se le ocurría sitio mejor.

La cuestión de qué iba a hacer finalmente con aquel dinero constituía un misterio que aumentaba día a día. Contrariamente a lo que había creído, el hecho de tenerlo a buen recaudo en Virginia le proporcionaba escaso consuelo.

Contempló durante un rato las cajas y los trastos, sin tener la menor prisa por marcharse, y se prometió que no se acercaría todos los días a comprobar que todo estuviera en orden. Sin embargo, nada más haber hecho la promesa, dudó de poder cumplirla.

Cerró la persiana con un candado nuevo. Cuando se alejó con la camioneta, el vigilante estaba despierto; las cámaras, funcionando; y la verja, cerrada.

Fog Newton estaba preocupado por el tiempo. Tenía un alumno volando en un trayecto de ida y vuelta hasta Lynchburg, y, según el radar, se estaban acercando varias tormentas. Las nubes constituían una sorpresa porque la predicción meteorológica no había avisado de nada parecido durante la sesión preparatoria del vuelo.

—¿Cuántas horas de vuelo tiene? —preguntó Ray.

—Treinta y una —respondió Fog, muy serio.

Desde luego no eran suficientes para enfrentarse a una tormenta. Además, entre Lynchburg y Charlottesville no había ningún aeropuerto, solo montañas.

—No irás a volar, ¿verdad? —preguntó Fox.

—Pues lo había pensado.

—Será mejor que lo olvides. Esta tormenta está acercándose muy deprisa. Salgamos a verla.

Nada asustaba más a un instructor de vuelo que tener un alumno en el aire con mal tiempo. Todos los vuelos a campo traviesa tenían que ser cuidadosamente planeados en lo tocante a ruta, horario, combustible, aeropuertos secundarios y procedimientos de emergencia; además, debían ser autorizados por escrito por el instructor responsable. En una ocasión, Fog no había dejado despegar a Ray porque existía la remota posibilidad de que encontrara hielo a mil seiscientos cincuenta metros de altitud en un día perfectamente despejado.

Atravesaron el hangar y salieron a la zona de aparcamiento donde un Lear acababa de detenerse y apagaba los motores. Hacia el oeste, más allá de las colinas, se veían las primeras nubes. El viento había aumentado notablemente.

—De diez a quince nudos. Racheado —dijo Fog—. Además, hay corrientes cruzadas.

A Ray se le pasaron las ganas de aterrizar en aquellas condiciones.

Tras el Lear había un Bonanza que se acercaba a la zona de estacionamiento. Cuando el aparato estuvo más cerca, Ray vio que se trataba del mismo que llevaba meses deseando.

—Ahí tienes tu avión —comentó Fog.

—Ojalá lo fuera —contestó Ray.

El Bonanza se detuvo y apagó los motores cerca de ellos. Cuando se hizo el silencio en la pista, Fog añadió:

—Creo que le han rebajado el precio.

—¿Ah, sí? ¿Cuánto?

—Creo que lo han dejado en cuatrocientos veinticinco. Cuatrocientos cincuenta era un poco demasiado.

El propietario, que volaba solo, se apeó de la cabina y sacó el equipaje del compartimiento trasero. Fog contempló alternativamente el cielo y el reloj, pero Ray no apartó los ojos del Bonanza mientras su propietario lo cerraba y se disponía a marchar.

—¿Por qué no lo cogemos y vamos a dar una vuelta? —propuso Ray.

—¿Te refieres al Bonanza?

—Claro. ¿Qué costaría alquilarlo?

—Se puede negociar. Conozco al piloto bastante bien.

—¿Por qué no se lo pedimos para un día entero? Podríamos ir a Atlantic City y volver.

Fog se olvidó de la tormenta y del alumno que tenía en el aire y miró a Ray.

—¿Lo dices en serio?

—¿Por qué no? Parece un buen plan.

Aparte de los aviones y el póquer, Fog no tenía otros intereses.

—¿Cuándo?

—Pasado mañana, el sábado. Podemos salir temprano y volver tarde.

De repente, Fog se puso pensativo. Miró el reloj y después una vez más hacia el oeste y el sur. En ese momento, Dick Docker se asomó por la ventana y gritó:

—Yankee Tango está a quince kilómetros al sur.

—Gracias a Dios —dijo Fog para sí, visiblemente aliviado.

Luego, él y Ray se acercaron al Bonanza para echarle un vistazo.

—El sábado, ¿eh?

—Sí. Todo el día.

El viento amainó durante un momento, y Yankee Tango aterrizó sin esfuerzo. Fog se relajó del todo y sonrió.

—No sabía que te gustara el juego —dijo mientras cruzaban la zona de estacionamiento.

—Solo será un poco de blackjack. Nada serio —contestó Ray.

17

La tranquilidad de la última hora de la mañana del viernes fue interrumpida por el timbre de la puerta. Ray había dormido hasta tarde en su intento de vencer el cansancio que todavía acumulaba tras el viaje. Tres periódicos y cuatro cafés más tarde ya se encontraba casi despierto del todo.

Se trataba de una caja de Fed-Ex que le enviaba Harry Rex, llena de cartas de admiradores del juez y de recortes de periódico. Vació el contenido en la mesa del comedor y empezó con las noticias de los diarios. El *Clanton Chronicle* lo había publicado en primera página en su edición del miércoles, con una foto de un muy digno juez Reuben Atlee con toga y birrete. La imagen tenía como mínimo veinte años, y en ella el juez tenía el cabello más negro y abundante y llenaba mejor la toga. El titular rezaba: «El juez Reuben Atlee muere a los 79». El artículo tenía tres partes: la primera era una florida necrológica; la segunda, una serie de comentarios de sus amigos y colegas; y la tercera, un homenaje a su gran caridad y generosidad.

De igual modo, el *Ford County Times* también publicaba una foto tomada solo unos años antes; en ella, el juez aparecía sentado en el porche de su casa con su pipa y con un aspecto mucho más viejo pero mostrando una infrecuente sonrisa. Llevaba un cárdigan, y tenía todo el aspecto de un abuelo cualquiera. El periodista lo había persuadido para que se dejara retratar con la excusa de que quería hablar de la guerra civil y del general Nathan Bedford Forrest. También se hablaba de un futuro libro sobre el general y los hombres del condado de Ford que habían luchado junto a él.

Los hijos del juez apenas aparecían mencionados en lo publicado. Hablar de uno habría hecho necesario referirse al otro, y la gente de Clanton prefería evitar el tema de Forrest. Fuera como fuese, resultaba dolorosamente obvio que ni él ni su hermano habían formado parte importante de la vida de su padre.

Pero podríamos haberlo hecho, se dijo Ray. Había sido el padre quien había decidido tiempo atrás tener una limitada relación con sus hijos, no al revés. Aquel hombre tan digno de admiración, que había dado tanto a tantos, solo había dedicado una pequeña parte de su tiempo a su familia.

Las fotos y los artículos lo entristecieron, lo cual le resultó frustrante porque aquel viernes no tenía planeado estar triste. Desde que había descubierto el cuerpo sin vida de su padre —y de eso hacía ya cinco días— había aguantado bastante bien. En los momentos de mayor dolor había buscado en lo más profundo de sí y encontrado la fuerza necesaria para apretar los dientes y seguir adelante sin desmoronarse. El paso del tiempo y la distancia de Clanton lo habían ayudado enormemente; pero en ese momento, como aparecidos de la nada, volvían a perseguirlo los recuerdos más tristes.

Las cartas las había recogido Harry Rex en el apartado postal que el juez tenía en Clanton, en el tribunal y el buzón de Maple Run. Algunas iban dirigidas a Ray y a Forrest y otras a la familia del juez Atlee. Se trataba de prolijas cartas de abogados que habían tratado profesionalmente con el gran hombre y a los que este había contagiado su pasión por el derecho. Había notas de pésame de gente que, por una razón u otra, había comparecido ante el juez para un divorcio, una adopción o cualquier asunto y descubierto que su ecuanimidad les había cambiado la vida. También abundaban las de jueces, compañeros de estudios o políticos de otros estados a los que había ayudado en alguna ocasión, y las de amigos que solo deseaban compartir el dolor del momento y sus mejores recuerdos.

El grupo más numeroso procedía de aquellos que se habían beneficiado de la generosa caridad del juez. Las cartas eran largas, sentidas y todas muy parecidas. Reuben Atlee había donado discretamente su dinero a quienes lo necesitaban desesperadamente, y en muchos casos su gesto había supuesto un dramático cambio en la vida de alguien.

¿Cómo era posible que alguien tan dadivoso pudiera fallecer con más de tres millones de dólares escondidos en el fondo de una cómoda? Estaba claro que había ocultado más dinero del que había repartido. Puede que el Alzheimer o cualquier dolencia similar lo hubiera afectado sin que nadie se diera cuenta. ¿Acaso había perdido la cabeza poco a poco? La respuesta fácil decía que el viejo se había vuelto loco, pero ¿cuántos chalados serían capaces de reunir tal cantidad de dinero?

Después de leer una veintena de cartas y notas de pésame, Ray se tomó un descanso. Se asomó al pequeño balcón que daba a la calle y contempló a los transeúntes. Su padre nunca había estado en Charlottesville y, aunque Ray estaba convencido de haberlo invitado, no recordaba concretamente cuándo lo había hecho. Nunca habían viajado juntos. ¡Eran tantas las cosas que no habían hecho!

El juez siempre había hablado de visitar Gettisburg, Antietam, Bull Run, Chancellorsville y Appomatox, y lo habría hecho si Ray hubiera mostrado algún interés; pero a este le traía sin cuidado todo lo relacionado con revivir una vieja guerra y siempre había cambiado de conversación.

La sensación de culpa se apoderó de él y no pudo quitársela de encima. ¡Qué gilipollas egoísta había sido!

También había una bonita nota de Claudia en la que le daba las gracias por haber hablado con ella y perdonarla. Había amado a su padre durante muchos años y se llevaría su pena a la tumba. Le rogaba que por favor la llamara y se despedía con besos y abrazos.

Y pensar que, según Harry Rex, tiene un novio al que atiborra de Viagra, pensó Ray.

El recorrido nostálgico finalizó bruscamente con una simple y anónima nota que le paralizó el pulso y le puso los pelos de punta.

Era el único sobre de color rosa y en su interior había una nota con las palabras «Con mis condolencias», al dorso, y pegado con cinta adhesiva, había un pequeño papel con un mensaje escrito a máquina donde se leía: «Sería un error gastar el dinero. No tengo más que llamar al IRS». El sobre llevaba el matasellos de Clanton, fecha del miércoles, el día después del funeral, e iba dirigido a la «Familia del juez Atlee», en la dirección de Maple Run.

Ray la dejó a un lado mientras echaba un rápido vistazo al resto de cartas y correspondencia. Llegado a ese punto, le parecieron todas iguales y decidió que ya había leído suficiente. El sobre rosa yacía encima de la mesa igual que una pistola cargada esperando que la cogiera de nuevo.

Repitió en silencio la amenaza cuando volvió asomarse al balcón y se aferró a la barandilla intentando analizar la situación; luego, farfulló las palabras en la cocina mientras preparaba más café. Había dejado el sobre con la nota encima de la mesa para poder verlo desde cualquier sitio mientras daba vueltas en su guarida.

Salió otra vez al balcón y vio cómo lentamente aumentaba el tráfico de peatones a medida que se acercaba el mediodía. De repente, tuvo la sensación de que todos los que alzaban la vista para mirar sabían algo del dinero. Bastaba con encontrar un tesoro y esconderlo para que la imaginación se desbocara.

Aquel dinero no le pertenecía, y eso era suficiente para que lo siguieran, lo observaran, informaran de sus actividades e incluso le hicieran daño.

Entonces se echó a reír de su propia paranoia.

No pienso vivir de esta manera, se dijo, y fue a darse una ducha.

Fuera quien fuese el autor de la nota, sabía dónde había escondido el juez el dinero. Haz una lista, pensó Ray al salir de la ducha y sentarse al borde de la cama, desnudo y goteando agua en el suelo. Pensó en el delincuente que cortaba el césped de Maple Run una vez por semana; quizá fuera un tipo con mucha labia que se había camelado al juez y pasaba tiempo en la casa. Entrar no le habría sido difícil.

Claudia también figuraba en los primeros puestos. Ray se la imaginó fácilmente yendo a la casa con discreción cada vez que el juez la llamaba. Uno no se acostaba durante años con una mujer y cortaba de golpe con ella sin tener una sustituta. Sus vidas habían estado tan relacionadas que no costaba nada pensar que su romance hubiera perdurado en el tiempo. Nadie había estado tan próximo al juez Reuben Atlee como Claudia. Si alguien sabía de dónde había salido ese dinero, esa persona era ella.

Si hubiera querido una llave de la casa no le habría costado conseguirla, por mucho que una llave no fuera necesaria. Su visita la mañana del funeral bien podría haber sido para vigilarlo y no para darle el pésame, aunque en ese caso tenía que reconocer que había fingido estupendamente. Dura, astuta, con desparpajo, vieja pero no tanto… Durante un cuarto de hora dio vueltas a esa posibilidad y se convenció de que Claudia era la que iba detrás del dinero.

Se le ocurrieron otros dos nombres, pero no se vio con ánimo de añadirlos a la lista. El primero era el de Harry Rex, y tan pronto como lo pronunció en voz baja se sintió avergonzado. El otro era el de Forrest, y también se trataba de una idea absurda. Hacía nueve años que su hermano no había pisado el interior de Maple Run. Suponiendo, aunque solo fuera por suponer algo, que hubiera sabido algo del dinero, nunca se habría marchado sin él. Si Forrest ponía la mano encima de tres millones de dólares era capaz de hacerse mucho daño a sí mismo y a quienes lo rodeaban.

La lista le supuso un considerable esfuerzo, pero no lo llevó a ninguna parte. Pensó en salir a correr un rato, pero en lugar de eso metió un poco de ropa vieja en un par de fundas de almohada y se dirigió a Chaney's, donde las descargó en el 14-B. Todo estaba intacto. Las cajas seguían en el mismo sitio donde las había dejado el día antes. Mientras deambulaba por allí, resistiéndose a marcharse hasta el último segundo, se le ocurrió que quizá estuviera dejando un rastro. Evidentemente, alguien sabía que se había llevado el dinero de casa del juez, y por esa cantidad cualquiera estaría dispuesto a contratar a un detective para que lo espiara.

Por lo tanto, podían haberlo seguido desde Clanton hasta Charlottesville, y desde su apartamento hasta Chaney's.

Se maldijo por haber sido tan descuidado —¡Piensa, hombre! ¡Ese dinero no te pertenece!— y cerró el 14-B tanto como pudo.

Mientras cruzaba la ciudad con el coche para ir a comer con Carl, empezó a vigilar a los demás conductores por los retrovisores, pero al cabo de cinco minutos de hacerlo se rió de sí mismo y se prometió que no viviría como un animal perseguido.

¡Que se quedaran con el maldito dinero! Así tendría una preocupación menos. Que irrumpieran en el 14-B y se lo llevaran. ¿Acaso iba a afectar eso de algún modo a su vida? No, señor.

18

La duración estimada del vuelo hasta Atlantic City era de ochenta y cinco minutos a bordo del Bonanza, lo cual quería decir treinta y cinco minutos menos que con el Cessna que Ray tenía por costumbre alquilar. A primera hora de la mañana del sábado, él y Fog hicieron el obligatorio chequeo previo al vuelo bajo la incómoda supervisión de Dick Docker y Charlie Yates, que se dedicaron a dar vueltas alrededor del Bonanza con sus tazas de café malo en la mano, como si se dispusieran a volar en vez de limitarse a mirar. Esa mañana no tenían alumnos, pero por el aeropuerto corría el rumor de que Ray iba a comprar el Bonanza y que quería probarlo antes. Los rumores del hangar eran tan fiables como los chismorreos de una peluquería.

—¿Cuánto pide ahora? —preguntó Docker, mirando a Fog Newton, que se hallaba agachado bajo el ala, comprobando un filtro de combustible para limpiarlo de residuos.

—Ha bajado a cuatrocientos diez —respondió Fog, dándose aires de importancia por ser él y no ellos quien se iba a hacer cargo de aquel vuelo.

—Sigue siendo demasiado —comentó Yates.

Docker se volvió hacia Ray.

—¿Piensas hacer una oferta? —le preguntó.

—¿Por qué no te ocupas de tus asuntos? —respondió Ray sin mirarlo, mientras comprobaba el nivel del aceite.

—Porque ese es nuestro asunto —terció Yates, y todos se echaron a reír.

A pesar de la ayuda que nadie había pedido, completaron el chequeo sin contratiempos. Fog subió a bordo del Bonanza el primero y se instaló en el asiento del piloto. Ray ocupó el del copiloto. Cuando se hubo instalado, colocado el arnés y cerrado la puerta supo que había encontrado el avión perfecto para él. El motor de doscientos caballos arrancó suavemente. Fog revisó metódicamente los indicadores y la radio y, cuando hubo terminado las comprobaciones de rutina, llamó a la torre. Él se ocuparía del despegue y después pasaría los mandos a Ray.

El viento era leve y las nubes escasas y altas: un tiempo perfecto para volar. Fog levantó el morro del aparato a ciento diez kilómetros por hora, plegó el tren de aterrizaje y ascendió a doscientos cincuenta metros por minuto hasta que alcanzaron la altitud asignada de dos mil metros. En ese momento, Ray tomó los mandos y Fog empezó a explicar el funcionamiento del piloto automático, el radar climatológico y el sistema de tráfico anticolisiones.

—Está equipado hasta los topes —dijo en más de una ocasión.

Fog había pasado toda su vida pilotando los cazas de la marina y durante los últimos diez años había tenido que conformarse con los pequeños Cessna con los que había enseñado a volar a Ray y a cientos como él. El Bonanza era como el Porsche de los monomotores, y Fog estaba encantado de tener la oportunidad de probar uno. La ruta que les había asignado el control de tráfico los llevó al sur y al este de Washington, lejos de las zonas de mucho tráfico del Dulles y del Reagan Nacional. A unos cincuenta kilómetros de distancia divisaron la cúpula del capitolio y enseguida sobrevolaron la bahía de Chesapeake y a lo lejos apareció la silueta de Baltimore. La bahía era preciosa, pero el interior del avión resultaba mucho más interesante. Ray lo manejaba sin la ayuda del piloto automático. Mantuvo el rumbo, habló con el control de tráfico de

Washington y escuchó a Fog disertar infatigablemente acerca de las características y bondades del Bonanza.

Los dos deseaban que el vuelo durara horas, pero no tardaron en divisar Atlantic City. Ray descendió a mil quinientos metros, luego a mil y después sintonizó la frecuencia de aproximación. Cuando tuvo la pista a la vista, Fog se hizo cargo de los mandos y aterrizó suavemente. Mientras rodaban hacia la zona de estacionamiento y pasaban ante varias hileras de pequeños Cessna, Ray no pudo evitar pensar que esos días había quedado atrás. Todos los pilotos soñaban con cuál sería su siguiente avión, pero él ya lo había encontrado.

El casino favorito de Fog era el Rio, que se hallaba en la avenida principal junto a otros muchos. Quedaron en verse para comer en la cafetería del primer piso y cada uno se fue rápidamente por su lado. Los dos preferían apostar sin su mutua compañía. Ray deambuló entre las máquinas tragaperras y observó un rato las distintas mesas. Era sábado, y el Rio estaba bastante lleno. Dio una vuelta por entre las mesas de póquer y vio a Fog en una de ellas, rodeado de gente y con un montón de fichas bajo la mano.

Ray llevaba cinco mil dólares en el bolsillo, cincuenta de los billetes de cien que había cogido al azar de los distintos montones que había descubierto en Clanton. Lo único que pretendía ese día era ir soltando los billetes por los distintos casinos de la avenida y asegurarse de que no eran falsos, no estaban marcados ni se podían rastrear de ninguna manera. Después de su visita a Tunica, el lunes anterior por la noche, había quedado bastante convencido de que el dinero era auténtico.

Sin embargo, en ese momento casi deseaba que estuviera marcado. Quizá así el FBI pudiera seguirle el rastro y decirle de dónde provenía. Él no había hecho nada malo. La parte culpable estaba muerta, así que los federales podían aparecer cuando quisieran.

Encontró sitio en una de las mesas de blackjack y puso cinco billetes encima de la mesa para que se los cambiaran por fichas.

—Cambiando quinientos —dijo el crupier.

—Quinientos cambia —respondió el jefe de mesa.

La gente se apelotonaba alrededor de los tapetes, al fondo sonaba el tintineo de las máquinas tragaperras. A lo lejos se oían las voces de la gente que gritaba a los dados en unas apuestas baratas.

El crupier cogió los billetes, y Ray se puso tenso durante un segundo. Los demás jugadores lo miraron con envidia porque todos ellos apostaban fichas de cinco y diez dólares. Aficionados.

El crupier guardó los billetes del juez —todos ellos perfectamente válidos— en la caja y puso un montón de fichas verdes de veinticinco dólares ante Ray, que perdió la mitad de ellas en menos de un cuarto de hora y después se levantó para ir en busca de un helado. Había perdido doscientos cincuenta dólares y se había quedado tan ancho.

Se acercó a las mesas de los dados y observó el barullo. Le costaba imaginar a su padre dominando las artes de un juego tan complicado. ¿Dónde aprendía uno a lanzar los dados en el condado de Ford, en Mississippi?

Según una guía de apuestas que había hojeado en una librería, una apuesta sencilla era un simple intento. Cuando reunió el valor necesario, se abrió paso hasta el tapete y dejó las diez fichas que le quedaban en el recuadro de «Pasa». Los dados sacaron un doce y el crupier barrió el dinero para la banca. Ray decidió salir del Rio y entrar en el vecino Princesa.

Dentro, los casinos eran todos iguales. Había los mismos viejos ensimismados ante las máquinas tragaperras, que solo escupían las monedas suficientes para tenerlos enganchados; las mismas mesas de blackjack abarrotadas de jugadores que trasegaban cerveza gratis y whisky; los mismos apostadores gritando en las mesas de dados; los mismos grupos de asiáticos y las mismas camareras ligeras de ropa repartiendo bebidas.

Escogió una de las mesas de blackjack y repitió el mismo procedimiento. Los siguientes cinco billetes superaron con éxito la inspección del crupier. A continuación, apostó cien dólares en la primera mano; pero, en lugar de perder rápidamente su dinero como antes, empezó a ganar.

Tenía demasiados billetes sin verificar en los bolsillos para perder el tiempo acumulando fichas de manera que, cuando dobló su dinero, sacó diez billetes más y pidió al crupier que se los cambiara por fichas de cien. Este informó al jefe de mesa, que le brindó una magnífica sonrisa y le deseó buena suerte. Una hora más tarde, se levantó de la mesa con veintidós fichas.

El siguiente casino de su gira fue el Forum, un anticuado establecimiento donde el olor a tabaco rancio quedaba solo parcialmente disimulado por el de desinfectante barato. También la clientela era aún mayor porque, según descubrió, el Forum se especializaba en máquinas tragaperras, y los clientes mayores de sesenta y cinco años podían elegir entre un desayuno, una comida o una cena gratis. Las camareras pasaban todas de los cuarenta y, puesto que habían abandonado cualquier esperanza de enseñar nada, iban de un lado para otro enfundadas en chándales y calzadas con zapatillas deportivas.

El límite en las mesas de blackjack era de diez dólares la mano. El crupier vaciló cuando vio el dinero que Ray puso en el tapete, de modo que cogió el primer billete y lo examinó bajo la luz, como si por fin hubiera descubierto a un falsificador. El jefe de mesa también lo inspeccionó, y Ray empezó a ensayar mentalmente la excusa que tenía preparada según la cual esos billetes se los habían dado en el Rio.

—Cambio —dijo el jefe de mesa, y el momento pasó.

Ray perdió trescientos dólares en una hora.

Cuando se encontraron para comer un rápido sándwich, Fog le aseguró que estaba haciendo saltar la banca. Ray iba perdiendo unos pocos dólares, pero, lo mismo que cualquier otro apostador, mintió y dijo que ganaba. Quedaron en reunirse a las cinco y volver a Charlottesville en el Bonanza.

El resto del dinero de Ray fue convertido en fichas en una mesa de cincuenta dólares del Canyon Casino, el más nuevo de la avenida. Jugó durante un rato, pero enseguida se aburrió de las cartas y se fue al bar de deportes, donde pidió un refresco y se entretuvo mirando una pelea de boxeo que retransmitían desde Las Vegas. Los cinco mil dólares que había llevado a Atlantic City habían pasado por el filtro del sistema. Se marcharía con cuatro mil setecientos y dejando un rastro más que visible. Había sido filmado y fotografiado en siete casinos. En dos de ellos había cumplimentado el papeleo necesario al cambiar las fichas en caja. En otros dos había utilizado su tarjeta de crédito para hacer pequeñas retiradas de efectivo solo para dejar más pistas de su presencia.

Si el dinero del juez resultaba ser rastreable, sabrían quién era y dónde encontrarlo.

Fog estuvo callado durante el trayecto hasta el aeropuerto. La suerte le había dado la espalda a lo largo de la tarde.

—He perdido unos cuantos cientos —reconoció por fin; pero, a juzgar por su actitud, debía de haber sido más—. ¿Y tú?

—Yo he tenido una buena tarde. Lo bastante para pagar el alquiler del avión.

—Eso no está mal.

—No podré pagar en efectivo, ¿verdad?

—El efectivo todavía es legal —contestó Fog, animándose un poco.

—Pues entonces que sea en efectivo.

Durante las comprobaciones previas al vuelo, Fog le preguntó si le apetecía ocupar el lugar del piloto.

—Diremos que se trata de una clase —comentó. La perspectiva de cobrar en efectivo le había mejorado el humor.

Ray llevó al Bonanza a la pista y se situó tras dos vuelos de enlace. Se puso en posición y esperó a que le dieran permiso.

Inició el despegue bajo la atenta mirada de Fog: aceleró hasta alcanzar ciento diez kilómetros por hora y entonces levantó con cuidado el morro del avión y se elevó suavemente en el aire. El motor turboalimentado parecía el doble de potente que el del Cessna. Ascendieron sin esfuerzo hasta dos mil doscientos metros y alcanzaron rápidamente el techo del mundo.

Dick Docker daba cabezadas en el Cockpit cuando Ray y Fog entraron de vuelta de su largo viaje para devolver los auriculares de vuelo. Se despertó trabajosamente y fue al mostrador.

—No os esperaba de vuelta tan pronto —murmuró medio dormido, mientras sacaba unos formularios de un cajón.

—Hicimos saltar la banca del casino —dijo Ray.

Fog se metió en una de las aulas de la escuela de vuelo.

—Vaya, eso es algo que nunca había oído —repuso Dick en tono burlón mientras pasaba las hojas de un libro de registro y garabateaba unos números—. ¿Vas a pagar ahora?

—Sí, y quiero que me hagas descuento por ser en efectivo.

—No sabía que lo hiciéramos.

—Ahora sí. Es el diez por ciento.

—Veamos, no sé… Está bien, que sea el diez. —Rehízo el cálculo—. El total son mil trescientos veinte.

Ray contó unos cuantos billetes del fajo que llevaba.

—No tengo de veinte. Te doy trece billetes y en paz.

Mientras contaba el dinero, Dick le dijo:

—Hoy ha venido un tipo husmeando por aquí. Dijo que quería unas clases y tu nombre acabó saliendo en la conversación.

—¿Quién era?

—No lo había visto en mi vida.

—¿Y por qué me mencionó?

—Fue algo raro. Yo le estaba soltando el rollo sobre los precios y todo eso y, así, sin más, me preguntó si eras propietario de algún avión. Me dijo que te conocía de no sé dónde.

Ray tenía ambas manos apoyadas en el mostrador.

—¿Anotaste su nombre?

—Se lo pregunté. Era Dolph no-sé-qué. Al final empezó a comportarse de un modo bastante sospechoso y se largó. Estuve observándolo. Se detuvo junto a tu coche, en el aparcamiento, y estuvo dando vueltas alrededor, como si fuera a forzarlo o algo así. Luego, se marchó. ¿No conoces a ningún Dolph?

—Nunca he conocido a nadie con ese nombre.

—Yo tampoco. Es la primera vez que oigo el nombre «Dolph». Como te he dicho, era muy raro.

—¿Qué aspecto tenía?

—Unos cincuenta años, bajo, delgado, con mucho pelo canoso peinado hacia atrás; ojos negros, como si fuera griego o algo así. Parecía el típico vendedor de coches usados y llevabas botas de puntera afilada.

Ray meneó la cabeza. Ni idea.

—¿Por qué no le pegaste un tiro?

—Me pareció que podía acabar siendo un cliente.

—¿Y desde cuándo eres amable con los clientes?

—¿Vas a comprar el Bonanza?

—No. Solo sueño despierto.

Fog regresó y ambos se felicitaron por un viaje tan estupendo y prometieron que lo repetirían. Lo de costumbre. Mientras conducía de regreso, Ray vigiló todos los coches y las esquinas.

Lo estaban siguiendo.

19

Transcurrió una semana sin que ningún agente del FBI ni del Tesoro llamara a su puerta, con su placa de identificación y sus preguntas sobre un dinero sucio cuyo rastro había sido localizado en Atlantic City; sin señales de que Dolph o alguien más estuviera siguiéndolo; una semana siguiendo la normal rutina de correr siete kilómetros todas las mañanas y convertirse después en profesor de derecho.

Salió tres veces a volar con el Bonanza, y las tres lo hizo con Fog a su lado, dándole clases; y las tres pagó en el acto y en efectivo. «Dinero del casino», dijo con una pícara sonrisa; lo cual no era ninguna mentira. Fog estaba impaciente por regresar a Atlantic City para recuperar lo perdido. Ray no tenía demasiadas ganas, pero le pareció que no era mala idea: así podría presumir de haber tenido otro día de suerte con las cartas y seguir pagando sus lecciones de vuelo con billetes contantes y sonantes.

En esos momentos, el dinero se hallaba en el 37-F. El 14-B seguía alquilado a nombre de Ray Atlee y todavía contenía la ropa y los muebles viejos. El 37-F había sido alquilado por NDY Ventures (así bautizada en honor de sus tres instructores de vuelo de Docker's). El nombre de Ray no aparecía en ninguno de los documentos de la 37-F. Había firmado para tres meses y pagado en efectivo.

—Quisiera que todo esto fuera confidencial —le dijo a la señora Chaney.

—Todo lo de aquí es confidencial. Tenemos todo tipo de clientes —añadió lanzándole una mirada de complicidad, como si quisiera decir «no me importa lo que tenga escondido ahí dentro siempre que me pague».

Había trasladado las cajas de una en una, por la noche, al amparo de la oscuridad, mientras un vigilante de seguridad lo observaba desde la distancia. El trastero 37-F era idéntico al 14-B, y, cuando tuvo las seis cajas a salvo en su interior, renovó su fallida promesa de no ir todos los días a comprobar que todo estuviera en orden. Nunca se le había ocurrido pensar que llevar de un lado a otro tres millones de dólares pudiera ser semejante engorro.

Harry Rex no había llamado, pero le había enviado otro paquete con el mismo tipo de cartas y notas de pésame, más o menos. Ray se sintió obligado a leerlas todas, o como mínimo a echarles un rápido vistazo por si había alguna otra nota críptica. No la había.

Los exámenes llegaron y pasaron. Una vez concluida la ceremonia de graduación, la facultad se convertiría en un oasis de tranquilidad durante el verano. Ray de despidió de todos sus alumnos, salvo de Kaley, quien, después del último examen le informó de que había decidido quedarse en Charlottesville a pasar las vacaciones y de paso volvió a apremiarlo para que le diera una cita antes de la graduación.

—Estamos esperando a que dejes de ser estudiante —le contestó Ray, manteniéndose firme y deseando ceder al mismo tiempo. Estaban ante su despacho y con la puerta abierta.

—Para eso solo faltan unos días —dijo ella.

—Así es.

—Entonces escojamos un día.

—No. Primero te gradúas y después escogeremos un día.

Kaley se fue con la misma sonrisa y el mismo contoneo de siempre, y Ray se dio cuenta de que era un peligro. Carl Mirk lo vio mirándola mientras ella se alejaba, enfundada en unos vaqueros muy ceñidos.

—No está mal —comentó Carl.

Ray se sintió un tanto avergonzado, pero no por eso dejó de mirar.

—Me está echando los tejos —declaró.

—No eres el único. Ten cuidado.

Se hallaban de pie en el pasillo, junto a la puerta del despacho de Ray. Carl le entregó un sobre de aspecto curioso.

—Toma. He pensado que te gustaría ver esto.

—¿De qué se trata?

—Se trata de una invitación al Baile Buzzard.

—¿Al qué?

—Al primer Baile Buzzard y seguramente también al último. Se trata de un baile de gala para recaudar fondos destinados a la preservación de los pájaros y las aves de Piedmont. Echa un vistazo a los anfitriones.

Ray leyó los nombres lentamente: «Vicki y Lew Rodowski los invitan cordialmente...».

—El Liquidador se dedica ahora a proteger nuestras aves... Conmovedor, ¿verdad?

—¡A cinco mil dólares por pareja!

—Creo que es un récord tratándose de Charlottesville. El decano ha recibido la invitación. Está en la lista «A», pero nosotros no. Hasta su mujer se mostró escandalizada por el precio.

—Pero si Suzie es a prueba de sustos, ¿no?

—Eso pensábamos. Creo que esperan unas doscientas parejas. Así recaudarán más o menos un millón y demostrarán a todo el mundo cómo se hacen estas cosas. Al menos ese es el plan. Suzie dice que tendrán suerte si consiguen reunir más de una treintena de parejas.

—¿No piensa ir?

—No, y el decano está muy aliviado. En su opinión es la primera cena de etiqueta a la que van a faltar después de diez años.

—¿Y habrá música de los Drifters? —preguntó Ray acabando de leer la invitación.

—Eso les costará al menos cinco de los grandes.

—¡Menudo idiota!

—Esto es Charlottesville. Un payaso de Wall Street desembarca aquí, se busca una esposa que lucir, se compra una mansión en el campo, reparte dinero a manos llenas y pretende convertirse en el gran hombre de una pequeña ciudad.

—Bien. No pienso ir.

—No estás invitado, pero puedes quedártela.

Carl se marchó, y Ray regresó a su mesa con la invitación en la mano. Se repantigó en la silla, apoyó los pies en el escritorio y empezó a soñar despierto. Se imaginó a Kaley con un sugerente vestido negro de los que dejaban la espalda al aire y con un escote de vértigo, guapa a rabiar, trece años más joven que Vicki y mucho más en forma, bailando con él, que tampoco era mal bailarín, moviéndose y contoneándose al ritmo Motown de los Drifters mientras todo el mundo los miraba y preguntaba entre susurros: «¿Quiénes son esos?».

Vicki se vería obligada a responder y a arrastrar al viejo Lew a la pista; a Lew, con su esmoquin de importación que no le permitía disimular la barriga; Lew, con sus matas de pelo canoso encima de las orejas; el viejo chivo de Lew intentando ganarse el respeto de sus conciudadanos salvando los pájaros; Lew, con su espalda artrítica y sus torpes pies, moviéndose como un pato mareado; Lew, orgulloso de la esposa que se había comprado para lucirla igual que un trofeo y de su vestido de un millón de dólares que dejaba demasiado a la vista sus huesos, lujosamente hambrientos.

Él y Kaley tendrían mucho mejor aspecto, bailarían mucho mejor y… ¿Qué demostraría con eso?

Había resultado divertido imaginarlo, pero mejor dejarlo estar. Tenía dinero y no estaba dispuesto a gastarlo en tonterías como esa.

El trayecto hasta Washington duraba solo dos horas, y la mayor parte era agradable y transcurría entre bonitos paisajes. Sin embargo, en esos momentos, su forma favorita de viajar era otra. Él y Fog volaron con el Bonanza en treinta y ocho minutos hasta el Reagan National, donde les permitieron aterrizar a regañadientes y a pesar de tener un *slot* reservado de antemano. Ray tomó un taxi y, quince minutos después, se hallaba en el Departamento del Tesoro, situado en la avenida Pensilvania.

Un colega de la facultad tenía un cuñado con cierta influencia en el Tesoro. Habían bastado unas cuantas llamadas telefónicas para que el señor Oliver Talbert diera la bienvenida al profesor Atlee en su cómodo despacho del BEP, el Departamento de Acuñaciones. El profesor estaba haciendo cierto trabajo de investigación y necesitaba menos de una hora del tiempo de alguien entendido. Talbert no era el cuñado en cuestión, pero sí el encargado de represarlo.

Empezaron con el tema de la falsificación de billetes, y Talbert le hizo una descripción a grandes rasgos de los problemas con los que se enfrentaban en ese momento y que se debían principalmente a la tecnología, sobre todo a impresoras de inyección de tinta, y billetes falsos generados por ordenador. Le enseñó una serie de muestras de las mejores falsificaciones y fue señalándole los fallos con la ayuda de una lupa: la falta de detalle en la frente de Benjamin Franklin, los trazos de fondo que faltaban, la tinta corrida de los números de serie…

—Y esto que le estoy enseñando es material bueno. Los falsificadores lo hacen cada día mejor.

—¿Dónde encontró eso? —preguntó Ray a pesar de tratarse de una cuestión irrelevante.

Talbert dio la vuelta al tablero y miró la etiqueta.

—En México —respondió, y eso fue todo.

Para ir un paso por delante de los falsificadores, el Tesoro estaba invirtiendo a fondo en su propia tecnología: imprentas que conferían a los billetes un aspecto casi holográfico, marcas de agua, tintas de color variable, impresiones de detalle ultrafino, retratos ampliados y descentrados y escáneres capaces de distinguir una falsificación en menos de un segundo. De todas maneras, el método más efectivo para combatir a los falsificadores todavía no había sido usado. Cambiar el color del dinero, sencillamente; pasar de verde a azul y de azul a amarillo o rosa. Al menos a decir de Talbert, bastaba con retirar el antiguo e inundar los bancos con el nuevo para pillar a los falsificadores con el pie cambiado.

—Pero el congreso no nos lo permite —se lamentó, meneando la cabeza.

La verdadera preocupación de Ray era cómo seguir la pista al dinero de verdad y, poco a poco, consiguió abordar la cuestión. Talbert le explicó que por razones obvias el dinero no estaba marcado. Si un ladrón cogía un billete y veía marcas en él, adiós al engaño. Marcar significaba simplemente anotar los números de serie, labor que había resultado muy tediosa al ser manual. Luego, le contó la historia de un secuestro y el correspondiente rescate. El dinero había llegado cuando faltaba muy poco para la entrega, y más de veinte agentes del FBI trabajaron furiosamente para anotar los números de serie de los billetes de cien dólares.

—El rescate ascendía a un millón de pavos, de manera que se quedaron sin tiempo. Habían conseguido anotar ochenta mil dólares, pero no era suficiente ni de lejos. Al final atraparon a los secuestradores un mes más tarde con algunos de los billetes marcados y eso permitió resolver el caso.

De todas maneras, un nuevo modelo de escáner había facilitado mucho el trabajo porque era capaz de fotografiar diez billetes a la vez y cien en cuarenta segundos.

—Una vez han sido anotados los números de serie, ¿cómo localizan el dinero? —preguntó Ray mientras tomaba notas en una libreta. ¿No era eso lo que había esperado Talbert que hiciera?

—De dos maneras. Primero, si descubre usted al ladrón con el dinero, no tiene más que sumar dos y dos y trincarlo. Así es como la DEA y el FBI cazan a los traficantes de drogas: pillan a un camello de la calle, hacen un trato con él, le entregan veinte mil pavos en billetes marcados para que compre coca a su proveedor y después cazan al pez gordo con el dinero del gobierno.

—¿Y qué pasa si no atrapan al ladrón? —preguntó Ray que, al hacerlo, no pudo evitar pensar en su difunto padre.

—Esa es la segunda manera, y resulta mucho más complicado. Una vez el dinero ha sido retirado de la circulación por parte de la Reserva Federal, una muestra se escanea por rutina. Si se encuentra un billete marcado, puede seguirse su rastro hasta el banco que lo envió. A veces, una persona con dinero marcado lo utiliza dentro de una zona determinada durante un tiempo. Hemos logrado atrapar algunos delincuentes mediante este procedimiento.

—Parece algo bastante azaroso.

—Y lo es —admitió Talbert.

—Hace unos años leí una historia de unos cazadores de patos que se tropezaron con los restos de una avioneta estrellada —comentó Ray con una naturalidad que era producto de varios ensayos previos—. Según parece, a bordo había cierta cantidad de dinero, casi un millón de pavos. Los tipos creyeron que provenía de la droga y se lo quedaron. Al final resultó que estaban en lo cierto, y el asunto no tardó en salir a la luz en su pueblo.

—Creo recordar el caso —comentó Talbert, y Ray pensó que debía de estar resultando convincente.

—Mi pregunta es la siguiente: esos tipos, u otros cualesquiera para el caso, ¿podrían simplemente enviar el dinero al FBI, a la DEA o al Tesoro para que lo escanearan y verificar así si estaba marcado y averiguar por lo tanto su origen?

Talbert adoptó una actitud pensativa mientras sopesaba la pregunta.

—No veo por qué no —contestó al fin, encogiéndose de hombros—. De todas maneras, hay un problema evidente y es que correrían el riesgo de quedarse sin el dinero.

—Estoy seguro de que no sucede a menudo —repuso Ray, y ambos se echaron a reír.

Talbert también le contó la historia de un juez de Chicago que conseguía cantidades relativamente pequeñas de los abogados, quinientos o mil dólares cada vez, a cambio de adelantar el calendario de los casos o de dictar sentencias favorables. Ese juez lo había estado haciendo durante años antes de que el caso llegara a oídos del FBI. Los federales pillaron a uno de los abogados y lo convencieron para que les siguiera el juego. Anotaron los números de serie de los billetes y, durante una operación que duró dos años, trescientos cincuenta mil dólares pasaron de manos del abogado a las del corrupto juez. Al final, el FBI descubrió el dinero en el garaje del hermano del juez, en Arizona, y todos acabaron en la cárcel.

Ray había dado un respingo. ¿Se trataba de una coincidencia o Talbert estaba intentando decirle algo? Sin embargo, a medida que le explicaba la historia se fue relajando a pesar del parecido existente. Talbert no sabía nada del padre de Ray.

Mientras volvía al aeropuerto en taxi, hizo sus propios cálculos en la libreta. Un juez como el de Chicago, extorsionando a un ritmo de ciento setenta y cinco mil dólares al año, habría tardado dieciocho años en acumular tres millones. Y eso tratándose de Chicago, con cientos de tribunales y miles de poderosos abogados ocupados en casos de cuantía infinitamente superior a los del norte de Mississippi. Allí, el sistema judicial era una industria cuyos mecanismos podían manipularse y engrasarse. En el universo del juez Atlee, un puñado de gente se ocupaba de todo, y si alguien hubiera ofrecido dinero, la gente se habría enterado. Resultaba imposible sacar tres millones del Distrito Veinticinco por la simple razón de que, para empezar, en ese territorio no había tanto dinero.

Llegó a la conclusión de que resultaba necesario un viaje más a Atlantic City. Se llevaría más efectivo que la vez anterior y lo blanquearía en el sistema. Tenía que estar seguro de que el dinero del juez no estaba marcado.

Fog se llevaría una alegría.

20

Cuando Vicki lo dejó y se largó con el Liquidador, un profesor amigo de Ray recomendó a este un especialista en divorcios llamado Axel Sullivan. Axel demostró ser un abogado competente, pero no tuvo mucho que hacer en el aspecto legal. Vicki se había marchado y no quería nada de Ray. Axel se encargó del papeleo y la documentación, le recomendó un buen terapeuta e hizo un buen trabajo a la hora de ayudar a Ray a pasar por aquel mal trago. Según Axel, el mejor detective privado de la ciudad era Corey Crawford, un ex policía negro que lo había dejado para tomarse un respiro.

El despacho de Crawford se hallaba encima del bar que su hermano tenía cerca del campus. Era un establecimiento agradable, con las ventanas sin pintar, menú, música en vivo los fines de semana y una clientela de lo más normal aparte de un corredor de apuestas que se trabajaba al personal de la universidad. Aun así, Ray aparcó a un par de manzanas. No quería que lo vieran entrando en aquel lugar. Un rótulo donde se leía «Crawford Investigations» señalaba la escalera del lateral del edificio.

No había secretarias, o al menos ninguna se encontraba presente en ese momento. Llegaba con diez minutos de adelanto, pero Crawford lo estaba esperando. No tenía más de cuarenta años, era alto, delgado y de facciones atractivas, pero no mostraba la menor sonrisa. Llevaba la cabeza afeitada y la ropa de marca le sentaba bien. Del cinturón le colgaba una gran pistola metida en una cartuchera negra.

—Creo que me están siguiendo —explicó Ray.

—¿No se trata de un caso de divorcio?

Se hallaban sentados, frente a frente, a una mesa en una pequeña oficina que daba a la calle.

—No —repuso Ray.

Había preparado y ensayado una historia acerca de problemas con la familia en Mississippi, un padre recién fallecido, unos cuantos bienes de una herencia que podían caer o no, parientes envidiosos, todo envuelto en un relato más o menos vago que Crawford no pareció creerse del todo. También le habló del tal Dolph, que había preguntado por él en el aeropuerto, y le dio su descripción.

—Concuerda con la de Rusty Wattle —explicó Crawford.

—¿Quién es?

—Un detective privado de Richmond, no especialmente bueno. A veces hace trabajillos por aquí. Basándome en lo que usted me ha dicho, no creo que su familia haya contratado a nadie de Charlottesville. Es una ciudad muy pequeña.

Ray archivó el nombre de Rusty Wattle en algún lugar de su memoria.

—¿Cree que es posible que esos tipos de Mississippi que le desean mal quieran que sepa que está siendo seguido? —preguntó Crawford.

Ray puso cara de no entender nada, de manera que el detective se lo explicó:

—Mire, a veces nos contratan para intimidar, para asustar. Me da la impresión de que lo que Wattle o quien fuese pretendía era que sus amigos del aeropuerto le dieran su descripción. Puede que dejara una pista.

—Sí, supongo que puede ser.

—¿Y qué quiere que haga?

—Quiero que me diga si efectivamente me están siguiendo, y, si así es, de quién se trata y por cuenta de quién trabaja.

—Las primeras dos cuestiones serán fáciles. La tercera, puede que resulte imposible.

—Intentémoslo, de todas maneras.

Crawford abrió un cajón y sacó una carpeta.

—Cobro cien dólares la hora —dijo mirando fijamente a Ray en busca de alguna señal de vacilación—. Los gastos son aparte. También exijo un depósito de dos mil dólares.

—Si no le parece mal, me gustaría pagarle en efectivo —contestó Ray, sosteniéndole la mirada.

Crawford mostró un asomo de sonrisa.

—En este negocio, el efectivo siempre se agradece.

—¿Es posible que me hayan pinchado el teléfono y cosas por el estilo? —preguntó Ray.

—Lo comprobaremos. Procúrese otro móvil, uno que sea digital, y no lo registre a su nombre. La mayor parte de nuestras comunicaciones serán a través de él.

—Qué sorpresa —murmuró Ray para sí mientras repasaba el contrato y lo firmaba.

Crawford lo cogió y lo guardó en el archivador.

—Durante la primera semana coordinaremos cada uno de sus movimientos. Lo planearemos todo. Usted siga con su rutina normal. Limítese a avisarnos con suficiente antelación si hace algo fuera de lo normal, aunque solo sea para tener gente en el terreno.

Vaya, voy a tener gente haciendo cola detrás de mí, pensó Ray.

—La verdad es que llevo una vida bastante aburrida. Salgo a correr por las mañanas, voy a trabajar, a veces salgo a volar en avioneta, vuelvo a casa. No tengo familia, de modo que estoy solo.

—¿Suele frecuentar otros sitios?

—A veces salgo a comer o a cenar, pero nunca a desayunar. Y siempre algo rápido.

—Va a conseguir que me aburra —comentó Crawford, con una leve sonrisa—. ¿Mujeres?

—Ojalá. Quizá una en perspectiva. Si sabe de alguna, puede darle mi número.

—Esa gente de Mississippi que lo quiere mal anda detrás de algo. ¿De qué?

—Se trata de un antiguo patrimonio familiar: joyas, libros antiguos, plata… —Lo contó con naturalidad, y Crawford se lo tragó.

—Ahora sí que estamos llegando a alguna parte. ¿Y usted se halla en posesión de este patrimonio hereditario?

—Así es.

—¿Y lo tiene aquí?

—Está a buen recaudo en Chaney's.

—¿Qué valor puede tener?

—Mucho menos de lo que piensan mis parientes.

—Deme una idea.

—Alrededor de medio millón.

—¿Y tiene usted título legal suficiente que lo respalde?

—Digamos que la respuesta es que sí. De lo contrario, tendré que contarle toda la historia familiar, lo cual puede llevarnos unas cuantas horas y producirnos una fuerte jaqueca.

—Conforme.

Crawford estaba listo para ponerse manos a la obra.

—¿Cuándo dispondrá del móvil nuevo?

—Hoy mismo.

—Estupendo. ¿A qué hora le va bien que pasemos por su casa para comprobar si está limpia?

—Puede pasar cuando quiera.

Tres horas más tarde, Crawford y un ayudante al que llamaba Boota dieron por finalizado lo que llamaron «un barrido». Los teléfonos de Ray estaban limpios de micrófonos. No había cámaras disimuladas en las rejillas de ventilación. En la abarrotada buhardilla no hallaron ni transmisores ni monitores escondidos tras las cajas.

—Está usted limpio —le dijo Crawford antes de marcharse.

Cuando se sentó en el balcón de su casa, lo cierto era que

no se sentía especialmente limpio. Aunque se tratara de alguien elegido a propósito, bastaba con abrir la vida de uno ante un desconocido para sentirse con el culo al aire.

Sonó el teléfono.

Forrest sonaba sobrio —voz enérgica, palabras claras—. Tan pronto como dijo «Hola, hermano», Ray escuchó atentamente para averiguar en qué estado de forma se encontraba. Después de tantos años de llamadas imprevistas o intempestivas, algunas de las cuales ni el propio Forrest recordaba, se había vuelto algo instintivo. Dijo que se encontraba bien —lo cual significaba que estaba limpio de drogas o alcohol—, pero no desde cuándo. No sería Ray quien se lo preguntase.

Antes de que pudiera mencionar al juez, la herencia, la casa o a Harry Rex, Forrest le soltó:

—Tengo un nuevo chanchullo.

—Pues venga, cuéntamelo —dijo Ray poniéndose cómodo. La voz al otro lado de la línea estaba llena de entusiasmo, y él contaba con tiempo de sobra para escuchar.

—¿Has oído hablar del Benalatofix?

—No.

—Yo tampoco. Se conoce comercialmente con el nombre de Skinny Ben. ¿Te suena?

—Tampoco. Lo siento.

—Son unas píldoras para adelgazar que ha sacado una empresa de California llamada Luray Products, una importante compañía de la que nadie ha oído hablar. Durante los últimos cinco años, los médicos han estado recetando esas píldoras como locos porque funcionan. No son para las mujeres que necesitan quitarse diez kilos, sino para los casos de verdadera obesidad, y con esos hace maravillas. ¿Me sigues?

—Soy todo oídos.

—El problema es que, al cabo de uno o dos años de tomar esas píldoras, las pobres mujeres desarrollan afecciones coronarias. Hay miles de pacientes que han tomado esas píldoras, y a la empresa le están lloviendo las demandas desde California y Miami. La FDA tomó cartas en el asunto hace ocho meses, y el mes pasado Luray retiró el producto del mercado.

—¿Y tú dónde intervienes en esta historia, Forrest?

—En estos momentos soy captador médico.

—¿Y qué hace un captador médico?

—Gracias por preguntar. Hoy, por ejemplo, he estado todo el día metido en una suite de hotel en Dyesburg, en Tennessee, ayudando a esas pobres gordas con el papeleo. Un médico, pagado por el mismo abogado que me paga a mí, les hace un chequeo para ver cómo están del corazón, y si no lo tienen como Dios manda, ¿sabes qué?

—Que tienes un nuevo cliente.

—Exactamente. Hoy he hecho que firmaran más de cuarenta.

—¿Qué vale más o menos cada caso?

—Unos diez mil dólares. Los abogados para los que trabajo tienen ochocientos casos, lo cual significa ocho millones de dólares. Ellos se llevan la mitad de esa cantidad. Bienvenido al mundo de las demandas colectivas.

—¿Y tú qué parte recibes?

—Tengo un sueldo base, un complemento variable en función del número de clientes que consigo y un porcentaje del final. Ahí fuera puede que haya más de medio millón de casos, así que estamos poniéndonos las pilas para reunir tantos como podamos.

—Eso supone cinco mil millones en daños y perjuicios.

—Luray dispone de ocho mil líquidos. No hay abogado especializado en demandas por daños que no esté hablando de las Skinny Ben.

—¿Y no hay problemas de ética profesional?

—Aquí no hay ética que valga, hermano. Estás en el terreno del «todo vale». Las cuestiones de ética quedan para la gente como tú, que se las tiene que explicar a sus alumnos, que por cierto tampoco la utilizarán. Lamento ser yo quien te abra los ojos.

—No te preocupes, ya había oído hablar de este asunto.

—En fin, el caso es que he dado con una mina. Solo quería que lo supieras.

—Pues me alegro de saberlo.

—¿Hay alguien de tu zona que se esté ocupando de las Skinny Ben?

—No, que yo sepa.

—Mantén los ojos abiertos. Estos abogados están formando equipo con otros abogados del país. Según estoy aprendiendo, así es como funcionan las demandas colectivas. Cuantos más casos consigues reunir, mayor es la indemnización.

—Haré correr la voz.

—Está bien. Ya nos veremos, hermano.

—Ten cuidado, Forrest.

La siguiente llamada se produjo a las dos y media de la madrugada y, como todas las que llegan a esa hora, el teléfono pareció sonar eternamente. Al fin, Ray consiguió descolgarlo y encender la luz.

—Ray, soy Harry Rex. Lamento llamarte.

—¿Qué ocurre? —preguntó Ray, sabiendo de antemano que no podía ser nada bueno.

—Es Forrest. He pasado la última hora hablando con él y con cierta enfermera del Baptist Hospital de Memphis. Está ahí, creo que con una nariz rota.

—Empieza por el principio, te lo ruego.

—Fue a un bar, se emborrachó y se metió en una pelea. Lo de siempre, solo que esta vez parece que se metió con el tipo equivocado y ahora le están remendando la cara. Quieren tenerlo toda la noche en observación. He tenido que hablar con el personal del hospital y garantizar el pago de la factura. También los he avisado para que no le den analgésicos o narcóticos, porque no saben lo que tienen entre manos.

—Lamento que te haya metido en este lío, Harry Rex.

—No es la primera vez, y no me importa; pero Forrest está como una cabra. Volvió a sacar el tema de la herencia, la basura esa de que le están quitando lo que es suyo y le corresponde. Ya sé que está borracho y todo lo demás, pero es que el tío no se baja del burro.

—Es curioso porque esta tarde he hablado con él y me ha parecido que estaba bien.

—Bueno, seguro que iba camino del bar más cercano. Al final, resulta que han tenido que sedarlo para poder arreglarle la nariz. De otro modo habría sido imposible. Me preocupa lo de todos esos medicamentos y demás. ¡Menudo desastre!

—Lo lamento, Harry Rex —dijo Ray porque no se le ocurría qué más decir, e hizo una pausa mientras ponía en orden sus ideas—. Mira que hace solo unas horas estaba bien, limpio y sobrio. Al menos lo parecía.

—¿Te llamó? —preguntó Harry Rex.

—Sí. Estaba muy contento con un nuevo trabajo que había encontrado.

—¿Te refieres a esa basura de las Skinny Ben?

—Sí. ¿Se trata de un trabajo de verdad, o qué?

—Me parece que sí. Hay un puñado de abogados de por aquí que andan de cabeza buscando todos los casos que puedan encontrar. Son ellos los que contratan a los tipos como Forrest para que reúnan tantos como puedan.

—Deberían expulsarlos de la profesión.

—Al menos a la mitad de todos nosotros. Creo que deberías volver por aquí. Cuanto antes podamos abrir la herencia, antes conseguiremos calmar a Forrest. Odio que me acuse de esa manera.

—¿Tienes fecha del tribunal?

—Podríamos hacerlo el miércoles de la semana que viene. Creo que lo mejor sería que te quedaras unos cuantos días.

—Lo había pensado. Reserva el día y allí estaré.

—Se lo diré a Forrest dentro de un par de días, cuando lo pille sobrio.

—Lo siento.

Como no podía ser de otro modo, Ray se desveló. Estaba leyendo una biografía cuando sonó su nuevo móvil. Tenía que tratarse de un error.

—¿Sí? —contestó.

—¿Por qué está levantado? —preguntó la grave voz de Corey Crawford.

—Porque mi teléfono no deja de sonar. ¿Dónde está usted?

—Estamos vigilándolo. ¿Se encuentra bien?

—Perfectamente. Son casi las cuatro de la mañana. ¿Es que ustedes no duermen?

—Damos muchas cabezadas. Si yo fuera usted, tendría las luces apagadas.

—Gracias. ¿Hay alguien observando mis luces?

—Todavía no.

—Me alegro.

—Solo es una comprobación.

Ray apagó las luces del apartamento que daban a la calle y se refugió en su dormitorio, donde leyó con la ayuda de una pequeña lámpara. El saber que le estaban cobrando cien dólares la hora a lo largo de toda la noche no lo ayudó precisamente a conciliar el sueño.

Durante un buen rato no dejó de repetirse que se trataba de una inversión muy sensata.

A las cinco de la madrugada salió de la cama y fue furtivamente por el pasillo a preparar un poco de café en la oscuridad. Mientras esperaba la primera taza, llamó a Crawford, que, de un modo muy poco sorprendente, sonaba totalmente dormido.

—Estoy haciendo café. ¿Quiere un poco?

—No es buena idea, pero gracias de todas maneras.

—Escuche, esta tarde tengo pensado volar a Atlantic City. ¿Tiene un bolígrafo a mano?

—Sí, diga.

—Despegaré a las tres en un Beech Bonanza blanco, con mi instructor de vuelo, Fog Newton. El número de cola es Ocho-Uno-Cinco-Romeo. Pasaremos la noche en el Canyon Cassino y regresaremos mañana al mediodía. Dejaré mi coche en el aeropuerto, cerrado con llave, como de costumbre. ¿Necesita saber algo más?

—¿Quiere que lo siga en Atlantic City?

—No, no hará falta. Iré de un lado para otro y procuraré tener las espaldas cubiertas.

21

El consorcio lo puso en marcha uno de los amigos de vuelo de Dick Docker. Estaba organizado en torno a dos oftalmólogos que tenían consultas en el oeste de Virginia. Ambos habían aprendido a pilotar hacía poco y necesitaban ir y volver lo más rápidamente posible. El amigo de Docker era un consultor de planes de pensiones que necesitaba el Bonanza unas doce horas al mes. Si conseguían sumar un cuarto socio, podrían poner en marcha el trato. Cada uno pondría cincuenta mil dólares en concepto de su cuarta parte y después firmaría el crédito del banco destinado a cubrir el resto del precio de compra que había quedado en trescientos noventa mil dólares y no parecía que fuera a bajar. El importe se amortizaría en seis años y costaría a cada socio ochocientos noventa dólares mensuales.

El equivalente a once horas de Cessna para el piloto Ray Atlee.

En el lado de las ventajas estaba la amortización y el potencial negocio de chárter cuando los socios no estuvieran utilizando el avión; en el de los inconvenientes, la cuota del hangar, el combustible, el mantenimiento y toda una lista que parecía demasiado larga. También en el lado negativo y no mencionada por el amigo de Dick Docker, figuraban los imponderables derivados de una asociación con desconocidos, dos de los cuales eran, además, médicos.

Sin embargo, Ray disponía de los cincuenta mil, podía permitirse el gasto de los ochocientos noventa mensuales y se moría de ganas de ser propietario de un avión que, en secreto, consideraba prácticamente suyo.

Según el persuasivo informe que acompañaba la propuesta, los Bonanza mantenían su valor porque había bastante demanda en el mercado de aparatos de segunda mano. Además, el historial de seguridad de Beech no tenía nada que envidiar al de Cessna. Durante un par de días, Ray fue a todas partes con el proyecto de consorcio bajo el brazo y se dedicó a leerlo en el despacho, en casa y a la hora de comer y cenar. Los otros tres socios ya habían firmado. Solo tenía que poner su rúbrica en los cuatro espacios en blanco y se convertiría en propietario del Bonanza.

El día antes de salir hacia Memphis estudió los papeles por última vez, lo mandó todo al cuerno y firmó.

Si los malos estaban observándolo, estaban haciendo un estupendo trabajo ocultando su rastro. Tras seis días intentando rastrear cualquier posible seguimiento, Corey Crawford opinaba que no había nadie tras las huellas de Ray. Este le pagó treinta y ocho mil dólares en efectivo y prometió volver a llamarlo si sospechaba algo.

Ray, con la excusa de que necesitaba guardar más trastos, pasó por Chaney's diariamente para asegurarse del dinero y cada vez llevó cajas llenas de todo lo que había encontrado en su casa. Poco a poco, el 14-B y el 37-F empezaron a tener el aspecto de viejas buhardillas.

El día antes de salir de la ciudad pasó por las oficinas y preguntó a la señora Chaney si alguien había dejado el 18-R. En efecto, hacía un par de días.

—Pues me gustaría alquilarlo —anunció.

—Con ese ya tendrá tres —dijo ella.

—Es que necesito más espacio.

—¿Y por qué no alquila uno de los grandes?

—Puede que más adelante. Por el momento prefiero tres pequeños.

En realidad, a ella le daba igual. Ray alquiló el 18-R a nombre de Newton Aviation y pagó seis meses en efectivo. Cuando estuvo seguro de que no había nadie observándolo, trasladó el dinero del 37-F al 18-R, donde tenía unas cajas nuevas esperando. Estaban hechas de vinilo forrado de aluminio y eran a prueba de fuego hasta ciento cincuenta grados. También eran estancas y podían cerrarse con llave. Todo el dinero cupo en cinco de ellas. Para rematar, Ray amontonó encima unas cuantas mantas y cobertores viejos para que todo tuviera un aspecto lo más normal posible. No estaba seguro de a quién deseaba impresionar con el desorden de su pequeño trastero, pero se sintió mejor al verlo.

Muchas de las cosas que hacía últimamente eran para beneficio de un desconocido: una ruta diferente de su apartamento a la universidad, un nuevo camino para correr, una nueva cafetería, una nueva librería donde husmear. Y siempre con un ojo avizor en busca de algo fuera de lo normal, siempre una ojeada en el espejo retrovisor o por encima del hombro cuando salía a correr, a pasear o a través de las estanterías, cuando entraba en un comercio. Había alguien, y lo percibía.

Había decidido invitar a cenar a Kaley antes de viajar al sur y antes también de que dejara técnicamente de ser alumna. Los exámenes habían pasado, de modo que no podía haber mal alguno. Ella le había dicho que pensaba quedarse durante el verano, y Ray tenía intención de ir tras ella, aunque con grandes precauciones. Precauciones porque eso era lo que cualquier mujer recibía de él. Precauciones porque intuía que aquella ofrecía posibilidades.

Sin embargo, su primera llamada telefónica acabó en desastre. Respondió una joven voz masculina —al menos eso le pareció a Ray—, una voz claramente descontenta por escucharlo. Cuando Kaley se puso, se mostró brusca. Él le preguntó si era mejor que volviera a telefonear en mejor momento, y ella le contestó que no, que ya lo llamaría.

Ray esperó tres días y después la borró de la lista, algo que le costó tan poco como dar la vuelta a la hoja del calendario.

Así pues, se marchó de Charlottesville sin dejar ningún asunto pendiente. Acompañado por Fog, realizó un vuelo de cuatro horas hasta Memphis en el Bonanza. Allí alquiló un coche y fue en busca de Forrest.

Su primera y única visita a casa de Ellie Crum había obedecido al mismo motivo que aquella. Forrest había recaído y desaparecido, y la familia tenía curiosidad por saber si estaba muerto o encarcelado en alguna parte. En aquella época, el juez seguía llevando la batuta, y la vida transcurría con total normalidad, incluyendo las búsquedas de Forrest. Como era natural, el juez había estado demasiado ocupado para ir tras su hijo menor; además, ¿qué necesidad tenía de hacerlo, estando Ray?

La casa era una vieja mansión victoriana en las afueras de Memphis que Ellie había heredado de su padre, en su día un hombre de dinero. No había recibido mucho más de él. Al principio, Forrest se había sentido tentado ante la perspectiva de un patrimonio familiar; pero, tras quince años, había perdido toda esperanza. En los comienzos de su relación con Ellie, había ocupado con ella el dormitorio principal; pero, en esos momentos, se alojaba en el sótano. En la casa también vivía más gente. El rumor decía que todos ellos eran artistas que buscaban un lugar donde caerse muertos.

Ray aparcó el coche junto a la acera. Las jardineras necesitaban atención, y el tejado tenía un montón de años. Aun así, la casa envejecía con dignidad. Forrest solía pintarla todos los otoños, siempre con colores y diseños llamativos que hacían que él y Ellie se pasaran el resto del año discutiendo. En esos momentos era azul pálido con detalles rojos y naranja. Forrest le había confesado que en una ocasión llegó a pintarla de color berenjena.

Una joven de piel blanca como la nieve y cabello muy negro lo recibió en la puerta con un brusco:

—¿Qué quiere?

Ray la observó a través de la puerta de malla; tras ella, la casa tenía un aspecto oscuro y siniestro. El mismo de la última vez.

—¿Está Ellie? —preguntó con el tono más desagradable posible.

—Está ocupada. ¿Quién la llama?

—Soy Ray Atlee, el hermano de Forrest.

—¿De quién?

—De Forrest. Vive en el sótano.

—Ah, de ese Forrest…

Desapareció, y Ray escuchó voces en algún lugar de la parte de atrás.

Ellie apareció cubierta con una sábana blanca llena de manchas de pintura y de arcilla en la que había hecho unos cortes por donde pasar la cabeza y los brazos. Se estaba secando las manos con un trapo sucio y parecía claramente de mal humor por tener que haber interrumpido su trabajo.

—Hola, Ray —dijo, abriendo la puerta como si fuera una vieja amiga.

—Hola, Ellie —contestó él, siguiéndola hasta el salón.

—Trudi, ¿te importaría traernos un poco de té? —pidió Ellie.

Fuera quien fuera Trudi, no contestó. Las paredes de la sala estaban decoradas con la colección más extraña de jarrones y vasos que Ray había visto en su vida. Forrest decía que Ellie se pasaba diez horas al día trabajando con arcilla y que no conseguía deshacerse de ningún modo de su producción.

—Siento lo de tu padre —dijo ella.

Estaban sentados frente a frente, separados por una mesita de café de vidrio que se sostenía en precario equilibrio sobre tres cilindros en forma de falo, cada uno de un tono azul distinto. Ray no se atrevió ni a tocarla.

—Gracias —contestó sin ganas. Ni una llamada, ni una carta, ni un ramo, ni una palabra de simpatía hasta ese momento, en ese encuentro por casualidad. Al fondo se oía muy débilmente música de ópera.

—Supongo que buscas a Forrest —dijo ella.

—Sí.

—No lo he visto últimamente. Vive en el sótano, como sabes, y va y viene como un gato vagabundo. Esta mañana he enviado a una de las chicas a que echara un vistazo y me ha dicho que creía que debe de llevar fuera algo así como una semana. Hace años que nadie ha hecho esa cama.

—Gracias, eso es más de lo que quería saber.

—Y tampoco ha llamado.

Trudi llegó con la bandeja del té, otra de las espantosas creaciones de Ellie. Las tazas eran unos grandes tazones desparejados y de grandes asas.

—¿Leche y azúcar? —preguntó sirviendo y removiendo.

—Solo azúcar.

Ella le entregó el recipiente, y Ray lo cogió con ambas manos. Si lo hubiera dejado caer le habría aplastado el pie.

—¿Y cómo está? —preguntó Ray cuando Trudi se hubo marchado.

—Está borracho, está sobrio, está como siempre.

—¿Drogas?

—No creo que quieras saberlo.

—Tienes razón —contestó Ray, que tomó un sorbo de té. Era un no-sé-qué aromatizado con melocotón, y con una gota tuvo suficiente—. La otra noche se metió en una pelea, ¿lo sabías? Creo que le partieron la nariz.

—Ya se la han partido otras veces. ¿Por qué los hombres se emborrachan y se lían a puñetazos?

Era una excelente pregunta para la que Ray no tenía respuesta. Ellie tomó un sorbo de su té y cerró los ojos para saborearlo mejor. Muchos años atrás, Ellie Crumb había sido una mujer encantadora; pero en esos momentos, a punto de cumplir los cincuenta, ya no hacía el menor esfuerzo.

—Forrest no te importa, ¿verdad? —preguntó Ray.

—Claro que me importa.

—No, dímelo en serio.

—¿Y qué más da?

—Lo da. Es mi hermano, y nadie se interesa por él.

—Al principio, y hace muchos años de eso, tuvimos unas estupendas relaciones sexuales. Luego, fuimos perdiendo el interés. Yo engordé, y en estos momentos estoy demasiado metida en mi trabajo.

Ray echó un vistazo al salón.

—Además, siempre hay sexo —añadió Ellie haciendo un gesto con la cabeza hacia la puerta por donde acababa de marcharse Trudi—. Forrest es un amigo, y supongo que lo quiero a mi manera; pero también es un adicto que parece decidido a no dejar de serlo. Al cabo de cierto tiempo, eso resulta frustrante.

—Lo sé. Créeme que lo sé.

—También me parece que es uno de esos adictos que no abundan, de los que son lo bastante fuertes para levantarse en el último momento.

—Sí, pero no lo suficiente para dejarlo.

—Exacto. Escucha, Ray, yo lo dejé hace quince años. Los adictos somos duros los unos con los otros. Es por eso que está en el sótano.

Y probablemente ahí abajo es donde está más contento, se dijo Ray.

Dio las gracias a Ellie por el té y por su tiempo, y ella lo acompañó hasta la puerta. Seguía allí, de pie tras la puerta de malla metálica, cuando él se alejó a toda velocidad.

22

La herencia de Reuben Vincent Atlee fue presentada para su certificación en la misma sala que el difunto había presidido durante treinta y dos años. En lo alto de la pared revestida de roble, un juez Atlee de aspecto severo observaba el diario proceder rodeado por las banderas de Estados Unidos y la del estado de Mississippi. Se trataba del mismo retrato que alguien había colocado junto al ataúd, el día del velatorio, y que en esos momentos había regresado al lugar al que pertenecía, donde sin duda permanecería hasta el final de los tiempos.

El hombre que había puesto fin a la trayectoria profesional de Atlee y lo había enviado al exilio y la reclusión de Maple Run se llamaba Mike Farr y era de Holly Springs. Había sido reelegido ya una vez y, según Harry Rex, estaba realizando un buen trabajo. El juez Farr revisó los documentos adjuntos al testamento y estudió la única hoja donde se recogía su última voluntad.

La sala estaba llena de abogados y bedeles que iban de un lado para otro presentando y dando entrada a todo tipo de papeles mientras hablaban con sus representados. Era un día reservado para despachar asuntos de rutina y atender rápidas solicitudes. Ray permaneció sentado en los bancos de la primera fila mientras Harry Rex hablaba en voz baja con el juez Farr. Junto a Ray se hallaba Forrest que, aparte de los restos de un ojo a la funerala, tenía un aspecto tan normal como resultaba posible en él. Había asegurado que no iba asistir a la certificación de la herencia, pero la reprimenda de Harry Rex lo había convencido de lo contrario.

Al final había vuelto a casa de Ellie tras su habitual regreso de las calles, sin decir una palabra a nadie sobre dónde había estado ni qué había hecho. Tampoco quería saberlo nadie. No dijo una palabra del trabajo, de manera que Ray dio por hecho que su breve trayectoria como captador para los abogados de las Skinny Ben había terminado.

No hubo uno solo de los abogados presentes que no se acercara a Ray para estrecharle la mano y decirle la gran persona que había sido su padre. Naturalmente, se suponía que tenía que conocerlos a todos puesto que ellos lo conocían a él. Nadie dirigió la palabra a Forrest.

Harry le hizo una señal para que se acercara al estrado, y el juez Farr le dio una cálida bienvenida.

—Su padre era un buen hombre y un mejor juez —le dijo, inclinándose hacia él.

—Gracias —contestó Ray.

«Entonces ¿por qué durante la campaña dijo de él que era demasiado viejo y no se enteraba de nada?», sintió ganas de decir Ray. Aquello había ocurrido hacía nueve años, pero le parecían cincuenta. Con la muerte de su padre, todo lo relacionado con el condado de Ford se le antojaba décadas más viejo.

—¿Imparte usted clases de derecho? —le preguntó el juez Farr.

—Sí, en la Universidad de Virginia.

Farr hizo un gesto de aprobación y preguntó:

—¿Se hallan presentes los herederos?

—Sí, señoría —contestó Ray—. Somos solo mi hermano y yo.

—¿Y ambos han leído esta hoja con las últimas voluntades de su padre, Reuben Atlee?

—Sí, señoría.

—¿Y nadie desea plantear objeciones a la certificación de la herencia?

—No, señoría.

—Muy bien, de acuerdo con lo establecido en dicho testamento, lo designo a usted, Ray Atlee, como albacea testamentario. Hoy mismo se dará aviso a los acreedores y la noticia será publicada en el diario local. Prescindiré de señalar depósito alguno de garantía. El inventario y la contabilidad se llevarán conforme a lo que prescribe la ley.

Ray había oído a su padre pronunciar aquellas mismas palabras cientos de veces. Miró al juez Farr.

—¿Algo más, señor Vonner?

—Nada más, señoría.

—Reciba mi más sentido pésame, señor Atlee.

—Gracias, señoría.

Se fueron a comer a Claude's y pidieron pez-gato frito. Hacía solo dos días que Ray había vuelto y ya notaba cómo sus arterias iban obstruyéndose con colesterol. Forrest no dijo gran cosa. No estaba limpio, y todo su cuerpo se resentía.

Los planes de Ray eran difusos. Dijo que deseaba visitar a algunos amigos que vivían en el estado y que no tenía prisa por regresar a Virginia. Forrest se marchó después de comer, diciendo que volvía a Memphis.

—¿Estarás en casa de Ellie? —le preguntó Ray.

—Puede ser —fue su única respuesta.

Ray estaba sentado en el porche, esperando a Claudia, que llegó puntualmente a las cinco de la tarde. Se acercó a saludarla cuando ella se apeó del coche y contempló el cartel de SE VENDE que el agente inmobiliario había clavado en el jardín, cerca de la acera.

—¿De verdad tienes que venderla? —le preguntó Claudia.

—O venderla o regalarla. ¿Cómo estás?

—Bien, gracias.

Se las arreglaron para darse un abrazo con un mínimo contacto físico. Ella se había vestido para la ocasión con un pantalón, mocasines, una blusa a cuadros y un sombrero de paja, como si acabara de salir del jardín. También se había pintado los labios y maquillado impecablemente. Ray no recordaba haberla visto nunca de otro modo.

—Me alegro mucho de que me llamaras —dijo ella mientras subían lentamente por el camino, hacia la casa.

—Hoy hemos estado en el tribunal para la apertura y certificación de la herencia.

—Lo siento, seguro que ha sido un mal trago.

—No tanto. He conocido al juez Farr.

—¿Y qué tal te ha caído?

—No me ha caído mal, y eso a pesar de lo ocurrido en el pasado.

Aunque Claudia estaba en forma y era capaz de escalar una montaña a pesar de los dos paquetes que se fumaba al día, Ray la cogió de un brazo para ayudarla a subir los peldaños del porche.

—Todavía recuerdo cuando estaba recién salido de la facultad —comentó ella—. Era incapaz de distinguir a un demandante de un demandado. Reuben podría haber ganado esa carrera si yo hubiera estado cerca de él.

—Sentémonos aquí —le dijo Ray, señalándole las dos mecedoras.

—Veo que has adecentado la casa —comentó Claudia, admirando el porche.

—Ha sido cosa de Harry Rex, que se empeñó en que teníamos que contratar a un pintor, a alguien que arreglara el tejado y a una brigada de limpieza. Creo que tuvieron que sacar el polvo de los muebles con aire a presión. Al menos ahora se puede respirar dentro de la casa.

—¿Te importa si fumo?

—No. —No le importaba, y Claudia hubiera fumado de todos modos.

—Me alegré mucho de que me llamaras —repitió antes de encender el cigarrillo.

—¿Te apetece té o café? —le ofreció Ray.

—Té frío, por favor. Con limón y azúcar —contestó ella, cruzando las piernas. Se había sentado en la mecedora como si fuera una reina y aguardaba la llegada del té.

Ray recordó los ceñidos vestidos y las largas piernas, años atrás, cuando ella se sentaba elegantemente bajo el estrado y tomaba pulcras notas en taquigrafía mientras todos la observaban.

Charlaron del tiempo, como suele hacer la gente del sur cuando no tiene otra cosa de que hablar o si se produce un silencio en la conversación. Ella siguió fumando y sonriendo, satisfecha de que Ray se hubiera acordado de su persona. Claudia se aferraba al pasado. Él intentaba resolver un misterio.

Hablaron de Forrest y de Harry Rex, dos temas de lo más manidos; y, cuando llevaban media hora así, Ray decidió por fin ir al grano.

—Escucha, Claudia, quería que supieras que hemos encontrado cierta cantidad de dinero —explicó, dejando que las palabras flotaran en el aire.

Ella las asimiló, las analizó y prosiguió con cautela:

—¿Dónde?

Era una excelente pregunta. Dónde lo había encontrado, ¿en el banco, con los demás papeles? ¿Escondido en un colchón, oculto a todos?

—En su estudio, en efectivo. Lo dejó allí por alguna razón que desconozco.

—¿Cuánto? —preguntó ella, pero sin premura.

—Cien mil dólares —dijo Ray, observando atentamente cómo ella cerraba los ojos y manifestaba sorpresa, pero no sobresalto. Ray siguió fiel a su guión—: Mi padre tenía sus papeles meticulosamente ordenados. Los extractos bancarios, los depósitos, los libros de contabilidad, todo. Ese dinero parece haber salido de la nada.

—Tu padre nunca guardaba efectivo —comentó Claudia.

—Sí, eso mismo recuerdo yo. No tendrás idea de dónde puede haber salido, ¿verdad?

—Ni la más mínima —respondió ella con absoluta convicción—. El juez no hacía negocios en efectivo. Punto. Todo lo hacía a través del First National Bank. Durante mucho tiempo fue miembro del consejo, ¿lo recuerdas?

—Sí. Muy bien. ¿Crees que podía haberse guardado algo?

—¿Como qué?

—No lo sé, Claudia. Por eso te lo pregunto. Tú lo conocías mejor que nadie y estabas al tanto de sus asuntos.

—Tu padre era un hombre entregado por entero a su trabajo, Ray. Para él, ser juez era algo muy importante e intentaba hacerlo lo mejor posible. No tenía tiempo para nada más.

—Cierto, ni para su familia —comentó Ray, lamentando en el acto haberlo hecho.

—Tu padre os quería, Ray; pero debes comprender que era de otra generación.

—Preferiría dejar el tema.

—Sí, mejor será.

Los dos suspiraron e hicieron una pausa, remisos a hablar de asuntos de familia. El dinero ocupaba toda su atención. Un coche pasó por la calle y aminoró lo bastante para que sus ocupantes pudieran ver el cartel de SE VENDE y echar un vistazo a la casa. Con uno debieron de tener suficiente, porque el vehículo aceleró y desapareció.

—¿Sabías que era aficionado al juego? —preguntó Ray.

—¿El juez? No.

—Cuesta creer, ¿verdad? Resulta que Harry Rex pasó un tiempo acompañándolo a los casinos de la zona al menos una vez por semana. Según parece, al juez se le daba bien y a él no.

—Uno oye rumores, especialmente acerca de los abogados. Ha habido varios que se metieron en problemas por eso.

—Pero ¿nunca oíste nada del juez?

—No. Y sigo sin creerlo.

—Ese dinero ha salido de algún sitio, Claudia. Además, algo me dice que se trata de dinero sucio. De no ser así, mi padre lo habría incluido entre los bienes de la herencia.

—Y si resulta que lo ganó en el juego, seguramente lo consideraría sucio, ¿no crees? —Desde luego, conocía al juez mejor que nadie.

—Sí, ¿y tú?

—Desde luego, me parecería algo muy propio de Reuben Atlee.

Dieron por finalizado ese capítulo de la conversación y se tomaron un respiro mientras se mecían a la sombra del porche como si el tiempo se hubiera detenido, sin que su mutuo silencio los incomodara lo más mínimo. El hecho de hallarse cómodamente instalados en el porche permitía largas pausas mientras ponían en orden sus pensamientos o no pensaban en nada.

Al fin, Ray, siguiendo todavía el guión no escrito que había preparado, reunió el valor suficiente para formular la pregunta más difícil del día:

—Escucha, Claudia, hay algo que necesito saber, de modo que te ruego que seas sincera.

—Siempre soy sincera, Ray. Es uno de mis defectos.

—Vale. Nunca he puesto en duda la integridad de mi padre…

—Y no deberías hacerlo ahora.

—Mira, tienes que ayudarme.

—De acuerdo.

—¿Es posible que mi padre recibiera… cómo decirlo… algo de algún abogado, una pequeña gratificación, un porcentaje…?

—Absolutamente no.

—Verás, Claudia, estoy disparando a voleo, a ver si acierto algo, porque uno no encuentra cien mil dólares en billetes así como así, escondidos en un armario. Cuando mi padre murió, tenía seis mil dólares en el banco, ¿a santo de qué iba a esconder cien mil?

—Era el hombre más recto del mundo.

—No me cabe duda.

—Entonces, si no te importa, deja de hablar de sobornos y mordidas.

—Será un placer.

Claudia encendió otro cigarrillo, y Ray fue a buscar un poco más de té. Cuando volvió al porche, ella estaba muy pensativa y con la mirada perdida en la distancia. Siguieron meciéndose en silencio durante un rato.

—Creo que mi padre habría querido que te llevaras una parte —dijo Ray al fin.

—¿Ah, sí?

—Sí. Necesitaremos un poco para pagar los trabajos que hemos hecho en la casa. Calculo que unos veinticinco mil dólares, más o menos. ¿Qué te parece si nos repartimos el resto entre tú, Forrest y yo?

—¿Veinticinco mil cada uno?

—Sí. ¿Qué me dices?

—¿No piensas incluirlo en la herencia? —preguntó. Estaba claro que sabía de derecho tanto como Harry Rex o más.

—¿Para qué? Se trata de efectivo. Nadie sabe de su existencia. Además, si los incluyéramos, el fisco se llevaría la mitad.

—Eso sin contar con que tendrías que explicar de dónde ha salido —comentó ella, que siempre iba un paso por delante. Entre la gente de la profesión, siempre se había comentado que Claudia tenía los casos resueltos antes de que los abogados hubieran realizado su alegato final.

Por otra parte, a aquella mujer le gustaba el dinero. Vestidos, perfumes, coches último modelo eran cosas que una simple funcionaria de la administración de justicia difícilmente habría podido pagarse. Eso sin contar con que su pensión no debía de darle para mucho.

—No se puede explicar —aseguró Ray.

—Si proviniera del juego, tendrías que revisar sus cuentas

de los últimos años y presentar una declaración de renta complementaria y sería un lío.

—Un verdadero lío.

El lío fue discretamente aparcado. Nadie se enteraría nunca de su parte del dinero.

—En una ocasión —dijo mirando más allá del césped y la calle— nos llegó un caso del condado de Tippah. Fue hace unos treinta años. Un tipo llamado Childers, que tenía un negocio de desguace, murió sin dejar testamento. —Hizo una pausa y dio una larga calada al cigarrillo—. Tenía varios hijos, y resultó que ellos acabaron descubriendo que había dinero escondido por toda la casa; en la buhardilla, en un cobertizo, en la chimenea… Aquello se convirtió en una especie de cacería de huevos de pascua. Cuando acabaron de buscar resultó que tenían unos doscientos mil dólares. Imagínate, doscientos mil de un tipo que había llevado el mismo mono de trabajo durante diez años. —Otra pausa, otra calada. Claudia podía pasarse la tarde contando anécdotas como aquella—. El caso fue que una mitad de los hijos era partidaria de repartirse el dinero y mantener la boca cerrada, mientras que la otra mitad prefería decírselo al abogado e incluirlo en la herencia. Al final, corrió la voz, la familia se asustó y decidieron añadirlo a la herencia. Cinco años más tarde, no quedaba ni un centavo del dinero. Una mitad se lo llevó el gobierno; y la otra mitad, el abogado.

Claudia calló, y Ray esperó la conclusión.

—¿Qué quieres decirme con eso?

—El juez dijo que había sido una lástima —prosiguió ella, como si no lo hubiera escuchado—. Comentó que los hijos tendrían que haberse repartido el dinero y haber cerrado la boca. Al fin y al cabo, era propiedad de su padre.

—Me parece sensato.

—Tu padre detestaba los impuestos sobre sucesiones. «¿A santo de qué el gobierno tiene que llevarse parte del dinero de uno solo porque se ha muerto?» Es algo que le oí decir cientos de veces a lo largo de los años.

Ray sacó un sobre de debajo del cojín de la mecedora y se lo entregó a Claudia.

—Aquí tienes veinticinco mil en efectivo.

Ella miró fijamente el sobre y, después, a Ray.

—Cógelo —dijo este acercándose—. Nadie lo sabrá nunca.

Ella tomó el sobre y durante un segundo fue incapaz de articular palabra. Los ojos se le llenaron de lágrimas. Tratándose de Claudia, no cabía duda de que la emoción que la embargaba debía de ser poderosa.

—Gracias —murmuró, aferrando el dinero con fuerza.

Bastante después de que se hubiera marchado, Ray se sentó en la misma mecedora y se columpió en la oscuridad, satisfecho consigo mismo por haber logrado eliminar a Claudia de la lista de sospechosos. Su rápida aceptación de los veinticinco mil dólares era prueba suficiente de que no sabía que existiera una cantidad superior.

Sin embargo, Ray no tenía otro sospechoso que ocupara su lugar en la lista.

23

La reunión había sido organizada a través de un antiguo alumno de la Universidad de Virginia que en esos momentos trabajaba en un megabufete de Nueva York que, a su vez, asesoraba a un grupo dedicado a las apuestas que regentaba los casinos Canyon repartidos por todo el país. Se habían hecho los contactos de rigor, pedido los favores de costumbre y ejercido las presiones necesarias, todo ello muy diplomáticamente. El asunto concernía a aspectos de la seguridad, y nadie quería que nadie se pasara de la raya. El profesor Atlee solo necesitaba cierta información básica.

El Canyon llevaba en el condado de Tunica, cerca del Mississippi, desde mediados de los años noventa. Había llegado con la segunda oleada y resistido la primera crisis. Contaba con diez pisos, cuatrocientas habitaciones, siete mil metros cuadrados destinados a los juegos más variados y había tenido mucho éxito con las actuaciones de la vieja Motown. El señor Jason Piccolo, vicepresidente de algo en la central de Las Vegas, había ido a dar la bienvenida a Ray. Lo acompañaba Alvin Barker, responsable de seguridad. Piccolo tenía unos treinta y tantos años y vestía igual que un modelo de Armani. Barker pasaba de los cincuenta y tenía todo el aspecto de un encallecido policía metido en un traje barato.

Empezaron ofreciéndole una rápida visita general que Ray rechazó. En los últimos meses había visto las suficientes salas de juego para no tener que ver ninguna más el resto de su vida.

—¿Por qué no subimos y vemos qué pueden enseñarme y qué no? —propuso.

—Muy bien —respondió Piccolo educadamente—. Veamos.

Lo condujeron lejos de la sala de las tragaperras y de las mesas de juego y se adentraron por un pasillo al que se accedía por una puerta situada tras las ventanillas de caja. Subieron por una escalera, tomaron otro pasillo y se detuvieron en una estrecha habitación cuya pared del fondo era de espejo de un solo sentido. A través de él vieron otra estancia, amplia y baja, llena de mesas redondas abarrotadas de monitores de circuito cerrado. Había docenas de personas, tanto hombres como mujeres, sentados con la nariz pegada a las pantallas, sin perder detalle.

—Este es nuestro ojo-que-todo-lo-ve —comentó Piccolo—. Esos tipos de la izquierda están observando las mesas de blackjack; los del centro, las de dados y ruleta; y los de la derecha, las de póquer y las máquinas tragaperras.

—¿Y qué observan?

—Todo. Absolutamente todo.

—Hágame la lista.

—A todos y cada uno de los jugadores. Observamos a los que han ganado mucho, a los profesionales, a los que cuentan cartas y a los maleantes. Tome por ejemplo el blackjack. Esos individuos de ahí dentro son capaces de controlar diez manos y averiguar si alguien está contando las cartas. Ese otro, el de la chaqueta gris, estudia las caras y busca a los jugadores que van en serio. Estos suelen ser tipos que dan vueltas, hoy aquí, mañana en Las Vegas, están unos días sin asomar la cara y vuelven a aparecer en Atlantic City o en Bahamas. Si hacen trampas o cuentan cartas los descubrirá nada más sentarse.

Piccolo era el que hablaba, y Barker el que observaba a Ray como si se tratara de un estafador en potencia.

—¿Cuánto puede acercarse la cámara? —preguntó Ray.

—Lo bastante para leer el número de serie de cualquier factura. El mes pasado pillamos a un tramposo porque lo reconocimos por el anillo de diamantes que llevaba.

—¿Puedo entrar ahí?

—Lo siento, pero no.

—¿Y qué me dice de las mesas de dados?

—Lo mismo, solo que el problema es mayor porque el juego es más rápido y complicado.

—¿Hay tramposos profesionales en las mesas de dados?

—No abundan. Pasa lo mismo con el póquer y la ruleta. Las trampas no son el principal problema. Nos preocupan más los errores de los empleados o que estos roben.

—¿Qué clase de errores?

—Anoche, un jugador de blackjack ganó una mano de cuarenta dólares, pero el crupier se despistó y recogió todas las fichas. El jugador se quejó y llamó al jefe de mesa. Nuestra gente de aquí lo vio todo, y remediamos el entuerto.

—¿Cómo?

—Enviamos a alguien de seguridad con instrucciones para que pagaran al jugador sus cuarenta pavos y le ofrecimos nuestras mejores disculpas invitándolo a cenar.

—¿Y el crupier?

—Tiene un buen historial, pero si la vuelve a pifiar lo pondremos de patitas en la calle.

—O sea, que lo graban todo.

—Todo. Todas las manos de cartas, todos los lanzamientos de dados, todas las monedas que echan en las máquinas. En estos momentos tenemos doscientas cámaras funcionando.

Ray caminó a lo largo de la pared e intentó hacerse una idea del nivel de vigilancia. Tenía la impresión de que había más gente vigilando allí arriba que jugando allá abajo.

—¿Cómo puede ser que, con todo esto, haya crupieres que roban?

—Tienen su manera de hacerlo —respondió Piccolo cruzando una mirada de complicidad con Barker—. Muchas maneras. Solemos pillar uno al mes.

—¿Por qué vigilan las tragaperras? —preguntó Ray, cambiando de tema. Dado que le habían prometido una única visita, estaba dispuesto a aprovechar el tiempo.

—Porque lo observamos todo —repuso Piccolo—. Y porque se han dado casos de menores que han ganado un *jackpot*. En esos casos, los casinos se han negado a pagar y han ganado las demandas gracias a que tenían vídeos donde se veía que los menores se escabullían y eran sustituidos por adultos. ¿Le apetece tomar algo?

—Claro.

—Venga, tenemos una pequeña habitación secreta con mejores vistas.

Ray los siguió por otro tramo de escalera hasta un disimulado balconcillo desde donde se veía la sala de juegos y la de vigilancia. Una camarera apareció como surgida de la nada y tomó nota de las bebidas. Ray pidió un *capuccino*; sus anfitriones, agua.

—¿Cuál es su mayor preocupación desde el punto de vista de la seguridad? —quiso saber Ray, que leía sus preguntas de una lista que había sacado del bolsillo de la chaqueta.

—Los contadores de cartas y los crupieres con dedos pegajosos —contestó Piccolo—. Resulta muy fácil esconder esas fichas en la bocamanga o meterlas en el bolsillo. Cincuenta dólares al día equivalen a mil dólares al mes, libres de impuestos, desde luego.

—¿A cuántos contadores de cartas ve por lo general?

—Cada día hay más. En la actualidad tenemos casinos en cuarenta estados, de modo que hay más gente apostando. Guardamos expedientes de los que sospechamos que son contadores. Cuando creemos haber descubierto a uno, le pedimos amablemente que se marche. Eso es algo que estamos autorizados a hacer legalmente.

—¿Cuál ha sido su mayor ganador en un solo día? —preguntó Ray.

Piccolo miró a Barker, que dijo:

—¿Sin contar las tragaperras?

—Sí.

—Tuvimos a un tipo que en una noche se llevó ciento ochenta de los grandes con los dados.

—¿Ciento ochenta mil?

—Eso es.

—¿Y el que más ha perdido?

Barker cogió su vaso de agua de manos de la camarera.

—Fue el mismo tipo. Tres noches después se dejó doscientos de los grandes.

—¿Tienen gente que gana con regularidad? —preguntó Ray mirando sus notas, como si se tratara de un trabajo de investigación académica.

—Disculpe, no estoy seguro de a qué se refiere —repuso Piccolo.

—Digamos que un tipo viene por aquí dos o tres veces por semana y juega a las cartas, a los dados o a lo que sea, pero que gana más de lo que pierde y, al cabo de cierto tiempo, consigue reunir una considerable cantidad. ¿Con qué frecuencia ven algo así?

—Es muy poco habitual —dijo Piccolo—. De lo contrario, no nos dedicaríamos a este negocio.

—Es sumamente infrecuente —añadió Barker—. Un tipo puede tener una racha que le dure una semana. Si es así, lo controlamos de cerca. No porque sea sospechoso, sino porque se lleva nuestro dinero. Tarde o temprano, se arriesgará demasiado o hará alguna tontería y nosotros recuperaremos el dinero.

—A la larga, pierden el ochenta por ciento de los jugadores.

Ray dio vueltas a su *capuccino* y consultó sus notas.

—Supongamos que un tipo al que no han visto nunca llega. Pone mil dólares encima de la mesa de blackjack y pide que se los cambien por fichas de cien. ¿Qué ocurre en ese caso?

Barker sonrió e hizo crujir sus gruesos nudillos.

—Nos ponemos ojo avizor. Lo observaríamos un rato para

ver si sabe lo que está haciendo. El jefe de mesa le preguntaría si quiere que lo evaluemos. Si dice que sí, tendríamos su nombre. Si dice que no, lo invitaríamos a cenar. Entonces, las chicas de las copas se dedicarían a ofrecerle bebidas. Si él no las aceptara sería otro indicio de que puede ir en serio.

—Los profesionales nunca beben cuando juegan —terció Piccolo—. Puede que pidan una copa para disimular, pero la harán durar mucho rato.

—¿Qué es eso de «evaluar»?

—La mayoría de apostadores quieren algunos extras —explicó Piccolo—. Puede ser cenas, entradas para los espectáculos, descuento en las habitaciones, toda una serie de caprichos que podemos ofrecer. Tienen tarjetas de socio con las que podemos llevar el control de lo que están apostando. El tipo del ejemplo que nos ha puesto no tiene tarjeta, de manera que le preguntaríamos si desea que se la hagamos.

—¿Y si dice que no?

—Pues no pasa nada. Los desconocidos entran y salen constantemente.

—Pero esté seguro de que procuramos saber quién viene a visitarnos —terció Barker.

Ray escribió algo totalmente prescindible en su hoja de papel.

—¿Los casinos utilizan su vigilancia de forma conjunta? —preguntó.

Por primera vez, pareció que Piccolo y Barker se sobresaltaban a la vez.

—¿A qué se refiere cuando dice «utilizar de forma conjunta»? —preguntó Piccolo con su mejor sonrisa. Barker le copió el gesto.

Mientras los tres sonreían, Ray se explicó:

—De acuerdo, voy a ponerles otro ejemplo con mi visitante hipotético de antes. Digamos que mi hombre planea dedicar una noche al Monte Carlo, otra al Treasure Cove, otra al Aladdin y así va pasando por todos ellos. Se los trabaja y acaba ganando más de lo que pierde en todos. El asunto se prolonga durante todo un año. ¿Cuánta información reunirían de alguien así?

Piccolo hizo un gesto de asentimiento a Barker, que se pellizcaba los labios.

—Sabríamos un montón de cosas de alguien así —reconoció.

—¿Cuánto? —insistió Ray.

—Adelante —dijo Piccolo a Barker, que empezó a hablar a regañadientes.

—Sabríamos su nombre, su dirección, su profesión, su número de teléfono, el de la matrícula de su coche y el de su cuenta bancaria. Sabríamos dónde está todas las noches, cuándo llega y cuándo se va, lo que gana y lo que pierde, si bebe mucho o poco, si ha cenado o no, si ha dejado propina a la camarera o al crupier y de cuánto ha sido.

—¿Y guardan un archivo de gente así?

Barker miró a Piccolo, que afirmó con la cabeza pero sin decir nada. Se estaban cerrando en banda porque se estaba acercando demasiado. Pensándolo mejor, una visita a la sala de juegos era lo que necesitaba. Bajaron a pasear por allí, pero en lugar de observar las mesas, Ray estudió las cámaras mientras Piccolo le iba indicando al personal de seguridad. Había unos cuantos cerca de una mesa de blackjack, vigilando a un joven con cara de adolescente que jugueteaba con varios montones de fichas de cien dólares.

—Es de Reno —le susurró Piccolo—. Llegó a Tunica la semana pasada y se nos llevó treinta de los grandes. Es bueno, muy bueno.

—Y no cuenta las cartas —añadió Barker, sumándose a los murmullos.

—Hay cierta gente que tiene talento para estas cosas, como podría tenerlo para jugar al golf o para tocar el piano —comentó Piccolo.

—¿Y se está trabajando todos los casinos? —preguntó Ray.

—Todavía no, pero lo están esperando.

Estaba claro que el chico de Reno los ponía muy nerviosos.

La visita llegó a su fin en un salón donde se tomaron unos refrescos y resumieron la situación. Ray había completado su lista de preguntas que tenía preparadas para que concluyeran con un final a lo grande.

—Quisiera pedirles un favor —anunció.

Desde luego, lo que fuera.

—Mi padre murió hace unas semanas, y tenemos razones para creer que solía venir por aquí, a jugar a los dados sin que nadie lo supiera, y que seguramente ganaba más de lo que perdía. ¿Habría forma de confirmarlo?

—¿Cómo se llamaba? —preguntó Barker.

—Reuben Atlee, de Clanton.

Barker meneó la cabeza, como diciendo que no, mientras sacaba el móvil del bolsillo.

—¿De qué cantidad estaríamos hablando? —quiso saber Piccolo.

—No lo sé. Puede que de un millón a lo largo de unos cuantos años.

Barker seguía meneando la cabeza.

—Imposible. Conoceríamos bien a cualquiera que hubiera ganado semejante cantidad. —Barker habló con alguien por teléfono y le pidió que comprobara el nombre de Reuben Atlee.

—¿Cree que llegó a ganar un millón de dólares? —preguntó Piccolo.

—Ganar y perder —contestó Ray—. Insisto en que se trata solo de una suposición.

Barker cerró el móvil con un golpe seco.

—No hay nada de ningún Reuben Atlee en ninguna parte. Es imposible que ganara semejante cifra aquí.

—¿Y si nunca hubiera puesto los pies en este preciso casino? —inquirió Ray, que estaba seguro de cuál sería la respuesta.

—Lo sabríamos igualmente —respondieron Piccolo y Barker al unísono.

24

Era la única persona de Clanton que salía a correr por las mañanas, y ello le hizo acreedor a las miradas de curiosidad de las señoras que se afanaban en sus parterres, de las sirvientas que barrían los porches y de los ayudantes de verano de los jardineros que cortaban el césped del cementerio cuando pasó junto a la parcela de la familia Atlee. El terreno se estaba asentando alrededor de la tumba del juez, pero Ray no se detuvo ni aminoró el paso para comprobarlo. Los dos sepultureros que habían cavado la fosa se hallaban ocupados con otra. Todos los días moría o nacía alguien en Clanton. Las cosas apenas habían cambiado.

Todavía no habían dado las ocho, pero el sol ya calentaba el ambiente, y el aire se hacía pesado. La humedad no le molestaba porque había crecido con ella, pero no podía decirse que la echara de menos.

Se metió por las calles más sombreadas y siguió corriendo hasta que decidió que ya era hora de volver a Maple Run. El jeep de Forrest estaba allí. Su hermano se encontraba tumbado en el balancín del porche.

—¿No es un poco pronto para ti? —le preguntó Ray.

—¿Hasta dónde has corrido? Estás empapado en sudor.

—Eso es lo que pasa cuando corres y hace calor. He corrido siete kilómetros, para tu información. Tienes buen aspecto.

—Vuelvo a estar en el buen camino, hermano.

—Estupendo.

Ray se sentó en una de las mecedoras, sudando y respirando pesadamente. No tenía intención de preguntarle cuánto tiempo llevaba sobrio. En cualquier caso no podían ser más de veinticuatro horas.

Forrest se levantó del columpio y acercó la otra mecedora.

—Escucha, Ray, necesito ayuda —dijo, sentándose en el borde.

Ya estamos otra vez igual, pensó Ray.

—Te escucho —respondió.

—Necesito ayuda —farfulló nuevamente, frotándose las manos con fuerza, como si le doliera pronunciar aquellas palabras.

Ray ya lo había visto antes, y hacía tiempo que se le había acabado la paciencia.

—Venga, Forrest, suéltalo ya.

Normalmente, empezaba con dinero. Después, las posibilidades variaban.

—Quiero ir a un sitio. Se encuentra cerca de aquí, a una hora más o menos. Está perdido en los bosques, lejos de todas partes, en un sitio muy bonito, con un lago en el centro y habitaciones muy cómodas.

Sacó una manoseada tarjeta de visita de bolsillo y se la entregó a Ray.

«Alcorn Village. Centro para el tratamiento contra el alcohol y las drogas. Un servicio de la Iglesia metodista.»

—¿Quién es Oscar Meave? —preguntó Ray mirando el nombre que figuraba en la tarjeta.

—Un tipo al que conocí hace unos años. Entonces me ayudó y ahora resulta que dirige ese sitio.

—Es un centro de desintoxicación.

—De desintoxicación, de rehabilitación, un dique seco, un balneario, un rancho, una celda, una cárcel, un manicomio. Llámalo como quieras, me da igual. El caso es que necesito ayuda, Ray, y la necesito ya. —Hundió el rostro entre las manos y se echó a llorar.

—Vale, vale —contestó Ray—. Cuéntame los detalles.

Forrest se secó las lágrimas y los mocos con el dorso de la mano y respiró hondo varias veces.

—Llama a ese tipo y pregúntale si tiene un sitio para mí —rogó con voz temblorosa.

—¿Cuánto tiempo piensas estar?

—Cuatro semanas, creo; pero Oscar te lo dirá exactamente.

—¿Y cuánto vale?

—Alrededor de trescientos dólares al día. Había pensado que quizá podría pedir un adelanto a cuenta de mi parte en la herencia de esta casa; no sé, hablar con Harry Rex para ver si puede preguntar al juez si hay manera de conseguir algo de dinero ahora. —Las lágrimas le corrían por las mejillas.

Ray ya había visto antes esas lágrimas. También había oído las súplicas y escuchado las promesas. No obstante, a pesar de lo duro y cínico que deseaba ser, se le ablandó el corazón.

—Está bien, llamaré a ese tipo.

—Por favor, Ray, quiero ir ahora mismo.

—¿Hoy?

—Sí. Verás…, es que no puedo volver a Memphis —dijo, agachando la cabeza y mesándose el cabello.

—¿Te buscan?

—Sí —confesó—. Unos tipos malos.

—¿No se trata de la policía?

—No. Son mucho peores que la policía.

—¿Saben que estás aquí? —preguntó Ray, mirando alrededor y casi viendo traficantes de drogas armados hasta los dientes y agazapados tras los arbustos.

—No. No tienen ni idea de dónde estoy.

Ray se levantó y entró en la casa.

Como la mayoría de la gente, Oscar Meave se acordaba claramente de Forrest. Habían trabajado juntos en un proyecto federal de desintoxicación en Memphis; y, aunque lamentaba saber que Forrest necesitaba ayuda, se mostró encantado de hablar con Ray sobre él. Ray hizo todo lo posible por explicarle la urgencia de la situación, aunque no conocía los detalles y seguramente nunca los conocería. Su padre había muerto hacía apenas tres semanas, explicó, buscando excusas por adelantado.

—Tráelo —le dijo Oscar—. Ya le buscaremos un sitio.

Salieron de la ciudad media hora más tarde, en el coche alquilado de Ray. El jeep de Forrest quedó aparcado en la parte de atrás de la casa, por si acaso.

—¿Estás seguro de que esos tíos no vendrán a husmear por aquí? —preguntó Ray.

—No tienen ni idea de dónde soy —contestó Forrest, que iba repantigado en el asiento y se había puesto unas extravagantes gafas de sol.

—¿Quiénes son, exactamente?

—Unos tipos realmente encantadores del sur de Memphis, seguro que te caerían bien.

—¿Y les debes dinero?

—Sí.

—¿Cuánto?

—Cuatro mil dólares.

—¿Y en qué se fueron esos cuatro mil?

Forrest se dio un golpecito en la nariz. Ray meneó la cabeza de furia y frustración y se mordió la lengua para no soltar otra reprimenda. Deja que pasen unos cuantos kilómetros, se dijo. Cruzaban la campiña, y los campos de labranza se extendían a ambos lados de la carretera.

Forrest empezó a roncar.

Aquel iba a ser otro de los episodios de Forrest. De hecho, era la tercera vez que cargaba con su hermano y se lo llevaba a un programa de desintoxicación. La última había ocurrido casi doce años antes, cuando el juez seguía presidiendo el estrado con Claudia a su lado y Forrest se dedicaba a consumir más drogas que cualquier otro habitante del estado. Lo normal. Los de narcóticos le echaron la red; pero, por un golpe de suerte, Forrest logró escabullirse. Sospechaban que traficaba, lo cual era cierto, y si lo hubieran pescado aún seguiría en la cárcel. Ray lo llevó a una clínica del estado, cerca de la costa; un centro donde había hecho falta que el juez recurriera a todos sus contactos para que lo admitieran. Estuvo allí un mes antes de largarse.

El primer viaje fraternal de rehabilitación había tenido lugar mientras Ray estudiaba derecho en Tulane. Forrest se había enchufado una sobredosis de pastillas. Tuvieron que meterle una sonda en el estómago y estuvieron a punto de declararlo muerto. El juez lo envió a un sitio cerca de Knoxville, rodeado por una verja y alambre de espino. Forrest aguantó una semana y después se escapó.

Había estado dos veces en la cárcel, una como delincuente juvenil y otra como adulto, aunque entonces solo contaba diecinueve años. La primera vez que lo detuvieron fue justo antes de un partido de fútbol con el instituto, una final de viernes por la noche, con todo Clanton presente. Tenía dieciséis años y era un *quarterback* kamikaze a quien le encantaba lanzar la pelota en el último momento o cargar con ella arremetiendo con el casco por delante. Los de Narcóticos lo fueron a buscar al vestuario y se lo llevaron esposado. El jugador que lo sustituyó era un novato, y cuando el equipo de Clanton recibió una paliza, el pueblo no perdonó a Forrest Atlee.

Ray estaba sentado en las gradas con el juez, impaciente como todo el mundo por que comenzara el partido. «¿Dónde está Forrest?», empezó a preguntar la gente durante el calentamiento. Cuando el árbitro lanzó la moneda al aire, a Forrest ya le estaban tomando las huellas y haciéndole las fotos de rigor en la cárcel del condado, después de que le encontraran medio kilo de marihuana en el coche.

Pasó dos años en un correccional y lo soltaron el día de su decimoctavo cumpleaños.

¿Cómo era posible que el hijo de dieciséis años de un eminente juez se hubiera convertido en un camello que se dedicaba a vender en una pequeña ciudad del sur que carecía de antecedentes por drogas? Ray y el juez se habían hecho esa misma pregunta cientos de veces, pero solo Forrest conocía la respuesta, y era cosa sabida que había decidido guardársela mucho tiempo atrás. En el fondo, era lo que Ray prefería: que su hermano se guardara sus secretos.

Tras una agradable siesta, Forrest se despertó de golpe y anunció que le apetecía beber algo.

—Ni hablar —contestó Ray.

—Solo un refresco, te lo prometo.

Se detuvieron en una gasolinera y compraron unas gaseosas. Para desayunar, Forrest se zampó una bolsa de cacahuetes.

—En algunos de los sitios como el que vamos dan buena comida —comentó cuando volvieron a salir a la carretera. Forrest, el guía turístico, el crítico de Michelin de los centros de desintoxicación—. Normalmente siempre suelo perder unos kilos —dijo con la boca llena de cacahuetes.

—¿Tienen gimnasios y esas cosas? —preguntó Ray, ayudando a la conversación a pesar de que no le apetecía nada hablar de las características de ese tipo de establecimientos.

—Algunos, sí —contestó Forrest dándose aires de experto—. Ellie me envió a un sitio en Florida que estaba cerca de la playa, con mucho sol, mucha playa y mucho ricachón. Cuando llegabas, te lavaban el cerebro durante tres días y después te ponían en forma a lo bestia: caminatas, bici, natación y hasta pesas, si querías. Acabé bronceado, con siete kilos menos y limpio durante ocho meses.

En la patética vida de Forrest todo se medía por los plazos de sobriedad.

—¿Ellie te envió allí?

—Sí. Fue hace muchos años. En esa época tenía dinero, aunque no mucho. Yo había tocado fondo y estaba intentando salir cuando ella se apiadó. El sitio no estaba mal. Algunos de los especialistas eran las típicas tías de Florida, con falda corta y piernas largas.

—Creo que tendré que ir a comprobarlo.

—¡Que te den!

—Era solo una broma, hombre.

—También está ese sitio de la costa Oeste, La Hacienda, adonde van las estrellas de cine, que es como el Ritz. Habitaciones a tope de lujo, masajes, aguas termales, cocineros que te preparan una comida de chuparse los dedos y de solo mil calorías diarias. Los especialistas de allí son los mejores del mundo. Eso es lo que necesito, hermano, seis meses en La Hacienda.

—¿Y por qué seis meses?

—Porque necesito seis meses. Lo he intentado con dos meses, con un mes, con tres semanas y con dos; pero no es suficiente. Para mí han de ser seis meses de encierro total, de un lavado de cerebro completo, de terapia constante y de mi propia masajista.

—¿Y cuánto vale eso?

Forrest soltó un silbido y entornó los ojos.

—No sé, di una cifra. Tienes que tener trillones y dos cartas de presentación para que te admitan. Imagínatelas:

A la atención de La Hacienda. Por la presente tengo el gusto de recomendarles a mi buen amigo Colgado de la Muerte, para que lo admitan en sus magníficas instalaciones. Colgado desayuna con vodka, esnifa para comer, merienda con heroína y a la hora de cenar está en coma profundo. Tiene los sesos fritos, las venas como un colador y el hígado hecho polvo. Colgado es su cliente perfecto; y su padre, el propietario de medio Idaho.

—¿Aceptan a gente durante seis meses?

—No tienes ni idea de cómo va todo esto, ¿verdad?

—¿Tú qué crees?

—Muchos de los que están enganchados a la coca necesitan un año; los de la heroína, es frecuente que más.

¿Y se puede saber qué es la mierda que estás metiéndote ahora?, quiso preguntar Ray, pero prefirió abstenerse.

—¿Un año?

—Sí, un año. Y un encierro total. Pero es el adicto el que lo tiene que hacer. Sé de tíos que se han pasado tres años en la cárcel sin coca, sin crack, sin nada de nada y que, cuando los soltaron, lo primero que hicieron fue llamar a su camello favorito antes que a sus novias.

—¿Qué le pasa a la gente así?

—No resulta agradable —contestó echándose a la boca los últimos cacahuetes, limpiándose las manos y poniéndolo todo perdido de sal.

No había carteles que indicaran al tráfico la dirección de Alcorn Village, de modo que se limitaron a seguir las instrucciones de Oscar hasta que se creyeron irremisiblemente perdidos en los bosques y divisaron una verja en la distancia. Al final de un camino de acceso bordeado de árboles un conjunto de edificios se extendió ante sus ojos. Era tranquilo y apartado, y Forrest dio un aprobado a la primera impresión.

Oscar Meave se presentó en el vestíbulo del bloque de administración y los acompañó a un despacho de recepción donde se encargó personalmente del papeleo de admisión. Era asesor, administrador, psicólogo, y también un ex adicto que se había desenganchado años atrás y titulado en dos especialidades médicas. Vestía vaqueros, suéter y zapatillas deportivas; lucía perilla y dos pendientes y mostraba las arrugas y los dientes de su mala vida anterior. Sin embargo, su voz era agradable; y su tono, amistoso. Sabía comunicar la dura compasión de alguien que había estado donde Forrest se encontraba en esos momentos.

El precio era de trescientos veinticinco dólares al día, y Oscar recomendaba una estancia no inferior a cuatro semanas.

—Transcurrido ese tiempo, sabremos dónde y cómo se encuentra. También tendré que hacer un montón de preguntas desagradables sobre lo que Forrest ha estado haciendo.

—Esa es una conversación que prefiero no escuchar —dijo Ray.

—Y no la escucharás —terció Forrest, que estaba resignado a soportar lo que fuera.

—También pedimos un adelanto de la mitad del importe total —dijo Oscar—. La otra mitad, antes de que termine el tratamiento.

Ray dio un respingo e intentó recordar el saldo de su cuenta en Virginia. Tenía un montón de efectivo, pero ese no era el momento ni el lugar para utilizarlo.

—El dinero proviene de la herencia de mi padre —explicó Forrest—. Puede que tarde unos días.

Oscar negó con la cabeza.

—No hacemos excepciones. La mitad por adelantado.

—No hay problema —contestó Ray—. Le extenderé un cheque.

—Oye, quiero que salga de mi parte de la herencia —insistió Forrest—. No tienes que pagarlo tú.

—Lo sacaré de la herencia, no te preocupes.

Ray no estaba seguro de si eso sería posible, pero lo hablaría con Harry Rex. Firmó los papeles como garante del pago, y Forrest hizo lo mismo al final de la larga lista de derechos y obligaciones.

—Durante veintiocho días no podrás salir ni marcharte de aquí —le explicó Oscar—. Si lo haces, perderás el dinero que hayas dejado en adelanto y no se te volverá a admitir nunca más. ¿Lo has entendido?

—Lo entiendo —repuso Forrest, que ya no recordaba cuántas veces había pasado por lo mismo.

—Estás aquí porque lo que quieres es estar aquí, ¿vale?

—Vale.

—Y nadie te está obligando.

—Nadie me está obligando.

El tratamiento había empezado, de modo que Ray se dijo que era hora de marcharse. Dio las gracias a Oscar, un abrazo a Forrest, y se alejó del lugar mucho más deprisa de lo que había llegado.

25

Ray se había convencido de que el dinero era posterior a 1991, el año en que el juez fue apartado de su cargo por los votantes. Claudia había estado con él hasta el año anterior y no sabía nada de él. No había salido de sobornos ni de las apuestas.

Tampoco provenía de una inteligente inversión porque Ray no había encontrado el menor rastro de que el juez hubiera vendido o comprado nunca acciones o bonos. El contable contratado por Harry Rex para que reconstruyera los archivos y calculara el importe total que era necesario abonar en concepto de impuestos tampoco había encontrado nada. Según sus palabras, resultaba muy fácil seguir el rastro del juez porque todo pasaba por el First National Bank de Clanton.

Eso es lo que vosotros pensáis, se dijo Ray.

Había casi cuarenta cajas repartidas por toda la casa, llenas de viejos archivos. El servicio de limpieza las había reunido y dejado todas en el estudio del juez y el salón. Tardó varias horas, pero al final encontró lo que andaba buscando. Dos de las cajas contenían las notas y las investigaciones —lo que el juez llamaba «los archivos de juicio»— de los casos que habían pasado por sus manos como juez especial desde su derrota en 1991.

El juez solía escribir sin parar en libretas de papel amarillo durante los juicios. Anotaba fechas, horas, hechos relevantes, cualquier cosa que pudiera ayudar a que se formase una opinión definitiva sobre el caso. A menudo interpelaba a los testigos y recurría a sus notas para corregir a los abogados. Ray recordaba haberlo oído decir, siempre en privado, que tomar aquellas notas lo había ayudado a mantenerse despierto. Si un juicio se prolongaba más de lo habitual, podía llenar más de veinte libretas.

Y puesto que antes que juez había sido abogado, había adquirido la costumbre de archivar y conservarlo todo. Los expedientes de sus juicios incluían sus notas, copias de los casos en los que se basaban los abogados de las partes, copias de las legislaciones aplicables, incluso las apelaciones que no habían llegado a presentarse. A medida que habían ido pasando los años, esos archivos se habían vuelto obsoletos y, en esos momentos, ocupaban cuarenta cajas.

Según sus declaraciones de renta, desde 1993 había ganado dinero actuando como juez especial, el encargado de los casos que nadie quería encima de la mesa. En las zonas rurales no resultaba extraño que se produjeran disputas demasiado enconadas para que se hiciera cargo de ellas el juez local. En esos casos, una de las partes presentaba una moción para que este se recusara a sí mismo, y el afectado tarde o temprano acababa traspasando el caso a algún colega de otra parte del estado. Ese juez especial podría actuar sin el lastre de conocimientos previos y sin tener un ojo puesto en la siguiente reelección.

En determinadas jurisdicciones se recurría a los jueces especiales para que ayudaran cuando los casos pendientes empezaban a acumularse o para que sustituyeran temporalmente a un titular enfermo. Casi todos ellos eran jueces retirados a los que el estado pagaba cincuenta dólares la hora más gastos.

En 1992, el año siguiente a su derrota, el juez Atlee no había ganado nada extra. En 1993, cobró cinco mil ochocientos dólares. Su año de más trabajo —1996— totalizó dieciséis mil trescientos dólares. El último había ganado ocho mil setecientos sesenta, pero había estado enfermo la mayor parte del tiempo.

La suma de sus ingresos como juez especial era de cincuenta y seis mil quinientos noventa dólares repartidos a lo largo de seis años, y todas las cantidades aparecían en las declaraciones de renta.

Ray quería averiguar qué clase de casos habían pasado por las manos del juez Atlee en los últimos años. Harry Rex había mencionado uno, el del escandaloso divorcio del gobernador. El archivo de dicho caso era una carpeta de diez centímetros de grosor que incluso contenía recortes de periódico con las fotos del gobernador, su esposa y la mujer que era su amante. El juicio había durado dos semanas, y el juez Atlee, a juzgar por las notas, se lo había pasado en grande.

Había otro caso de anexión, cerca de Hattiesburg, que se había alargado durante quince días e irritado a todos lo que habían tomado parte en él. La ciudad estaba creciendo hacia el oeste y tenía los ojos puestos en unos terrenos industriales. Se presentaron las demandas correspondientes y, dos años más tarde, el juez Atlee reunió a todas las partes para el juicio. También había recortes de periódico; pero, tras pasar una hora revisándolo, Ray se aburrió de aquel desastre. Le costaba imaginar que alguien hubiera podido presidirlo durante un mes.

Al menos, había habido dinero en juego.

El juez Atlee también había pasado ocho días presidiendo las vistas del tribunal de la pequeña ciudad de Kosciusko, situada a dos hora de viaje de su casa; pero, a tenor de los archivos, nada importante fue a juicio.

En 1994, se había producido un choque espantoso de un camión-cisterna en el condado de Tishomingo. Cinco adolescentes quedaron atrapados y murieron abrasados dentro de un coche que ardió. Dada su condición de menores, la jurisdicción correspondía al tribunal de equidad, pero uno de los magistrados de la sala estaba emparentado con uno de los fallecidos, y el otro estaba muriéndose de un tumor cerebral. Llamaron al juez Atlee para que se ocupara del caso. El juicio duró dos días, hasta que las partes cerraron un acuerdo de indemnización de siete millones y medio. Una tercera parte de dicha cantidad fue a parar a manos de los abogados de los menores. El resto se lo repartieron las familias.

Ray dejó la carpeta del caso en el sofá del juez, junto a la del de anexión. Estaba sentado en el suelo del estudio, el suelo recién pulido, bajo la atenta mirada del general Forrest. Tenía una vaga idea de lo que se proponía, pero carecía de un plan de trabajo definido y se contentaba con ir examinando las carpetas y separar las correspondientes a casos con importante dotación económica para ver si le llevaban a alguna parte.

El dinero que había encontrado escondido a menos de tres metros de distancia tenía que haber salido de alguna parte.

Sonó su móvil. Se trataba de un mensaje grabado que le enviaba una empresa de seguridad de Charlottesville para avisarle de que estaban intentando robar en su apartamento. Se puso en pie de golpe y empezó a hablar consigo mismo mientras escuchaba. La misma llamada sería recibida simultáneamente por la policía y por Corey Crawford. Este lo llamó segundos más tarde.

—Voy hacia allá —le dijo.

Eran casi las nueve y media, las diez y media en Charlottesville.

Ray se puso a dar vueltas por Maple Run sin poder hacer nada. Al cabo de un cuarto de hora, Crawford volvió a llamarlo.

—Estoy aquí, con la policía. Alguien ha forzado la puerta de la calle y después la del apartamento. Eso ha sido lo que ha disparado la alarma. Sea quien sea, no ha tenido mucho tiempo. ¿Dónde tenemos que mirar?

—En el apartamento no hay nada que tenga gran valor —explicó Ray, intentando imaginar qué podría estar buscando el ladrón. No tenía obras de arte, dinero, joyas ni objetos preciosos.

—El televisor, el equipo de música, el microondas… Todo está en su sitio —comentó Crawford—. Han desordenado unos cuantos libros, tirado unas cuantas revistas por el suelo y volcado la mesa del teléfono de la cocina. Está claro que tenían prisa. ¿Se le ocurre algo concreto?

—No, nada. —Ray oyó la radio de la policía crepitar al fondo.

—¿Cuántos dormitorios hay? —preguntó el detective mientras se movía por el apartamento.

—Dos. El mío es el de la derecha.

—Todos los armarios están abiertos. Estaban buscando algo. ¿Tiene idea de qué podría ser?

—No —contestó Ray.

—No hay señales de que entraran en el otro dormitorio —informó Crawford antes de ponerse a hablar con los agentes de policía—. No cuelgue —le dijo a Ray, que se hallaba en la puerta principal, mirando a través de la malla, inmóvil y pensando en cuál era la forma más rápida de volver a su casa.

La policía y Crawford llegaron a la conclusión de que había sido un golpe rápido ejecutado por un ladrón bastante hábil que se había visto sorprendido por la alarma. Había forzado las puertas con unos desperfectos mínimos, se había dado cuenta de que el apartamento tenía un sistema de seguridad y entonces lo había registrado a toda velocidad buscando algo concreto. Cuando no lo encontró, tiró algunas cosas por el simple placer de hacerlo y se largó a toda prisa. Él o ellos, porque podían haber sido varios.

—Tendrá que volver y hablar con la policía para contarles si falta algo, y que hagan su informe —le comentó Crawford.

—Está bien. Llegaré mañana —contestó Ray—. ¿Hay forma de que pueda vigilar el apartamento esta noche?

—Sí, ya pensaré en algo.

—Llámeme cuando la policía se haya marchado.

Se sentó en los escalones del porche, escuchando los grillos y deseando estar en Chaney's, sentado en la oscuridad con una de las pistolas del juez, dispuesto a vaciar el cargador en el primero que se acercase. Tenía por delante quince horas de coche o tres y media de avioneta. Llamó a Fog Newton, pero no obtuvo respuesta.

El móvil volvió a sobresaltarlo.

—Sigo en el apartamento —dijo Crawford.

—No creo que esto haya sido por casualidad —comentó Ray.

—Usted mencionó algunas cosas de valor, cosas de la familia, que tiene en Chaney's.

—En efecto. ¿Habría forma de que también vigilara ese sitio esta noche?

—Allí tienen su propia seguridad, cámaras y vigilantes. No está mal. —Crawford sonaba cansado y poco entusiasmado con la idea de pasar la noche dando cabezadas en el coche.

—¿Puede hacerlo?

—No puedo entrar. Para eso hay que ser cliente.

—Pues vigile la entrada.

Crawford soltó un gruñido y bufó.

—Está bien, le echaré un vistazo. Quizá encuentre a alguien que vigile.

—Gracias. Lo llamaré mañana, tan pronto como llegue.

Telefoneó a Chaney's pero nadie contestó. Esperó cinco minutos y volvió a intentarlo. Contó catorce timbrazos, y contestón una voz.

—Chaney's. Seguridad. Habla Murray.

Con la mayor educación, Ray explicó quién era y lo que deseaba: tenía tres trasteros alquilados y estaba preocupado porque alguien acababa de irrumpir en su apartamento. ¿Le importaría al señor Murray prestar especial atención a los 14-B, 37-F y 18-R? El señor Murray, que sonaba como si bostezara constantemente, le contestó que no sería ningún problema.

Ray necesitó una hora y un par de copas para que su nerviosismo se calmara. Aun así, no estaba más cerca que antes de Charlottesville. Sintió la tentación de correr a su coche alquilado y lanzarse a la noche, pero lo dejó correr. Al final, decidió que lo mejor sería dormir un poco y tomar un avión a la mañana siguiente, pero no pudo conciliar el sueño, de modo que volvió a los archivos de los juicios.

El juez le había comentado en una ocasión que sabía muy poco de legislación parcelaria porque en Mississippi había muy poca parcelación, y casi ninguna en el distrito Veinticinco. Sin embargo, alguien había conseguido convencerlo para que se ocupara de una feroz disputa sobre una parcelación en la ciudad de Columbus. Según las notas, el juicio había durado seis días y, cuando quedó resuelto, un comunicante anónimo llamó amenazando con pegarle un tiro.

Ese tipo de amenazas no resultaban infrecuentes, y por eso el juez solía llevar una pistola en su maletín. Se rumoreaba que Claudia también escondía una en el bolso; de todas maneras, el sentido común decía que era mejor recibir un tiro del juez que de su secretaria.

El caso de las parcelas casi logró que se durmiera, pero entonces Ray encontró un vacío, el agujero negro que había estado buscando, y se olvidó del sueño.

Según constaba en sus declaraciones de renta, el juez había cobrado ocho mil ciento diez dólares en enero de 1999 por ocuparse de un caso del distrito Veintisiete. El Veintisiete abarcaba dos condados situados en la costa del Golfo, una parte del estado por la que el juez no sentía ninguna simpatía. El hecho de que hubiera aceptado ir allí y pasar varios días se le antojó extraño.

Y más extraño todavía era que faltara la carpeta con el expediente del juicio. Buscó en las dos cajas que tenía más a mano y no encontró nada relacionado con un caso en la costa. Sumamente intrigado, empezó a revisar las treinta y tantas restantes. Se olvidó de su apartamento, de los cuartos traseros y de si el señor Murray estaría despierto o incluso vivo. Poco le faltó para olvidarse del dinero.

Faltaba un expediente.

26

El vuelo de US Air despegó de Memphis a las siete menos cuarto de la mañana, lo cual significó que Ray tuvo que marcharse de Clanton no más tarde de las cinco. Eso supusieron tres horas de sueño, lo normal tratándose de Maple Run. Dormitó durante el primer vuelo, un poco más en el aeropuerto de Pittsburg y de nuevo en el avión de enlace que lo dejó en Charlottesville. Inspeccionó su apartamento y enseguida se quedó dormido en el sofá.

El dinero seguía intacto. Nadie había entrado sin permiso en ninguno de sus trasteros de Chaney's. Todo estaba como de costumbre. Se encerró en el 18-B, abrió las cinco cajas impermeables y a prueba de incendios y contó cincuenta y tres bolsas frigoríficas.

Allí, sentado en el suelo de cemento con tres millones de dólares a su alrededor, Ray Atlee reconoció por fin lo importante que se había vuelto aquel dinero. La verdadera pesadilla de la noche anterior había sido la posibilidad de perderlo, y en esos momentos le daba miedo dejarlo donde estaba.

A lo largo de las últimas semanas, se había vuelto más curioso acerca de lo que valían las cosas, acerca de lo que el dinero podía conseguir y de cómo podía aumentar si lo invertía de forma conservadora o agresiva. En algún momento se había visto a sí mismo como millonario, pero acabó descartando la idea. Aun así, los millones seguían siempre presentes bajo la superficie y asomando con creciente frecuencia. Las preguntas en torno al dinero habían ido obteniendo respuesta: no, no era falso; no, no se podía rastrear; no, el juez no lo había ganado jugando en los casinos; no, no provenía de sobornos de los abogados del distrito Veinticinco.

No, no podía compartir ese dinero con Forrest, porque este lo utilizaría para hallar el modo de matarse con él; y no, tampoco podía incluirlo en el caudal hereditario por razones más que evidentes.

Una a una, había ido eliminando las posibles alternativas hasta llegar a la conclusión de que seguramente iba a verse obligado a quedárselo.

Alguien llamó con fuerza a la puerta de hierro, y Ray estuvo a punto de gritar.

—¿Quién es? —chilló, poniéndose en pie de un salto.

—Seguridad —fue la respuesta de una voz que le pareció vagamente conocida.

Ray saltó por encima de las bolsas llenas de dinero y abrió la puerta apenas unos centímetros. El señor Murray le sonreía.

—¿Va todo bien? —preguntó más como si fuera un bedel que un guardia de seguridad.

—Sí, perfectamente, gracias —contestó Ray con el corazón todavía paralizado.

—Si necesita algo, avíseme.

—Gracias por lo de anoche.

—No hay de qué. Es mi trabajo.

Ray volvió a guardar el dinero, cerró las puertas y regresó a casa con un ojo en el retrovisor de su coche.

El casero había enviado una cuadrilla de carpinteros mexicanos para que repararan las dos puertas forzadas. Estuvieron cortando y martillando durante toda la tarde y antes de marcharse aceptaron unas cervezas frías. Ray charló con ellos un rato antes de despedirlos amablemente. En la mesa de la cocina había un montón de correo; de modo que, después de haberle hecho caso omiso durante todo el día, se sentó a revisarlo:

facturas que debía pagar, catálogos y propaganda, tres tarjetas de pésame y una carta del IRS dirigida al señor Ray Atlee, albacea testamentario de la herencia de Reuben V. Atlee, fechada dos días antes con matasellos de Atlanta. La examinó atentamente antes de abrirla. En su interior encontró una única hoja con el membrete oficial de Martin Gage, de la Oficina de Investigaciones Criminales de Atlanta. Decía así:

> Apreciado señor Atlee:
> Como albacea testamentario de la herencia de su padre se halla usted obligado por la ley a incluir todos los bienes y activos para que sean evaluados con fines fiscales. La ocultación de cualquier activo puede ser constitutiva de delito fiscal. El desembolso de dichos activos representa una violación de la leyes de Mississippi y también de la legislación federal.
>
> MARTIN GAGE
> investigador criminal

Su primera reacción fue llamar a Harry Rex para saber qué comunicación había enviado al IRS. Como albacea disponía de un año a partir de la fecha de fallecimiento del testador para presentar la liquidación definitiva. Más aún, según el experto contable, se concedían extensiones de plazos sin problemas.

La fecha del matasellos era del día después de que él y Harry Rex se presentaran ante el tribunal para certificar la herencia. ¿Cómo podía ser tan rápido el IRS a la hora de responder? ¿Cómo podían siquiera estar enterados del fallecimiento del juez Atlee?

Decidió llamar al número de la oficina que figuraba en el membrete. Un mensaje pregrabado le dio la bienvenida al IRS de la central de Atlanta y le dijo que llamara más adelante porque era sábado. Se conectó a internet y en el directorio de Atlanta encontró tres «Martin Gage». El primero al que llamó se encontraba fuera de la ciudad, pero su mujer le dijo que, a

Dios gracias, no trabajaba en el IRS. La segunda llamada no obtuvo respuesta. La tercera localizó al señor Gage en plena cena.

—¿Trabaja usted para el IRS? —le preguntó Ray tras haberse disculpado por la molestia y presentado cordialmente como profesor de derecho.

—En efecto.

—¿En el Departamento de Investigación Criminal?

—Sí, ese soy yo. Llevo catorce años allí.

Ray le describió la carta que había recibido y se la leyó textualmente.

—Yo no he escrito nada de eso —declaró Gage.

—Entonces ¿quién ha sido? —espetó Ray, que de inmediato deseó no haber abierto la boca.

—¿Cómo puedo saberlo? ¿Podría enviarme una copia por fax?

Ray contempló su máquina de fax, pensó rápidamente y dijo:

—Claro, pero lo tengo en el despacho. Puedo enviársela el lunes.

—Pues escanéela y mándemela por correo electrónico.

—Ya, pero es que mi escáner no funciona. Se la mandaré por fax el lunes.

—De acuerdo, pero sepa que alguien le está tomando el pelo, amigo. Yo no he escrito esa carta.

De repente, Ray se sintió impaciente por quitarse de delante al IRS, pero Gage estaba lanzado.

—Le diré algo más —continuó—: hacerse pasar por un agente del IRS es un delito federal que perseguimos por todos los medios. ¿Tiene idea de quién puede haber sido?

—Ni la más mínima.

—Quien lo hizo seguramente sacó mi nombre del directorio de internet. Es una de las peores cosas que hemos hecho, ya sabe, la libertad de información y toda esa mierda.

—Puede ser.

—¿Cuándo fue abierta la herencia?

—Hace tras días.

—¿Tres días? ¡Pero si falta un año para la liquidación!

—Ya lo sé.

—¿Qué contiene esa herencia?

—Nada, solo una vieja casa.

—Habrá sido algún chiflado. Envíemela el lunes y le llamaré.

—Gracias.

Ray dejó el teléfono en la mesita y se preguntó por qué demonios se le había ocurrido llamar al IRS.

Para verificar la carta, claro.

Gage nunca recibiría copia. Al cabo de un mes, se habría olvidado del asunto, y pasado un año ni siquiera recordaría que alguien lo hubiera mencionado.

Seguramente no había sido su idea más brillante hasta la fecha.

Forrest se había adaptado a la rutina de Alcorn Village. Le permitían dos llamadas al día que, según explicó, podían quedar grabadas.

—No quieren que llamemos a nuestros camellos.

—El chiste no tiene gracia —dijo Ray, que se daba cuenta de que estaba hablando con un Forrest sobrio, con su voz ronca y la mente clara.

—¿Cómo es que estás en Virginia? —le preguntó.

—Porque vivo aquí.

—Creía que habías ido a visitar a unos amigos de por aquí, viejos compañeros de estudios.

—Volveré dentro de poco. ¿Qué tal la comida?

—Igual que en una guardería. Una especie de jalea tres veces al día, solo que de distintos colores. Francamente mala. Por trescientos dólares al día es un verdadero timo.

—¿Alguna chica guapa?

—Una, pero tiene catorce años y es hija de un juez. ¿Quieres creértelo? Hay gente realmente jodida por aquí. Tenemos esos putos grupos de terapia diaria en los que todos despotrican contra los que los iniciaron en las drogas. Hablamos de nuestros problemas y nos ayudamos mutuamente. ¡Qué coño, al final sé más yo que los especialistas de aquí! Este es mi octavo programa de desintoxicación, hermano. Cuesta creerlo, ¿verdad?

—A mí me parece que es algo más que eso —repuso Ray.

—Gracias por la ayuda, hermano. ¿Sabes qué es lo peor?

—¿Qué?

—Que cuando más feliz me siento es cuando estoy limpio. Me encuentro estupendamente y me siento capaz de hacer lo que sea. Y cuando vuelvo a la calle y me meto en los mismos jodidos líos que esos pobres desgraciados me odio a mí mismo. No sé cómo soy capaz de hacerlo.

—Suenas bien, Forrest.

—Es que este sitio me gusta, aparte de la comida, claro.

—Me alegro. Estoy orgulloso de ti.

—¿Puedes venir a verme?

—Naturalmente que iré. Dame unos días.

Llamó a Harry Rex, al que encontró en su despacho, que era donde solía pasar los fines de semana. Con tres ex esposas y una cuarta en la cuenta, tenía buenas razones para no estar mucho en casa.

—¿Recuerdas que el juez tuviera un caso en la costa a principios del año pasado? —le preguntó Ray.

Harry Rex estaba comiendo y sus bocados se oían por el teléfono.

—¿La costa? —Harry Rex odiaba la costa y pensaba que la gente de allí eran todos unos mafiosos.

—Sí, le pagaron por presidir un juicio allí abajo. Fue en enero del año pasado.

—El año pasado estaba enfermo —contestó Harry Rex antes de tragar algo líquido.

—El cáncer se lo diagnosticaron el pasado julio.

—No recuerdo que tuviera ningún caso en la costa —dijo, mordiendo otra cosa—. Me sorprende.

—Y a mí.

—¿Por qué estás revisando sus archivos?

—Solo estoy cotejando sus declaraciones de ingresos con sus expedientes de juicios.

—¿Y por qué?

—Porque soy el albacea testamentario.

—Disculpa. ¿Cuándo piensas volver?

—Dentro de unos días.

—¿Sabes? Hoy me he topado con Claudia. Hacía meses que no la veía. Resulta que había aparcado un Cadillac último modelo delante del Coffee Shop para que todos lo vieran. Creo que se ha pasado toda la mañana de compras por la ciudad. ¡Menuda pieza!

Ray no pudo evitar sonreír al imaginar a Claudia corriendo hacia el concesionario de Cadillac más cercano con los bolsillos llenos de billetes. El juez se habría sentido orgulloso.

El sueño le hizo dar cabezadas en el sofá. Las paredes crujieron con más fuerza, los conductos del aire y la calefacción parecían más ruidosos. Las cosas se movían y dejaban de hacerlo. La noche después del robo, todo el apartamento parecía preparado para otro.

27

En un intento de comportarse con la mayor normalidad posible, Ray se fue a dar una larga carrera por su recorrido favorito, a lo largo de la calle peatonal del centro, por Main Street hasta el campus, subiendo por Observatory Hill, y de vuelta. Ocho kilómetros en total. Luego fue a almorzar con Carl Mirk en el Bizou, un *bistrot* muy popular situado a tres manzanas de su apartamento, y se tomó un café en una de las terrazas cercanas. Fog le había reservado el Bonanza para una sesión de entrenamiento a las tres de la tarde; pero entonces llegó el correo y toda la normalidad saltó por los aires.

La carta carecía de remite, y la dirección del sobre estaba escrita a mano. El matasellos era de Charlottesville; y la fecha, del día anterior. Un cartucho de dinamita no habría parecido más sospechoso. Dentro había una hoja de papel doblada en tres. Cuando la desplegó, se quedó petrificado. Durante un momento no pudo pensar, respirar, notar ni oír nada.

Se trataba de una foto digital en color de la entrada del trastero 14-B de Chaney's, impresa en papel corriente. Ni una palabra, ni un aviso, ni una amenaza. Nada de eso resultaba necesario.

Cuando logró respirar de nuevo también empezó a sudar, y el aturdimiento dio paso a un agudo dolor en el estómago. Se sentía tan mareado que cerró los ojos y cuando los abrió y contempló la foto, esta temblaba.

Su primer pensamiento, el primero que recordó, fue que en el apartamento no había nada de lo que no pudiera prescindir. Podía dejarlo todo. No obstante, llenó una pequeña bolsa.

Tres horas más tarde, paró a repostar en Roanoke, y tres horas después de eso se detuvo en un abarrotado aparcamiento para camiones al sur de Knoxville. Se quedó un buen rato sentado en el coche, viendo cómo los camioneros iban y venían, observando sus movimientos en el restaurante. Vio una mesa que le gustó, junto a la ventana, y cuando quedó libre cerró el Audi y entró. Desde allí vigiló su coche, aparcado a veinte metros de distancia con tres millones de dólares en el maletero.

A juzgar por el olor, dedujo que la especialidad del restaurante eran los platos grasientos. Pidió una hamburguesa y empezó a garrapatear sus alternativas en una servilleta de papel.

El lugar más seguro para el dinero era un banco, en una gran caja de seguridad, tras una puerta blindada mayor aún, con cámaras, cierres y todo lo demás. Podía dividirlo y repartirlo por varias sucursales de las distintas ciudades entre Charlottesville y Clanton, dejando de ese modo un rastro lo más confuso posible. Podría trasladarlo discretamente en un maletín. Una vez en sus respectivas cajas de seguridad, estaría a salvo para siempre.

Sin embargo, el papeleo sería muy largo: rellenar impresos, facilitar datos personales auténticos, dirección, teléfonos; conocer al director de turno, hacer tratos con desconocidos, enfrentarse a cámaras de seguridad y quién sabía qué otras cosas más porque Ray nunca antes había escondido nada en un banco.

A lo largo de la carretera interestatal había pasado frente a numerosas empresas que alquilaban trasteros. Parecía que últimamente proliferaban por todas partes y por alguna razón se encontraban lo más cerca posible de las principales carreteras. ¿Por qué no escoger uno al azar, pagar en efectivo y reducir el papeleo al mínimo? Podía quedarse un par de días en Podunktown, comprar unas cuantas cajas a prueba de fuego en alguna tienda local, dejar su dinero a buen recaudo y largarse disimuladamente. Le pareció una buena idea porque su torturador no esperaría algo así.

Y era una idea estúpida porque tendría que dejar el dinero.

También podía llevárselo a Maple Run y enterrarlo en el sótano. Entonces, Harry Rex podría alertar al sheriff y a la policía para que vigilaran a los sospechosos que merodearan por la ciudad; pero si un detective le seguía los pasos, se vería atrapado en Clanton, y, a la mañana siguiente, Dell y todo el Coffee Shop sabrían hasta el último detalle. Era una ciudad donde uno no podía toser sin que el vecino pillara un resfriado.

Los camioneros entraban y salían en grupos, la mayoría de ellos charlando ruidosamente, impacientes por encontrarse después de haber recorrido cientos de kilómetros solos. Todos tenían el mismo aspecto: vaqueros y botas de punta afilada. Un par de zapatillas deportivas entraron en su campo de visión y llamaron la atención de Ray. Pantalón caqui en lugar de vaqueros. El desconocido estaba solo y se sentó a la barra. Ray le vio la cara en el espejo, una cara que había visto anteriormente: de ojos separados y fina barbilla, con una nariz larga y plana, cabello lacio, treinta y tantos años. La recordaba de algún sitio cerca de Charlottesville, pero no sabía precisar más.

¿No sería que todo el mundo se volvía sospechoso en esos momentos?

Bastaba con que uno saliera huyendo con el botín, igual que un asesino con el cadáver escondido en el maletero, para que de repente un montón de caras se volvieran amenazadoras.

Llegó su hamburguesa, humeante y cubierta de patatas fritas, pero no tenía apetito. Cogió otra servilleta. Las dos primeras no le habían llevado a ninguna parte.

En esos momentos, sus opciones eran limitadas. Dado que no estaba dispuesto a perder de vista el dinero, tendría que conducir toda la noche, parando de vez en cuando para tomarse un café o dar una cabezada, y llegar a Clanton a primera hora de la mañana. Cuando pisara de nuevo terreno familiar vería las cosas con más claridad.

Esconder el dinero en el sótano no era buena idea. Bastaría con un cortocircuito o un rayo para que la casa ardiera hasta los cimientos. Además, Maple Run no era más que un montón de leña.

El hombre del mostrador todavía no lo había mirado, y cuanto más lo observaba Ray, más se convencía de que estaba equivocado. Solo se trataba de un rostro como tantos otros, el tipo de rostro que uno ve todos los días y que casi nunca recuerda. Estaba comiendo pastel de chocolate y bebiendo café. Curioso, a las once de la noche.

Entró en Clanton justo pasadas las siete de la mañana. Tenía los ojos enrojecidos y estaba muerto de cansancio. Necesitaba una ducha y pasarse dos días durmiendo. Durante toda la noche, cuando no se dedicaba a vigilar los faros que lo seguían o a darse bofetadas para mantenerse despierto, había soñado con la tranquilidad de Maple Run: una casa grande y vacía para él solo. Podría dormir arriba, abajo, en el porche, y no habría teléfonos que sonaran ni nadie que lo molestara.

Sin embargo, los operarios que estaban arreglando el tejado tenían otros planes. Cuando llegó, los encontró en plena faena, con sus herramientas y escaleras por todas partes, y los camiones bloqueando el camino de acceso.

Se fue al Coffee Shop y allí vio a Harry Rex, tomándose unos huevos escalfados y leyendo dos periódicos a la vez.

—¿Qué haces aquí? —preguntó este, sin apenas levantar la vista.

No había terminado los huevos ni tampoco los diarios y no parecía demasiado contento de ver a Ray.

—No sé, puede que tenga hambre.

—Lo que tienes es un aspecto horrible.

—Gracias. Como allí no podía dormir, he conducido hasta aquí.

—Te estás derrumbando.

—Así es.

Dejó al fin el periódico y pinchó un huevo que estaba lleno de salsa caliente.

—¿Has conducido toda la noche desde Charlottesville?

—Son solo quince horas.

Una camarera le llevó una taza de café.

—¿Cuánto tiempo van a estar trabajando los que reparan el tejado?

—¿Ya están allí?

—Oh, sí. Una docena de tíos, al menos. Tenía intención de pasarme un par de días durmiendo.

—Se trata de los chicos Atkins. Son rápidos a menos que empiecen a beber y a pelearse. El año pasado, uno de ellos se cayó de lo alto de una escalera, se rompió el cuello y ganó treinta mil dólares del fondo de indemnización de los trabajadores.

—Muy bien, pero ¿por qué los has contratado?

—Porque son baratos, lo mismo que tú, señor albacea. Si quieres, puedes dormir en mi oficina. Tengo un pequeño escondite en el segundo piso.

—¿Con una cama?

Harry Rex miró a su alrededor como si todos los chismosos de Clanton estuvieran escuchando.

—¿Te acuerdas de Rosetta Rhines? —preguntó bajando la voz.

—No.

—Era mi quinta secretaria y se convirtió en mi tercera esposa. Fue allí donde empezó todo.

—¿Las sábanas están limpias?

—¿Qué sábanas? Tómalo o déjalo. Es muy tranquilo, pero el suelo tiembla. Fue por eso que nos pillaron.

—No pretendía ser indiscreto —dijo Ray, que tomó un

largo trago de café. Tenía hambre, pero no se sentía con ánimos para darse un banquete. Le apetecía un cuenco de cereales con leche descremada y fruta, algo sano, pero sabía que haría el ridículo pidiendo eso en un sitio como el Coffee Shop.

—¿Vas a comer algo? —gruñó Harry Rex.

—No. Tenemos que buscar un sitio donde guardar cosas, todas esas cajas y los muebles. ¿Se te ocurre alguno?

—¿Has dicho «tenemos»?

—De acuerdo. Yo necesito un sitio.

—No son más que trastos y basura. —Un mordisco a una galleta con salchicha, un trozo de Cheddar y algo que parecía mostaza—. Yo, que tú, lo quemaría todo.

—No puedo quemarlo. Al menos, no por ahora.

—Entonces haz lo que hacen todos los buenos albaceas: almacénalo en alguna parte durante un par de años y después regálalo todo al Ejército de Salvación y quema lo que ellos no quieran.

—A ver, dime si hay o no hay un sitio en la ciudad donde pueda guardarlo todo.

—¿Tú no fuiste al colegio con aquel chiflado de Cantrell?

—Había dos Cantrell.

—No. Había tres. A uno de ellos se lo llevó por delante un Greyhound cerca de Tobytown. —Un largo trago de café y más huevos.

—Harry Rex, por favor: el sitio de almacenaje.

—Conque tozudo, ¿eh?

—No. Solo falto de sueño.

—Acabo de ofrecerte mi nido de amor.

—No, gracias. Prefiero arriesgarme con los que reparan el techo.

—Su tío es Virgil Cantrell. Le llevé el segundo divorcio de su primera mujer. Ha convertido en trasteros de alquiler el viejo almacén que tenía.

—¿Es ese el único sitio de la ciudad?

—No. Lundy Staggs montó uno de esos miniespacios de almacenaje en las afueras, pero se le inundaron, de manera que yo no me acercaría por allí.

—¿Cómo se llama ese depósito? —preguntó Ray, cansado del Coffee Shop.

—The Depot. —Otro bocado a la galleta.

—¿Es el que está junto a las vías del tren?

—El mismo —dijo, y empezó a regar con tabasco el montón de huevos que le quedaba—. Normalmente suele tener sitio disponible, incluso cuenta con un trastero a prueba de incendios. De todas maneras, no te acerques al sótano.

Ray vaciló, sabiendo que no debía morder el anzuelo. Miró su coche aparcado ante el edificio de los juzgados y, al fin, preguntó:

—¿Por qué no?

—Porque tiene a su chico encerrado allí abajo.

—¿A su hijo?

—Sí. También está loco. Virgil no consiguió ingresarlo en Whitfield y tampoco podía permitirse una clínica privada, así que pensó que podría tenerlo encerrado en el sótano.

—¿Lo dices en serio?

—¡Y tan en serio! Tuve que explicarle que no iba contra la ley. Ese chico tiene de todo, dormitorio, baño, televisión… Le sale muchísimo más barato que tenerlo en uno de esos manicomios.

—¿Y qué nombre tiene? —preguntó Ray insistiendo un poco más.

—Little Virgil.

—¿Little Virgil?

—Little Virgil.

—¿Y cuántos años tiene Little Virgil?

—No sé. Cuarenta y tantos. Cincuenta.

Para alivio de Ray no había ningún Virgil a la vista cuando se presentó en The Depot. Una fornida mujer vestida con un mono de trabajo le dijo que el señor Cantrell había salido para hacer unos recados y que no volvería en un par de horas. Ray preguntó si tenía espacio para almacenar cosas, y ella se ofreció mostrarle las instalaciones.

Años atrás, un tío, un pariente lejano de Texas había ido a visitarlos. Con el mayor cuidado, la madre de Ray había vestido a su hijo de punta en blanco, y con gran expectación fueron al depósito de la estación a recoger al tío. Forrest era un bebé y se quedó con la niñera. Ray recordaba claramente haber esperado en el andén, oyendo el silbato del tren, y viéndolo acercarse, muy nervioso, mientras la gente esperaba. En aquel entonces, el depósito era un lugar muy concurrido. Más adelante, cuando entró en el instituto, el ayuntamiento lo clausuró y lo tapió, de modo que no tardó en convertirse en refugio de colgados y mendigos. Estuvo a punto de venirse abajo antes de que la ciudad decidiera, con escaso acierto, reconvertirlo.

En esos momentos, no era más que una serie de cuartuchos repartidos en dos niveles y llenos hasta el techo de trastos inservibles. Por todas partes había planchas y tablones de madera, testigos de innumerables reparaciones. El suelo estaba cubierto de serrín. Un rápido examen convenció a Ray de que el sitio era aún más inflamable que Maple Run.

—Tenemos más sitio en el sótano —comentó la mujer.

—No, gracias.

Salió afuera para marcharse y vio pasar por la calle Taylor un Cadillac nuevo que relucía al sol de la mañana y no mostraba ni una mota de polvo. Al volante iba Claudia con unas gafas estilo Jackie O.

Allí, de pie, bajo el temprano calor matutino, mientras veía pasar a toda velocidad aquel automóvil por la calle, Ray tuvo la sensación de que toda la ciudad de Clanton se le caía encima. Claudia, los Virgil, Harry Rex con sus mujeres y secretarias, los chicos Atkins que le arreglaban el tejado bebiendo y peleándose…

¿Está todo el mundo chiflado o soy solo yo?, se dijo.

Se metió en el coche y se alejó a toda velocidad de The Depot, levantando una nube de polvo y gravilla. Al final de la ciudad, la calle desembocaba en la carretera. Al norte estaba Forrest; al sur, la costa. La vida no iba a serle más fácil por visitar a su hermano, pero se lo había prometido.

28

Dos días después, Ray llegó a la costa del golfo de Mississippi. Tenía allí algunos viejos amigos de su época en la facultad de derecho de Tulane a los que quería ver y consideró seriamente la posibilidad de pasar un tiempo en las que habían sido sus viejas guaridas. Le apetecía un plato de ostras de Frankie & Johnnie, junto al muelle; una *muffaletta* de Maspero's, en Decatur; una Dixie Beer en el Chart Room de Bourbon Street o tomarse una achicoria y unas rosquillas típicas en el Café du Monde; todos ellos eran los sitios que había frecuentado veinte años antes.

Sin embargo, la delincuencia campaba a sus anchas en Nueva Orleans, y su coche deportivo podía constituir una tentación. ¡Afortunado el ladrón que lo robara y se le ocurriera abrir el maletero! Pero no iba permitir que los chorizos se lo llevaran ni que las patrullas de carretera lo detuvieran porque respetaba escrupulosamente los límites de velocidad y se comportaba como el perfecto conductor, ateniéndose a las normas y vigilando de cerca los demás coches.

El tráfico se hizo mucho más denso en la Highway 90 y durante una hora avanzó a paso de tortuga hacia el este, a través de Long Beach, Gulfport y Biloxi, siguiendo la línea de playa y dejando atrás los nuevos casinos, hoteles y restaurantes situados frente al mar. El juego había llegado a la costa con tanta fuerza o más que a las zonas rurales como Tunica.

Cruzó la bahía de Biloxi y entró en el condado de Jackson. Cerca de Pascagoula, vio un cartel luminoso que anunciaba: COMIDA CAJÚN. TODA LA QUE PUEDA COMER POR 13,99. Era una vulgar tasca, pero el aparcamiento estaba bien iluminado. Primero le echó un vistazo y comprobó que podía sentarse a una mesa desde donde vigilar el coche. Aquello había acabado convirtiéndose en una costumbre.

Había tres condados a lo largo del golfo: al este y lindando con Alabama, Jackson; en medio, Harrison; y al oeste, junto a Luisiana, Hancock. Uno de los políticos locales había hecho bien su trabajo en Washington, y el dinero seguía fluyendo a los astilleros de Jackson. El juego era quien pagaba las facturas y la construcción de nuevas escuelas en Harrison. Era Hancock, el más pobre y menos desarrollado de los tres, el que había visitado el juez Atlee, en enero de 1999, para ocuparse de un caso del que nadie sabía nada en su casa.

Tras una larga cena de *rémoulade* de gambas y cangrejo *étouffé*, acompañada de unas cuantas ostras, cruzó de regreso la bahía por Biloxi y Gulfport. Encontró lo que andaba buscando en la ciudad de Pass Christian: un motel nuevo de una sola planta cuyas puertas daban al aparcamiento. Los alrededores parecían tranquilos, y el aparcamiento estaba medio lleno. Pagó sesenta dólares en metálico por una noche y dejó el coche tan cerca de la puerta como pudo. Había cambiado de opinión sobre ir desarmado. Le bastaría con oír algo raro en plena noche para salir de un salto blandiendo el 38 del juez, que en esos momentos sí llevaba cargado. Y si resultaba necesario, también estaba plenamente dispuesto a dormir en el coche.

El condado de Hancock había recibido su nombre del famoso John del mismo apellido, el mismo que había estampado su firma en la Declaración de Independencia. Su palacio de Justicia había sido construido en 1911, en el centro de Bay

St. Louis, y prácticamente había sido barrido por el huracán Camilla, en agosto de 1969. El ojo de la tormenta atravesó Pass Christian y Bay St. Louis y no dejó edificio intacto a su paso. Murieron más de cien personas, y muchas más fueron dadas por desaparecidas.

Ray se detuvo a leer la placa conmemorativa que se alzaba ante los juzgados y después se volvió para echar una última ojeada a su Audi. A pesar de que los archivos judiciales estaban abiertos, no podía evitar cierto nerviosismo. Los bedeles de Clanton vigilaban los suyos y controlaban a todos los que entraban y salían. No estaba seguro de qué estaba buscando ni por dónde empezar. No obstante, su mayor temor era lo que pudiera encontrar.

En el despacho de los funcionarios se entretuvo lo suficiente para llamar la atención de una atractiva joven que llevaba un lápiz prendido en el pelo.

—¿En qué puedo ayudarlo? —preguntó ella con el característico acento sureño.

Ray llevaba en la mano una libreta de notas, como si eso fuera a abrirle todas las puertas.

—¿Guardan aquí los archivos de los juicios? —preguntó, intentando expresarse con su mejor dicción pero consiguiendo el efecto contrario.

Ella frunció el entrecejo y lo miró como si hubiera cometido una grosería.

—Tenemos las actas de cada trimestre —dijo lentamente porque no era precisamente muy lista—. Y también tenemos las actas de los juicios propiamente dichos.

Ray tomó nota de todo ello.

—Y por último —añadió ella tras una pausa—, disponemos de las transcripciones taquigráficas de las vistas. Pero estas últimas no las conservamos aquí.

—¿Podría ver las actas? —dijo Ray fijándose en lo primero que ella había dicho.

—Desde luego. ¿De qué trimestre?

—Enero del año pasado.

La joven se apartó un par de pasos y empezó a teclear en un ordenador. Ray contempló la espaciosa oficina donde varias mujeres trabajaban en sus respectivas mesas, unas archivando, otras escribiendo y otras hablando por teléfono. La última vez que había visitado las dependencias equivalentes de Clanton solo había visto un ordenador. Obviamente, el condado de Hancock iba diez años por delante.

Dos abogados tomaban café en vasos de cartón en un rincón mientras hablaban en susurros de algo importante. Ante ellos había varios libros de registro de la propiedad de casi doscientos años de antigüedad. Ambos tenían las gafas de lectura apoyadas en la punta de la nariz, los puños de las camisas roídos y corbatas de grueso lazo. Estaban comprobando títulos de propiedad a cambio de cien dólares, una de las muchas tediosas tareas que correspondían a cualquier abogado de provincias. Uno de ellos se fijó en Ray y le lanzó una mirada suspicaz.

Podría haber sido cualquiera de ellos, se dijo este.

La joven funcionaria se agachó y sacó un gran clasificador lleno de listados de ordenador. Pasó unas cuantas hojas, se detuvo y le dio la vuelta en el mostrador.

—Aquí está —dijo señalando con el dedo—. Enero de 1999. Dos semanas de vistas. Este es el calendario judicial, que sigue varias páginas más. En esta columna figura el listado de las disposiciones finales. Como verá, la mayoría de los casos continúan en el trimestre siguiente.

Ray escuchaba y miraba.

—¿Busca algún caso concreto? —preguntó la muchacha.

—¿Recuerda usted uno que fue presidido por un magistrado que llegó del condado de Ford, el juez Atlee? Creo que vino designado como juez especial —preguntó con toda naturalidad.

Ella lo fulminó con la mirada como si Ray le hubiera pedido ver el acta de su divorcio.

—¿Es usted periodista? —inquirió.

Ray estuvo a punto de dar un paso atrás.

—¿Acaso es necesario que lo sea? —replicó.

Dos de las mujeres habían alzado la vista y lo miraban con cara de pocos amigos.

La chica forzó una sonrisa.

—No, pero ese caso fue bastante importante. Está aquí —dijo, señalando de nuevo.

En el calendario judicial, el caso aparecía simplemente como «Gibson v. Miyer-Brack». Ray asintió vigorosamente, como si acabara de encontrar lo que andaba buscando.

—¿Y dónde puedo localizar el expediente del caso?

—Es gordo —advirtió ella.

La siguió hasta una habitación llena de armarios de metal que contenían miles de expedientes. Ella parecía saber exactamente adónde ir.

—Firme aquí —le dijo tendiéndole un sujetapapeles con unos impresos—. Basta con su nombre y la fecha. Yo me ocuparé del resto.

—¿Qué clase de caso fue? —preguntó Ray mientras ella rellenaba los espacios en blanco.

—Homicidio involuntario. —Abrió un largo cajón de un archivador y señaló de un extremo a otro—. Es todo esto —anunció—. Primero están los alegatos; luego, los elementos probatorios y por fin las transcripciones de las vistas. Puede estudiarlo todo en la mesa que hay en el rincón, pero no puede sacarlo de esta habitación. Órdenes del juez.

—¿De qué juez?

—Del juez Atlee.

—No sé si lo sabe, pero ha muerto.

—Pues no es ninguna desgracia —replicó la joven mientras se marchaba.

Fue como si el aire de la habitación desapareciera con ella, y Ray tardó unos segundos en pensar de nuevo con claridad. El expediente tenía más de un metro de grosor, pero le daba igual: disponía de todo el verano.

Clete Gibson había muerto en 1997, a la edad de sesenta y un años. La causa del fallecimiento había sido un fallo renal. Causa del fallo renal: un medicamento llamado Ryax, fabricado por Miyer-Brack, según las alegaciones de la demanda y también según la decisión del honorable Reuben V. Atlee designado como magistrado especial.

El señor Gibson había tomado Ryax durante ocho años para combatir su alto nivel de colesterol. El medicamento se lo recetó su médico y se lo vendió su farmacéutico, los cuales también habían sido demandados por la viuda y sus hijos. Tras haber tomado la medicina durante cinco años, Gibson empezó a tener problemas de riñón que fueron tratados por distintos médicos. En aquellos momentos, se ignoraba que el Ryax tuviera efectos secundarios perniciosos porque era un medicamento relativamente nuevo. Cuando los riñones de Gibson dejaron de funcionar por completo, se puso en contacto de algún modo con un tal Patton French. Eso ocurrió poco antes de su fallecimiento.

Patton French trabajaba en el bufete de French & French, en Biloxi. Un membrete del bufete mencionaba a otros seis abogados. Además del fabricante, el médico y el farmacéutico, entre los demandados también figuraban un mayorista local y su empresa de intermediación de fuera de Nueva Orleans. Todos los demandados contaban con sus propios abogados defensores, en su mayoría encuadrados en poderosos bufetes de Nueva York. El juicio fue duro, complicado, incluso violento a veces; y el señor French y su pequeño bufete de Biloxi plantaron cara ferozmente a los gigantes que tenían delante.

Según lo declarado por su representante en Estados Unidos, Miyer-Brack era un gigante de la industria farmacéutica suiza, de capital privado y con intereses en setenta países. En 1998, sus beneficios habían alcanzado más de seiscientos millones de dólares de una facturación de más de nueve mil millones.

Ray tardó más de una hora en leer todo aquello.

Por alguna razón, Patton French había decidido presentar su demanda por homicidio involuntario en un tribunal de equidad, en lugar de hacerlo en un tribunal del circuito ordinario, donde la mayoría de juicios se resolvían por el método de jurado. Por ley, los únicos juicios de equidad con jurado eran los que se ocupaban de litigios testamentarios. Ray había acompañado a su padre en alguna de aquellas desdichadas vistas cuando había trabajado para él.

El tribunal de equidad era jurisdiccionalmente competente por dos motivos: primero, Gibson había muerto, y su herencia era un asunto que correspondía a dicho tribunal; segundo, tenía un hijo menor de dieciocho años, y los asuntos de menores se resolvían allí.

Gibson también tenía otros tres hijos que no eran menores. La demanda podría haber sido presentada tanto en un sitio como en otro, y esa era una de las grandes peculiaridades de la legislación de Mississippi. En una ocasión, Ray había pedido a su padre que le aclarara el misterio, y la respuesta fue sencilla y consabida:

—Tenemos el mejor sistema legal del país.

Todos los jueces veteranos creían en eso.

Que los abogados pudieran escoger dónde presentar una demanda no constituía una peculiaridad de un estado determinado. Escoger foro era una práctica a nivel nacional. Pero cuando una viuda que vivía en el Mississippi rural interpuso una demanda contra un gigante suizo de la industria farmacéutica, que había fabricado un medicamento nocivo en Uruguay, y esta fue presentada ante el tribunal de equidad del condado de Hancock, saltaron todas las alarmas. Los tribunales federales habían sido pensados para conocer aquel tipo de disputas de largo alcance, y Miyer-Brack y su legión de abogados intentaron valientemente que el caso fuera trasladado a alguno de ellos, pero el juez Atlee se mantuvo firme, igual que los tribunales federales. La demanda afectaba a algunos habitantes locales, y por esa razón no cabía trasladar el caso a la jurisdicción federal.

Reuben V. Atlee fue designado para hacerse cargo y, a medida que fue avanzando el caso, su paciencia con los abogados de la parte demandada fue agotándose. Ray no pudo evitar sonreír ante algunas de las decisiones adoptadas por su padre. Eran lacónicas, deliberadamente brutales y estaban pensadas para encender una hoguera bajo las legiones de letrados que respaldaban a los demandados. La tendencia moderna de acelerar todo lo posible las vistas nunca había tenido cabida cuando presidía el honorable Reuben V. Atlee.

No tardó en quedar demostrado que el Ryax era un producto nocivo. Patton French hizo comparecer a dos expertos que lo dejaron a la altura del betún, mientras que los llamados por el laboratorio quedaron en evidencia como simples títeres en manos de la compañía. Era cierto que el Ryax hacía bajar el nivel de colesterol y que se había vuelto muy popular, pero también lo era que había sido lanzado al mercado precipitadamente y que había miles de pacientes que por su culpa padecían graves lesiones renales y que el señor Patton French tenía a Miyer-Brack a su merced.

El juicio duró ocho días. En contra de las objeciones de los demandados, las vistas comenzaban puntualmente a las ocho y cuarto de la mañana y terminaban casi siempre pasadas las ocho de la noche ante las renovadas objeciones de los demandados, a las que el juez Atlee hacía caso omiso. Ray lo había visto muchas otras veces: el juez creía en el trabajo duro y, cuando no tenía ningún jurado al que mimar, podía ser implacable.

Su veredicto final se produjo dos días después de la declaración del último testigo y constituyó una sorpresa mayúscula por su prontitud. Evidentemente se había quedado en Bay St. Louis y había dictado las cuatro páginas de su sentencia al secretario del tribunal. Aquello tampoco sorprendió a Ray: el juez aborrecía las dilaciones a la hora de resolver un caso.

Además, tenía sus notas a las que poder recurrir. A lo largo de ocho días de constantes testimonios, había llenado más de treinta libretas de notas. Su veredicto contenía los detalles suficientes para impresionar a los expertos.

Los familiares de Clete Gibson recibieron un millón cien mil dólares en concepto de daños y perjuicios; según un economista, el valor que había tenido la vida del difunto. Y como castigo a Miyer-Brack por haber comercializado un medicamento nocivo, el juez les concedió otros diez millones adicionales como indemnización punitiva. Tal decisión suponía una acerada crítica a la codicia y la falta de escrúpulos corporativos y demostraba que las censurables prácticas de la empresa habían disgustado profundamente al juez Atlee.

No obstante, era la primera vez que Ray se enteraba de que su padre había decretado una indemnización punitiva.

A continuación se produjo el esperado alud de apelaciones que el juez desestimó con bruscos escritos. Miyer-Brack pretendía que se anulara la indemnización punitiva; Patton French que se incrementara su importe. Ambas partes recibieron su correspondiente reprimenda por escrito.

Curiosamente no hubo apelaciones a instancias superiores. No por eso dejó Ray de buscarlas. Revisó dos veces todos los documentos de después del juicio y después volvió a repasar el expediente entero. Cabía la posibilidad de que el caso se hubiera zanjado posteriormente y tomó nota para preguntárselo a la secretaria.

También vio que se había desatado una desagradable disputa en torno a los honorarios de Patton French. Este había hecho firmar a la familia Gibson un contrato que le concedía el cincuenta por ciento de todo lo que esta pudiera recibir. Al juez, como de costumbre, le pareció excesivo. En el tribunal de equidad los honorarios de los letrados quedaban a la discreción del juez, y su límite siempre había estado en el treinta por ciento. Los cálculos eran sencillos, y Patton French luchó como pudo para poder embolsarse su bien ganado dinero. El juez no se dejó influenciar.

El caso Gibson mostraba a un juez Atlee dando lo mejor de sí, y Ray se sintió orgulloso y a la vez sentimental. Resultaba difícil creer que hubiera tenido lugar casi un año y medio antes, en una época en la que el juez sufría diabetes, problemas de corazón y seguramente cáncer, aunque este último se lo diagnosticaran seis meses después.

Sintió admiración por el viejo guerrero.

Salvo por una de las mujeres, que estaba comiendo un trozo de melón en su mesa mientras se entretenía haciendo algo en internet, el resto de funcionarias había salido a comer. Ray salió del archivo y fue en busca de una biblioteca.

29

Llamó a su buzón de voz de Charlottesville desde una hamburguesería de Biloxi y oyó que tenía tres mensajes. Kaley había telefoneado para decirle que le gustaría que fueran a cenar. Ray dio rápidamente el asunto como descartado para siempre. También había llamado Fog Newton para avisarle de que el Bonanza estaría disponible la semana siguiente y que tenían que salir a volar. Otro que había llamado era Martin Gage, del IRS, diciendo que todavía esperaba que le enviara el fax de la carta falsa.

Ya puedes seguir esperando, se dijo Ray.

Se hallaba sentado a una mesa de un brillante color naranja, comiendo una ensalada envasada, al lado de la carretera que discurría junto a la playa. No recordaba cuándo había sido la última vez que había ido a uno de aquellos antros de comida rápida, y si lo estaba haciendo en esos momentos se debía únicamente a que desde allí podía comer teniendo su coche a la vista. Además, el sitio estaba lleno de jóvenes madres con sus vástagos; normalmente un grupo social con un bajo índice de delincuencia. Al final dejó a un lado la ensalada y llamó a Fog.

La biblioteca pública de Biloxi se encontraba en la calle Lameuse. La encontró con la ayuda de un plano que compró en una tienda para turistas y aparcó en batería junto a otros vehículos, cerca de la entrada. Siguiendo lo que se había convertido ya en una costumbre, se detuvo y echó un último vistazo a su Audi y a los alrededores antes de entrar en el edificio.

Los ordenadores estaban en la planta baja, en un cubículo de cristal que, para su disgusto, carecía de ventanas al exterior. El principal diario de la zona era el *Sun Herald*, cuyos archivos disponibles para consulta se remontaban a 1994. Buscó el día 24 de junio de 1999, el día después de que el juez hubiera emitido su veredicto. Como era de esperar, la noticia de la indemnización de un millón de dólares salía en la primera página de la sección local. Tampoco le sorprendió comprobar que el señor Patton French tenía mucho que decir. El juez había declinado hacer comentarios, mientras que los abogados de la parte demandada aseguraban estar escandalizados y dispuestos a recurrir.

Había una foto de Patton French, un hombre de unos cincuenta años, de cara redonda y abundante cabello canoso y ondulado. A medida que fue leyendo, Ray comprendió que French había llamado al diario con grandes deseos de comunicar la primicia y hablar. Había sido «un juicio tremendo», los actos de los demandados habían sido «codiciosos y crueles», y la decisión del juez «valiente y ecuánime». Cualquier intento de apelar no sería más que «otra manera de entorpecer la acción de la justicia».

French presumía de haber ganado numerosos juicios, pero también aseguraba que aquel había sido su mayor triunfo. Preguntado acerca de lo cuantioso de las indemnizaciones, descartó cualquier sugerencia de que el veredicto hubiera sido desmedido: «Hace dos años, un jurado del condado de Hinds concedió una de quinientos millones». Y añadió que en otras zonas del estado unos cuantos jurados especialmente inteligentes habían castigado a importantes empresas a pagar varios millones de indemnización por actuaciones irregulares. «Esta sentencia es impecable se mire por donde se mire», declaraba.

Su especialidad, seguía diciendo, era perseguir a los laboratorios farmacéuticos que obraban de forma maliciosa. Había reunido cuatrocientos casos contra el Ryax y seguía añadiendo más cada día.

Ray realizó una búsqueda de la palabra «Ryax» en el *Sun Herald*. Cinco días después de que la noticia fuera publicada, el 29 de enero, había aparecido un gran anuncio a toda página que empezaba con una siniestra pregunta: «¿Ha tomado usted Ryax?». Debajo, había dos párrafos de severas advertencias sobre los peligros del medicamento y otro más aireando el reciente éxito de Patton French, un experto abogado especializado en luchar contra el Ryax y otros medicamentos con problemas. El anuncio también avisaba que durante los diez días siguientes se efectuaría una serie de controles médicos en el Gulfport Hotel para todos aquellos que hubieran tomado el fatídico medicamento. Los controles serían gratuitos para quienes decidieran presentarse. En la parte inferior de la hoja, podía leerse claramente que el anuncio había sido pagado por el bufete de French & French, cuyos teléfonos y direcciones de Gulfport, Biloxi y Pascagoula se leían claramente.

La búsqueda por palabras dio como resultado otro anuncio prácticamente idéntico, fechado el 1 de marzo de 1999. La única diferencia era la hora y el lugar de las pruebas. La edición del domingo del 2 de mayo volvía a publicar otro parecido.

Ray pasó casi una hora buscando en periódicos que no fueran de la costa y encontró el mismo anuncio en el *Clarion-Ledger*, de Jackson; en el *Times-Picayune*, de Nueva Orleans; en el *Hattiesburg American*, en el Mobile Register y en el *Commercial Appeal*, de Memphis, y en el *Advocate*, de Baton Rouge. Estaba claro que Patton French había lanzado un asalto frontal contra Miyer-Brack.

A Ray no le cupo duda de que aquellos anuncios se habían repetido también en los periódicos del resto del país. Siguiendo una intuición, hizo una búsqueda del señor French y lo primero que halló fue la página web del bufete, un impresionante despliegue publicitario.

Este contaba con catorce abogados y sus oficinas se repartían por seis ciudades (e iban aumentando). Había una página entera que narraba la vida y milagros de Patton French, escrita en un tono que habría avergonzado a cualquiera que tuviera un mínimo de pudor. El padre de French tenía más de ochenta años y ocupaba un cargo de representación, significara eso lo que significara.

La especialidad del bufete era la incansable representación de personas afectadas por medicamentos dañinos o médicos incompetentes. Había negociado brillantemente la que era la mayor indemnización concedida hasta la fecha contra el Ryax: novecientos millones de dólares para siete mil doscientos perjudicados. En esos momentos estaba muy ocupado machacando a Shyne Medical, los fabricantes del Minitrin, un medicamento ampliamente utilizado para combatir la hipertensión y que las autoridades sanitarias habían retirado recientemente de la circulación por culpa de sus efectos secundarios. El bufete contaba con casi dos mil clientes del Minitrin y seguía realizando análisis médicos todas las semanas.

Patton French también había asestado un buen golpe a Clark Pharmaceuticals con un veredicto de ocho millones de dólares en Nueva York. En ese caso, el medicamento en cuestión había sido el Kobril, un antidepresivo al que se le atribuían pérdidas de audición. Después, el bufete había cerrado un acuerdo para su primer lote de casos contra el Kobril —mil cuatrocientos— por cincuenta y dos millones de dólares.

Casi no se ofrecían detalles de los demás miembros del bufete, lo cual daba a entender que se trataba de la organización de un solo hombre que contaba con su brigada de lacayos que se ocupaban de tratar con los miles de clientes que iban recogiendo por las calles. Había otra página con su abarrotado calendario de juicios que afectaban a no menos de ocho medicamentos, incluyendo entre ellos las píldoras Skinny Ben, las mismas que Forrest le había mencionado.

Para atender mejor a sus representados, el bufete había adquirido un reactor Gulfstream IV. Había una foto del avión aparcado en alguna parte, con un sonriente Patton French vestido con un traje hecho a medida, apoyado en el morro y dispuesto a volar a donde fuera en busca de justicia. Ray sabía que un avión como aquel costaba unos treinta millones de dólares, que necesitaba los servicios de dos pilotos a tiempo completo y que tenía una lista de gastos capaz de helar la sangre del contable más frío.

Patton French era un ególatra descarado.

El avión había sido la gota que hizo rebosar el vaso. Ray se marchó de la biblioteca y desde el coche marcó el número de French & French. Se abrió paso a través de las cintas grabadas hasta que cayó en manos de las secretarias, que fueron pasándoselo de mano en mano hasta que por fin pudo hablar con la responsable de las visitas.

—De verdad, me gustaría ver al señor French —dijo exhausto.

—Se encuentra fuera de la ciudad —contestó la joven con un tono sorprendentemente amable.

¡Pues claro que estaba fuera de la ciudad!

—Escuche —repuso Ray rudamente—, porque solo voy a decirlo una vez más: me llamo Ray Atlee. Mi padre era el juez Reuben Atlee. Estoy aquí, en Biloxi, y me gustaría ver al señor Patton French.

A continuación, le dio el número de su móvil y se fue con el coche al Acrópolis, un vulgar casino estilo Las Vegas, de inspiración griega, cuyo pésimo gusto no parecía importar a nadie. El aparcamiento estaba muy lleno y contaba con guardias de seguridad; lo que no estaba tan claro era qué estaban vigilando. Buscó un bar que diera a la sala de juegos y estaba tomándose un refresco cuando sonó el móvil.

—¿El señor Ray Atlee? —preguntó una voz.

—Soy yo —contestó Ray, acercándose más el aparato.

—Soy Patton French. Me alegro de que me llamara y lamento no haber estado.

—Estoy seguro de que es usted un hombre muy ocupado.

—Lo soy. ¿Está usted en la costa?

—En estos momentos me encuentro en un lugar precioso llamado el Acrópolis.

—Bien. Ahora mismo estoy de regreso de una reunión en Florida con unos abogados muy importantes.

Ya empezamos, se dijo Ray.

—Lamento mucho lo de su padre —le dijo French, y la señal telefónica pareció interrumpirse brevemente. Seguramente volaba a diez mil metros de altura, camino a casa.

—Gracias —repuso Ray.

—Estuve en el funeral. Lo vi a usted allí, pero no tuvimos ocasión de hablar. El juez era una gran persona.

—Gracias —repitió Ray.

—¿Cómo está Forrest?

—¿Cómo es que conoce usted a Forrest?

—Yo lo sé casi todo, Ray. Mi preparación previa a un juicio es siempre muy minuciosa. Reunimos información a paletadas. Esa es la razón de que ganemos. En fin, ¿qué hay de Forrest? ¿Está limpio?

—Por lo que sé, sí —dijo Ray, molesto por que alguien a quien no conocía de nada hubiera sacado a colación un asunto estrictamente privado y familiar. De todas maneras, sabía por la página web que aquel hombre carecía de tacto.

—Me alegro. Mire, llegaré mañana. Vivo en mi barco, de manera que cuesta un poco llegar. ¿Le parece bien que almorcemos o cenemos?

En la página web no había visto el barco. Seguramente se había despistado. La verdad era que prefería charlar alrededor de una taza de café, ventilar el asunto en una hora y no en una comida de dos horas o en una cena aún más larga. De todas maneras, como invitado que iba a ser, no tenía elección.

—Lo que usted prefiera.

—Si no le importa, podríamos dejar abiertas ambas opciones. Estamos encontrándonos con un poco de viento en el golfo y no sé a qué hora exactamente estaré a bordo. ¿Le va bien si una de mis chicas lo llama mañana?

—Claro.

—¿Vamos a hablar del caso Gibson?

—Sí, a menos que haya algo más.

—No, todo empezó con Gibson.

Ray regresó al Easy Sleep Inn y contempló un partido de béisbol sin sonido mientras intentaba leer y esperaba que el sol desapareciera. Necesitaba dormir, pero no quería irse a la cama antes del anochecer. Consiguió hablar con Forrest a la segunda llamada. Estaban charlando de las delicias de la desintoxicación cuando sonó el móvil.

—Ahora vuelvo a llamarte —interrumpió Ray, y colgó.

Un intruso había vuelto a entrar en su apartamento. «Se está produciendo un robo», dijo la grabación de la empresa de seguridad. Cuando la cinta se detuvo, Ray salió afuera y contempló su coche, estacionado a menos de cuatro metros de distancia, luego miró el móvil y esperó.

La empresa de seguridad avisó también a Corey Crawford, que lo llamó un cuarto de hora después para darle la misma noticia: una palanqueta en la puerta de la calle, otra en la del apartamento, una mesa volcada, las luces encendidas, todos los electrodomésticos en su sitio y el mismo policía rellenando el mismo informe.

—No hay nada de valor allí —dijo Ray.

—Entonces ¿por qué siguen forzando la entrada? —preguntó Crawford.

—Ni idea.

Crawford avisó al casero, que aseguró que llamaría a un carpintero para que reparara las puertas. Cuando el policía se marchó, el detective se quedó en el apartamento y volvió a llamar a Ray.

—Esto no ha sido una coincidencia —dijo.

—¿Por qué no? —preguntó Ray.

—No han intentado robar nada. Se trata de intimidación, eso es todo. ¿Se puede saber qué está pasando?

—No lo sé.

—Creo que sí lo sabe.

—Le prometo que no.

—Creo que no me está contando toda la verdad.

Tiene toda la razón, pensó Ray, manteniéndose en sus trece.

—Ha sido una casualidad, Corey, relájese. Habrá sido uno de esos *punks* con el pelo verde y la cara llena de tachuelas. Son solo unos colgados que buscaban un poco de pasta para chutarse.

—Conozco la zona, aquí no hay de esos.

—Un profesional no volvería sabiendo que hay una alarma. Se trata de otra gente.

—No estoy de acuerdo.

Al final, quedaron de acuerdo en que no estaban de acuerdo porque ambos sabían la verdad.

Dio vueltas en la oscuridad durante un par de horas, incapaz siquiera de cerrar los ojos. Alrededor de las once salió a dar una vuelta con el coche y se encontró de nuevo en el Acrópolis, donde estuvo jugando a la ruleta y bebiendo vino barato hasta las dos de la madrugada.

Acabó pidiendo una habitación que diera al aparcamiento y no a la playa, y desde su ventana del segundo piso estuvo vigilando su coche hasta que se durmió.

30

Durmió hasta que la mujer de la limpieza se cansó de esperar. Era obligatorio dejar la habitación a mediodía. No se hacían excepciones. Cuando la doncella aporreó la puerta a las doce menos cuarto, se disculpó a través de ella y corrió a la ducha.

Su coche parecía en perfecto estado, ni rayas ni marcas ni abolladuras en la parte trasera. Abrió el maletero y echó un vistazo: allí estaban las tres bolsas de basura llenas de dinero. Todo resultaba normal hasta que se sentó al volante y vio un sobre prendido en el limpiaparabrisas, ante sus ojos. Se quedó petrificado, mirándolo fijamente, y casi tuvo la certeza de que el sobre le devolvía la mirada desde menos de cuarenta centímetros de distancia. Liso, blanco, tamaño carta, sin señales visibles, al menos por aquel lado del cristal.

Fuera lo que fuese, no podía tratarse de nada bueno. No era propaganda de una pizzería ni de algún oscuro candidato electoral. Tampoco era una multa por haber excedido el tiempo de aparcamiento porque este era gratis en el Acrópolis.

Se trataba de un sobre con algo dentro.

Se apeó muy lentamente y miró a su alrededor, a ver si por casualidad divisaba a alguien. Levantó el limpiaparabrisas, cogió el sobre y lo examinó como si se tratara de la prueba crucial de un caso de asesinato. Luego, volvió a meterse corriendo en el coche porque pensó que quizá alguien lo estaba observando.

Dentro del sobre había otra hoja doblada en tres, otra impresión en color, en esa ocasión del trastero 37-F de Chaney's, en Charlottesville, Virginia, a mil quinientos kilómetros de distancia y al menos a quince horas de coche. La misma cámara. La misma impresora. Sin duda el mismo fotógrafo que seguro que sabía que el 37-F no era el último escondite donde él había ocultado su dinero.

A pesar de que se sentía demasiado aturdido para reaccionar, se alejó apresuradamente con el coche y enfiló por la autopista 90 vigilando por el retrovisor los vehículos que lo seguían. De repente, giró a la izquierda y se metió por una calle en dirección norte por donde siguió un par de kilómetros hasta que se detuvo bruscamente en el aparcamiento de un Laundromat. Allí estuvo una hora observando pasar los coches pero sin ver nada sospechoso. Tenía la pistola junto a él, cargada y lista para ser usada. Reconfortante. Y aún más reconfortante le resultaba la presencia del dinero en el maletero. Tenía todo lo que necesitaba.

La llamada de la secretaria de Patton French llegó a la una y cuarto. Asuntos de gran importancia habían hecho imposible el almuerzo, pero el señor French estaría encantado de recibirlo para cenar temprano. Le preguntó a Ray si podía presentarse a las cuatro en la oficina principal. A partir de ahí empezaría la velada.

Los despachos de French & French, cuya foto aparecía en la web, ocupaban toda una mansión de estilo georgiano con vistas al golfo, situada al final de un largo camino bordeado de robles milenarios. El resto de casas vecinas eran de un estilo y antigüedad similares.

La parte de atrás había sido convertida en una zona de aparcamiento rodeada por un alto muro de ladrillo dotado de cámaras de seguridad que lo grababan todo. Lo esperaba una verja de hierro abierta, que un vigilante vestido como una especie de agente secreto cerró al pasar Ray. Aparcó en un espacio reservado, y otro guardia lo acompañó hasta la entrada trasera del edificio, donde un puñado de operarios estaban muy atareados poniendo el suelo mientras otros colocaban plantas de interior. Estaba claro que se hallaban en plena renovación de las oficinas.

—El gobernador vendrá pasado mañana —le susurró el guardia a modo de explicación.

—¡Guau! —repuso Ray.

El despacho de Patton French se hallaba en el primer piso, pero él no estaba: seguía en su barco, anclado en el golfo, le explicó una gentil morena enfundada en un caro y ajustado vestido. Aun así, lo condujo al despacho de French y le rogó que tomara asiento en uno de los sofás, junto a la ventana. Toda la estancia estaba revestida de roble claro y tenía los sofás y sillones de cuero suficientes para amueblar una casa de campo. El escritorio era del tamaño de una piscina y estaba cubierto de maquetas de yates.

—Parece que le gustan los barcos, ¿no? —dijo Ray echando un vistazo en derredor. Se suponía que debía estar impresionado.

—Así es —contestó la joven, abriendo un armario con un mando a distancia y dejando a la vista una gran pantalla plana—. En estos momentos se encuentra en una reunión, pero saldrá enseguida. ¿Le apetece tomar algo?

—Un café, gracias.

Había una diminuta cámara en el ángulo superior derecho de la pantalla, y Ray supuso que iba conversar vía satélite con el señor French. Empezó a impacientarse por tanta espera. En esos momentos y en circunstancias normales, estaría francamente irritado; pero lo cierto era que se sentía cautivado por el espectáculo que lo rodeaba y en el que desempeñaba un papel. Relájate y disfruta. Tienes todo el tiempo que quieras, se dijo.

La joven regresó con el café que, como no podía ser de otro

modo, llegaba servido en una taza de porcelana con las iniciales «F & F» grabadas en oro.

—¿Puedo asomarme afuera? —preguntó.

—Desde luego —sonrió ella antes de regresar a su mesa.

Tras unas contraventanas de lamas se abría un amplio balcón, y Ray se tomó el café apoyado contra la barandilla mientras disfrutaba del paisaje. El vasto jardín delantero terminaba en la carretera y, más allá, se extendía la playa y el mar. No se veían casinos ni urbanizaciones cercanas. Bajo él, en el porche delantero, un grupo de pintores charlaban mientras trasladaban sus escaleras de un lado a otro. Todo en aquel lugar tenía aspecto de ser nuevo. Era como si a Patton French acabara de tocarle la lotería.

—Señor Atlee… —llamó la secretaria, y Ray volvió al despacho.

En la pantalla había aparecido el rostro de Patton French, ligeramente despeinado, con unas gafas de lectura en la punta de la nariz y una ceñuda mirada observándolo por encima.

—¡Ah, está usted ahí! —espetó—. Lamento haberlo hecho esperar. Siéntese, Ray. Así podré verle bien.

La joven le indicó el sitio, y él tomó asiento.

—¿Cómo está, Ray? —preguntó French.

—Bien, ¿y usted?

—Estupendamente. Mire, lamento todo este lío. Ha sido culpa mía. Llevo toda la tarde metido en una de esas malditas videoconferencias y no tenía manera de librarme. He pensado que estaremos mucho más tranquilos si cenamos a bordo de mi barco. ¿Qué le parece? Mi cocinero es mucho mejor que cualquiera que pueda encontrar en tierra firme. Solo estoy a treinta minutos de navegación. Nos tomaremos una copa, mano a mano; después cenaremos tranquilamente y hablaremos de su padre. Será muy agradable. Se lo prometo.

Cuando French calló al fin, Ray preguntó:

—¿Mi coche estará seguro si lo dejo aquí?

—¡Pues claro! Está en un aparcamiento cerrado. Si quiere, diré a los puñeteros guardias que se sienten encima.

—De acuerdo. Y cómo llego, ¿nadando?

—No. Tengo una lancha. Dickie lo llevará.

Dickie, que resultó ser el mismo joven que lo había acompañado adentro, lo escoltó afuera, donde lo esperaba un Mercedes muy largo y plateado. Dickie se sentó al volante y condujo el vehículo a través del tráfico, como si de un tanque se tratara, hasta el puerto deportivo de Point Cadet, que albergaba un centenar de embarcaciones menores. Una de las más grandes pertenecía a Patton French y se llamaba *Lady of Justice*.

—Las aguas del golfo son tranquilas. Tardaremos unos veinte minutos —anunció Dickie mientras subían a bordo.

Los motores del yate estaban en marcha, y un camarero de fuerte acento sureño preguntó a Ray si le apetecía tomar algo.

—Una gaseosa sin azúcar —repuso este.

Largaron amarras y fueron pasando ante los muelles hasta que dejaron atrás el espigón del puerto. Ray subió a la cubierta superior y desde allí vio cómo la costa se perdía en la distancia.

Anclado a diez millas náuticas de la costa se encontraba el *King of Torts*,* un yate de cuarenta metros de eslora con una tripulación de cinco personas y camarotes suficientes para alojar a una docena de magnates. El único pasajero era el señor Patton French, que esperaba a su invitado para la cena.

—Es un placer conocerlo, Ray —le dijo estrechándole la mano y dándole una palmada en el hombro. Unos amigos de toda la vida no se habrían saludado con mayor efusividad—. Quédate, Dickie —dijo, hablando a voces con la cubierta inferior—. Sígame, Ray.

Subieron un tramo de escalera y llegaron a la cubierta principal, donde los esperaba un camarero todo de blanco que sostenía en el brazo una servilleta impecablemente almidonada y bordada con las iniciales doradas «F & F».

* El rey de los pleitos. *(N. del T.)*

—¿Qué le apetece al señor? —preguntó acercándose a Ray.

—¿Cuál es la especialidad de la casa? —preguntó este, que sospechaba que French no era persona que se tomara la bebida a la ligera.

—Vodka con hielo y una piel de lima.

—Lo probaré.

—Es un vodka estupendo, uno nuevo que acabo de hacer traer desde Noruega —comentó French—. Le encantará.

El tipo entendía de vodka.

Llevaba una camisa de hilo negra, abrochada hasta arriba, y unas bermudas color marrón y también de hilo, perfectamente planchadas. El conjunto le sentaba estupendamente. Tenía un principio de barriga, pero también era ancho de pecho, y sus brazos parecían el doble de gruesos de lo normal. Debía de gustarle su pelo, porque no dejaba de tocárselo.

—¿Qué le parece esta cáscara de nuez? —preguntó haciendo un gesto que abarcaba de proa a popa—. Lo mandó construir hace unos años un príncipe saudí, uno de los segundones. El muy burro mandó que instalaran una chimenea en el salón, ¿puede creérselo? Le costó unos veinte millones de dólares y, al cabo de un par de años, lo cambió por otro diez metros mayor.

—Es formidable —contestó Ray procurando que su tono denotara la debida impresión. El mundo de los yates le resultaba completamente ajeno y sospechaba que, tras aquella visita, lo seguiría siendo en el futuro.

—Construido por italianos —comentó French, acariciando un pasamanos hecho de algún tipo de madera especialmente costosa.

—¿Por qué vive usted fondeado en mitad del golfo? —preguntó Ray.

—Soy un tipo de anchos horizontes —rió de su propio chiste y le señaló un par de sillones de cubierta—. Siéntese, póngase cómodo. —Cuando estuvieron instalados, French señaló la costa con la cabeza—. Desde aquí casi no se ve Biloxi, pero está lo bastante cerca. Aquí puedo hacer más trabajo en un día que en toda una semana en mi despacho. Además, me estoy mudando de una casa a otra. Tengo un divorcio en marcha, y este es mi escondite.

—Lo lamento.

—En estos momentos, este es el barco más grande de Biloxi y prácticamente todo el mundo puede localizarlo. Mi ex cree que lo he vendido, de manera que si me acerco demasiado a la orilla la rata de su abogado es capaz de echarse al agua y sacarle algunas fotos. Diez millas son una distancia prudente.

Los vodkas con hielo llegaron en unos vasos altos y estrechos, con las iniciales «F & F» estampadas en dorado. Ray tomó un sorbo, y el brebaje le abrasó la lengua y de ahí para abajo. French bebió un largo trago y chasqueó los labios.

—¿Qué tal? —preguntó con orgullo.

—Un vodka estupendo —contestó Ray, que no recordaba cuándo había sido la última vez que había tomado uno.

—Dickie ha traído pez espada para cenar. ¿Qué le parece?

—Estupendo.

—Y las ostras también están buenas.

—Estudié la carrera en la facultad de Tulane. Me pasé tres años comiendo ostras.

—Lo sé —contestó. Luego, sacó una pequeña radio del bolsillo de la camisa y pasó al cocinero las instrucciones para la cena diciéndole que estuviera lista en un par de horas—. Estudió usted con Hassel Mangrum, ¿verdad?

—Sí. Iba un curso por delante.

—Compartimos el mismo entrenador. Hassel lo ha hecho bien en la costa. Fue uno de los primeros en ir contra los tíos del asbesto.

—Hace veinte años que no sé nada de Hassel.

—Pues no se ha perdido gran cosa. Se ha convertido en un gilipollas, aunque supongo que ya lo era en la universidad.

—Es cierto, lo era. ¿Cómo sabía que yo había ido a la facultad con él?

—A eso se lo llama investigar, Ray, investigar a fondo. —Tomó otro largo trago al vodka. El tercer sorbo de Ray le fue directo al cerebro—. La verdad es que nos gastamos una pasta investigando al juez Atlee, a su familia, sus antecedentes, sus veredictos, sus finanzas, todo lo que pudimos encontrar. Descuide, que no hicimos nada ilegal o poco ético. Solo fue una labor de detective al viejo estilo. También sabemos lo de su divorcio y el nombre de ese tipo, Lew el Liquidador.

Ray se limitó a asentir. Le habría gustado decir algo infamante de Lew Rodowski y reprochar a French que hubiera hurgado en su pasado, pero el vodka había interrumpido momentáneamente las funciones sinápticas del cerebro. Se limitó a asentir.

—También sabemos cuál es su sueldo como profesor universitario. Como bien sabe, se trata de algo que en Virginia es de dominio público.

—Lo es.

—Y no está mal como sueldo, Ray. Claro que se trata de una universidad estupenda.

—Lo es.

—La verdad, lo que constituyó una auténtica aventura fue investigar el pasado de su hermano.

—Estoy seguro. Para su familia lo fue sin duda.

—También leímos todos los veredictos que emitió su padre en casos de homicidio involuntario y cuando había de por medio una indemnización. No es que encontráramos muchos, fue suficiente para hacernos una idea. El juez era persona conservadora con las recompensas, pero tenía tendencia a favorecer al débil, al trabajador. Sabíamos que se atendría a la ley, pero también que los jueces veteranos como él tienen tendencia a amoldar la ley para que encaje en su criterio de lo que es justo. El desbastado lo hicieron mis ayudantes, pero yo me leí todas y cada una de sus decisiones más importantes. Su padre era un hombre brillante, Ray, y siempre justo. Nunca he estado en desacuerdo con ninguna de sus decisiones.

—¿Me está diciendo que escogió a mi padre para que se ocupara del caso Gibson?

—Así es. Cuando tomamos la decisión de presentar nuestra demanda ante el tribunal de equidad y hacerlo sin jurado, también decidimos que no queríamos que el caso lo llevara uno de los magistrados locales. Teníamos tres: uno estaba emparentado con los Gibson; el otro solo se ocupaba de divorcios; y el tercero estaba senil y no salía de su casa. Así pues, buscamos por todo el estado y encontramos tres posibles sustitutos. Por suerte, su padre y el mío se conocían desde hacía sesenta años, de la época de Sewanee y la facultad de derecho de Ole Miss. No es que fueran íntimos, pero habían mantenido el contacto a lo largo de los años.

—¿Su padre sigue en activo?

—Ya no. En estos momentos vive en Florida, jubilado, y se pasa el día jugando al golf. Actualmente, soy el único propietario del bufete, pero fue mi viejo quien cogió el coche y se fue a Clanton, a charlar con el juez Atlee sobre la guerra civil y el general Forrest. Incluso se fueron juntos a pasar un par de días en Silo. Estuvieron paseando por allí, ya sabe, viendo los lugares sagrados, el avispero y la charca sangrienta. Según parece, su padre se emocionó cuando visitó el lugar donde había caído el general Forrest.

—Yo habré estado allí una docena de veces —comentó Ray con una sonrisa.

—Uno no presiona a un hombre como el juez Atlee. En su caso la palabra se llama «persuasión».

—En una ocasión metió en la cárcel a un abogado por eso —comentó Ray—. El infeliz se presentó ante mi padre antes de que comenzara la vista para intentar defender su caso. El juez lo mandó encerrar durante todo el día.

—Fue un tipo llamado Chadwick, de Oxford, ¿verdad? —dijo French con una sonrisa de superioridad—. En fin, la cuestión fue que debíamos conseguir que su padre comprendiera la importancia de la demanda contra el Ryax. Sabíamos que no querría venir de buen grado hasta la costa para hacerse cargo del caso, pero que lo haría si creía en la justicia de la causa.

—Odiaba la costa.

—Lo sabíamos, créame. Se trataba de una de nuestras mayores preocupaciones. Pero el juez era un hombre recto y fiel a sus principios. Tras pasar dos días con mi padre reviviendo la guerra civil, el juez Atlee aceptó a regañadientes hacerse cargo del caso.

—Pero ¿no es el supremo quien designa a los magistrados especiales? —preguntó Ray.

El cuarto sorbo de vodka logró pasar sin abrasarle la garganta y le supo mejor. French hizo un gesto displicente.

—Claro, pero siempre puede hacerse algo. Para eso están los amigos.

En otras palabras: según Patton French, todo el mundo podía ser sobornado.

El camarero apareció con otra ronda de bebidas. No es que las necesitaran, pero las aceptaron igualmente. French era un tipo demasiado inquieto para permanecer sentado demasiado tiempo.

—Deje que le muestre el barco —dijo, poniéndose en pie ágilmente y sin esfuerzo aparente.

Ray lo hizo mucho más despacio, sosteniendo el vaso con cuidado.

31

La cena transcurrió en la cámara del capitán, un comedor revestido de caoba y decorado con maquetas de antiguos veleros, mapas del Nuevo Mundo y del Lejano Oriente y hasta con una colección de mosquetes para dar la impresión de que el *King of Torts* llevaba siglos navegando. Se encontraba en la cubierta principal, detrás del puente de mando, al final de un estrecho pasillo que comunicaba con la cocina, donde un chef vietnamita se afanaba en los fogones. La mesa era una pieza maciza de mármol donde cabía una docena de comensales. Ray se preguntó cómo era posible que el barco se mantuviera a flote con semejante peso.

Esa noche, solo dos personas se sentaron a la mesa del capitán. Una lámpara de araña se balanceaba suavemente en el techo, mecida por el vaivén de las olas. Ray se instaló a un extremo de la mesa; y French, al otro. La primera botella de la noche fue un borgoña blanco al que Ray no supo encontrar el gusto tras los dos vodkas que le habían dejado la boca como un trapo. Todo lo contrario que su anfitrión. French había apurado tres vodkas y se notaba que la lengua se le había entumecido un tanto, pero no lo suficiente para que no fuera capaz de apreciar hasta el más leve de los afrutados aromas del vino e incluso el perfume de la barrica de roble. Y como todos los esnobs aficionados al vino, no pudo resistir la tentación de informar de todo ello a Ray.

—Brindemos por el Ryax —dijo French, alzando su copa.

Ray hizo lo propio con la suya, pero no dijo nada. Aquella noche no le tocaba hablar, y lo sabía. Se limitaría a escuchar mientras su anfitrión se emborrachaba y se iba de la lengua.

—El Ryax me salvó, Ray —aseguró French mientras hacía girar el vino en la copa y contemplaba sus reflejos.

—¿En qué sentido?

—En todos los sentidos. Salvó mi alma. Yo soy de los que veneran el dinero, y el Ryax me convirtió en millonario. —Un breve sorbo seguido del obligado chasquear los labios y entornado de ojos—. Hace veinte años perdí el tren del asbesto. Los astilleros de Pascagoula llevaban toda la vida utilizando asbesto, y el resultado es que cientos de trabajadores enfermaron; pero yo me lo perdí. Estaba demasiado ocupado demandando a médicos y compañías de seguros. No me iba mal, pero la verdad fue que no supe ver el potencial que había en las demandas colectivas. ¿Le apetecen unas ostras?

—Desde luego.

French apretó un botón, y el camarero apareció en el acto con dos bandejas de ostras abiertas. Ray mezcló un poco de rábano picante con la salsa cóctel y se preparó para el festín. French estaba demasiado ocupado dando vueltas al vino y hablando.

—Luego les llegó el turno a las compañías tabaqueras y a muchos abogados de aquí mismo —dijo con aire apenado—. Yo pensé que estaban locos. ¡Qué demonios! Todo el mundo lo pensó. Pero el caso es que demandaron a las tabaqueras en prácticamente todos los estados. En ese momento tuve la oportunidad de subirme al tren con los demás, pero estaba demasiado asustado. No me resulta fácil admitirlo, Ray, pero la verdad es que estaba demasiado asustado para atreverme a lanzarme a esa piscina.

—¿Qué querían? —preguntó Ray, engullendo la primera ostra.

—Un millón de dólares para ayudar a financiar la presentación de las demandas. Y en esa época yo tenía ese dinero.

—¿De cuánto fue la indemnización? —preguntó Ray, masticando.

—De más de trescientos mil millones. ¡El mayor escándalo legal y financiero de la historia! Básicamente, las tabaqueras se dedicaron a comprar a los abogados, y estos se dejaron hacer. Fue un soborno mayúsculo, y yo me lo perdí. —Parecía a punto de echarse a llorar por que se le hubiera escapado un soborno. Sin embargo, se recuperó rápidamente con un largo sorbo de vino.

—Unas ostras excelentes —dijo Ray con la boca llena.

—Hace menos de veinticuatro horas estaban en el fondo del mar. —French se sirvió más vino y se dispuso a empezar su plato.

—¿Cuánto habría recibido a cambio de su millón de dólares? —le preguntó Ray.

—Doscientos a uno.

—¿Doscientos millones de dólares?

—Eso mismo. Estuve fatal durante casi un año. Un montón de abogados de la zona estuvieron igual. Sabíamos quiénes eran los jugadores y que nosotros nos habíamos acobardado.

—Y entonces se presentó el caso contra el Ryax...

—En efecto.

—¿Cómo dio con él? —preguntó Ray, sabiendo que la cuestión requeriría una larga respuesta y que así tendría tiempo para seguir disfrutando de las ostras.

—Me encontraba en un seminario para abogados especialistas en demandas judiciales en St. Louis. Missouri es un lugar muy bonito y agradable, pero está diez años por detrás en lo que se refiere a demandas colectivas. A lo que me refiero es a que llevábamos años viendo cómo los chicos del asbesto y de las tabaqueras se habían hecho ricos, viendo cómo quemaban el dinero y enseñaban a todo el mundo la forma de hacerlo. El caso es que fui a tomarme una copa con un viejo abogado de un pueblo de las Ozark y resultó que su hijo daba clases en la facultad de medicina de Columbia y que estaba investigando el Ryax. Los resultados de su trabajo eran especialmente preocupantes. Resultó que el medicamento se comía poco a poco los riñones; pero, dado que era tan nuevo, no tenía un historial de demandas. Localicé a un experto en Chicago, y este a Clete Gibson a través de un médico de Nueva Orleans. Entonces empezamos a hacer pruebas médicas y el asunto creció como una bola de nieve. Todo lo que necesitábamos era un veredicto de los que llaman la atención.

—¿Y por qué no quiso un juicio con jurado?

—La verdad es que me encantan los jurados, Ray. Disfruto escogiéndolos, hablando con ellos, manipulándolos, incluso sobornándolos; pero, la verdad es que son impredecibles, y yo quería estar seguro, quería una garantía. También quería un juicio rápido. Los rumores acerca del Ryax estaban corriendo como la pólvora. No le costará imaginar lo que hace una panda de abogados codiciosos especializados en demandas colectivas cuando huele que hay por ahí un medicamento peligroso. Nuestro bufete estaba captando clientes por docenas, pero el primer tío que consiguiera un veredicto favorable sería quien llevaría el control del asunto, especialmente si salía de la zona de Biloxi. Miyer-Brack es un laboratorio suizo y…

—Ya lo sé. He leído el expediente.

—¿Todo?

—Sí, ayer, en el registro del palacio de Justicia de Hancock.

—Bien, pues como imaginará, a esas compañías europeas les aterroriza nuestro sistema de demandas colectivas.

—Y con razón.

—Sí, porque las obliga a ser honradas. En realidad, lo que debería darles verdadero pánico es que alguno de sus malditos medicamentos les salga mal y acabe teniendo efectos nocivos; pero eso no parece importarles cuando hay millones en juego. Hace falta que intervenga gente como yo para mantenerlas en el recto camino.

—¿Y ese laboratorio sabía que el Ryax era nocivo?

French engulló una ostra entera y la bajó con dos sorbos de vino antes de contestar.

—Al principio, no. El medicamento era tan eficaz contra el colesterol que Miyer-Brack, con la aprobación de la FDA, lo lanzó a toda prisa al mercado. Era uno de tantos medicamentos-milagro, y durante varios años funcionó de maravilla sin mostrar efectos secundarios, hasta que un día, ¡bam, los nefrones! ¿Sabe cómo funciona un riñón?

—Digamos que no mucho.

—Vale. Cada riñón contiene alrededor de un millón de pequeñas células llamadas «nefrones» que se encargan de filtrar la sangre. Pues bien, el Ryax tenía un compuesto químico que los fundía. No todo el mundo moría, como el pobre señor Gibson, pero sí sufrían distintos niveles de daño que además eran permanentes. El riñón es un órgano muy curioso que con frecuencia puede autorregenerarse. Sin embargo, tras cinco años de tratamiento con Ryax, esa regeneración es imposible.

—Y los de Miyer-Brack ¿cuándo se dieron cuenta de que tenían un problema?

—No resulta fácil decirlo con precisión. De todas maneras, mostramos al juez Atlee unos documentos internos de la gente del laboratorio dirigida a sus jefes en los que pedían urgentemente más investigación y prudencia. El Ryax llevaba cuatro años en el mercado, con unos resultados espectaculares, pero los científicos estaban preocupados. Luego, la gente empezó a ponerse gravemente enferma. Alguna murió, y entonces ya fue demasiado tarde. En lo que a mí se refería, debíamos encontrar al cliente perfecto, y lo teníamos; debíamos encontrar el foro perfecto, y lo teníamos; y debíamos actuar rápidamente antes de que cualquier otro abogado consiguiera un veredicto favorable. Ahí fue cuando intervino su padre, Ray.

El camarero retiró los platos de las ostras y dejó una ensalada de cangrejo. Patton French seleccionó personalmente otra botella de borgoña blanco de la bodega del barco.

—¿Y qué pasó tras el juicio del caso Gibson? —preguntó Ray.

—Salió todo a pedir de boca. Los de Miyer-Brack se derrumbaron. Esos arrogantes gilipollas quedaron reducidos a un mar de lágrimas. Disponían de miles de millones en efectivo y creían que iban a poder comprar a todos y cada uno de los abogados de los demandantes. Antes del juicio, yo tenía cuatrocientos casos y ninguna fuerza; después, tuve cinco mil y un veredicto de once millones de dólares. Me llamaron abogados de todas partes. Pasé un mes volando de un rincón a otro del país con mi Learjet, firmando acuerdos de representación compartida con ellos. Un tipo de Kentucky había conseguido cien casos; otro de St. Paul, ochenta. Luego, unos cuatro meses después del juicio, fuimos a Nueva York para la gran reunión donde debían pactarse las indemnizaciones. En menos de tres horas llegamos a un acuerdo de setecientos millones de dólares para seis mil casos. Un mes más tarde, firmamos otros mil doscientos por doscientos millones.

—¿Cuál fue su parte? —preguntó Ray.

De haberse tratado de otra clase de persona, French habría considerado la pregunta como una grosería; sin embargo, casi parecía impaciente por contestar.

—El cincuenta por ciento para los abogados, gastos aparte. El resto, para los clientes. Eso es lo malo de un acuerdo de contingencia: hay que dar la mitad al cliente. En cualquier caso, tenía que tratar con otros letrados. Al final me quedé con unos trescientos millones. Eso es lo bonito que tienen las demandas colectivas, Ray: firmas un montón de clientes, cierras un acuerdo por un montón de millones y te llevas la mitad.

Nadie comía. Había demasiado dinero flotando en el ambiente.

—¿Trescientos millones en concepto de honorarios? —exclamó Ray, incrédulo.

French se enjuagó la boca con el vino.

—¿Verdad que no está mal? En estos momentos tengo tanta pasta que no sé qué hacer con ella.

—Yo diría que se las apaña bastante bien.

—Pues lo que le he contado no es más que la punta del iceberg. ¿Ha oído hablar alguna vez de un medicamento llamado Minitrin?

—Lo vi en su página web.

—¿Ah, sí? ¿Y qué le pareció?

—No está mal. Dos mil casos de Minitrin.

—En estos momentos, tres mil. Se trata de un medicamento contra la hipertensión que tiene peligrosos efectos secundarios. Lo elabora Shyne Medical. Han ofrecido una indemnización de cincuenta mil dólares por caso, y les he dicho que no. También tenemos mil cuatrocientos casos de un medicamento que se llama Kobril y que provoca pérdida de audición. ¿Ha oído hablar alguna vez de esas píldoras adelgazantes, las Skinny Ben?

—Eso creo.

—Tenemos tres mil casos de Skinny Ben y mil quinientos de…

—Sí, lo vi en la lista de la página web. Supongo que la tendrán actualizada.

—Desde luego. Ahora soy el nuevo rey de los pleitos de este país, Ray. Todo el mundo me llama. Tengo otros trece abogados en nómina del bufete y necesitaría cuarenta.

El camarero apareció para recoger los últimos restos y dejó el pez espada en el centro de la mesa junto con la tercera botella de vino, a pesar de que la segunda estaba a medio consumir. French repitió el ritual olfativo y gustativo y por fin, casi a regañadientes, dio el visto bueno. A Ray le supo igual que los dos anteriores.

—La verdad es que se lo debo todo al juez Atlee —declaró French.

—¿Cómo es eso?

—Porque tuvo las narices de hacer lo correcto, de hacer que Miyer-Brack se quedara en el condado de Hancock en lugar de permitirle refugiarse en un tribunal federal. Su padre, Ray, comprendió lo que estaba en juego y no tuvo miedo de aplicarles un castigo ejemplar. La coordinación era crucial, Ray. Menos de seis meses después de que hubiera dictado su veredicto, yo tenía trescientos millones en el bolsillo.

—¿Y se quedó toda esa cantidad?

French se disponía a llevarse a la boca un trozo de pez espada, pero vaciló un segundo. Luego, masticó con aire pensativo.

—Perdone, Ray, pero no sé si entiendo la pregunta.

—Creo que sí me ha entendido. La pregunta es si dio parte de ese dinero al juez Atlee.

—Sí.

—¿Cuánto?

—Un uno por ciento.

—¿Tres millones de dólares?

—Tres y un pico. Este pescado está delicioso, ¿no le parece?

—Me lo parece. ¿Por qué lo hizo?

French dejó los cubiertos y se mesó los ondulados cabellos con ambas manos. Luego se las limpió con la servilleta y volvió a dar vueltas al vino.

—Sí, supongo que siempre hay preguntas: cómo, por qué, dónde…

—Es usted muy bueno contando historias, señor French. Cuénteme esta también.

Otro meneo a la copa y un sorbo satisfecho.

—No es lo que usted cree, Ray; aunque bien es cierto que habría estado dispuesto a sobornar a su padre o al juez que hubiera hecho falta con tal de conseguir el veredicto que necesitábamos. Lo he hecho antes y volveré a hacerlo sin ningún problema. Forma parte de los gastos habituales. Pero, para serle sincero, me sentía tan intimidado por la reputación de su padre y por su persona que no me vi con valor suficiente para plantearle el trato. Tengo la impresión de que me habría hecho encarcelar.

—Sí, de por vida.

—Lo sé, lo sé. Fue mi padre quien me convenció, de modo que hicimos las cosas como Dios manda. El juicio fue muy duro, pero la razón estaba de nuestra parte. Gané; luego, gané más; y ahora estoy ganando a lo grande. A finales del verano pasado, después del acuerdo, cuando recibí la transferencia del dinero, creí que era mi obligación hacerle un regalo. Mire, Ray, soy de los que procuran cuidar a los que han cuidado de mí. Un coche por aquí, una casita por allá, un sobre con dinero para gastos imprevistos... Me gusta jugar fuerte y proteger a mis amigos.

—El juez no era su amigo.

—Desde luego, no éramos amigos ni colegas ni compadres; pero, en mi mundo, no he tenido amigo mejor. Todo empezó con y gracias a él. No se imagina usted el dinero que voy a ganar en los próximos cinco años.

—Sorpréndame de nuevo.

—Quinientos millones. Y todo se lo debo a su viejo.

—¿Y cuándo tendrá usted bastante?

—Hay un abogado de la zona, especializado en las tabaqueras, que ha ganado mil. Tengo que igualarlo.

Ray sintió ganas de tomar una copa. Examinó el vino como si supiera lo que hacía y dio un largo trago mientras French atacaba el pez espada.

—Me da la impresión de que no me está mintiendo —declaró Ray.

—Nunca miento, Ray. Puede que soborne o engañe, pero nunca miento. Hace unos seis meses, cuando iba de compras en busca de aviones, casas, barcos y nuevas oficinas, me enteré de que a su padre le habían diagnosticado un cáncer y que era grave. Entonces quise hacer algo por él. Sabía que no tenía mucho dinero y que el que le quedaba solía donarlo a los necesitados.

—¿Y entonces fue cuando le envió tres millones en efectivo?

—Sí.

—¿Así, sin más?

—Sin más. Lo llamé por teléfono y le dije que le enviaba un paquete. Al final fueron cuatro cajas, cuatro cajas grandes. Uno de mis hombres las llevó a su casa en una furgoneta, pero como el juez no estaba en esos momentos, se las dejó en el porche.

—¿Billetes sin marcar?

—¿A santo de qué iba a marcarlos?

—¿Y él qué dijo?

—No lo sé. Nunca oí una palabra suya, de lo cual me alegro, por cierto.

—¿Y qué hizo el juez?

—Eso dígamelo usted, que es su hijo. Lo conoce mejor que yo. Dígame qué hizo con el dinero.

Ray alejó la silla de la mesa, cruzó las piernas, cogió la copa de vino y se relajó.

—Mi padre encontró el dinero en el porche y, cuando descubrió de dónde salía, no me cabe duda de que debió de maldecirlo a usted.

—Eso espero.

—Luego, lo metió en el vestíbulo, donde las cajas se sumaron a otras muchas que había por toda la casa. Planeaba meterlo en el coche y venir a devolvérselo, a Biloxi; pero pasaron un par de días. Estaba enfermo y débil y le costaba mucho conducir. Sabía que estaba muriéndose, y estoy seguro de que esa certeza le cambió la forma de ver muchas cosas. Al cabo de unos días decidió esconder el dinero, cosa que hizo a pesar de haber planeado venir hasta aquí para darle una patada en su corrupto culo. Pasaron los días, y su situación empeoró.

—¿Quién encontró el dinero?

—Yo lo encontré.

—¿Y dónde está ahora?

—En el maletero de mi coche, que se encuentra aparcado en sus oficinas.

French soltó una ruidosa carcajada.

—¡Vaya, ha vuelto al lugar de donde salió!

—Sí. Ese dinero ha realizado un buen periplo. Yo lo encontré en el estudio de mi padre cuando descubrí el cadáver. Aquella misma noche, alguien intentó entrar y apoderarse de él. Después, me lo llevé a Virginia, y ahora ha vuelto; pero ese alguien todavía me persigue.

Las carcajadas cesaron de golpe, y French se limpió los labios con la servilleta.

—¿Qué cantidad encontró usted?

—Tres millones ciento dieciocho mil dólares.

—Joder, no tocó ni un céntimo.

—Y tampoco lo mencionó en su testamento. Se limitó a dejarlo en su escondite, guardado en sus cajas, en el armario de una librería.

—¿Y quién intentó llevárselo?

—Esperaba que usted me aclarara eso.

—Creo que tengo una ligera idea.

—Pues le ruego que me la diga.

—Se trata de otra larga historia.

32

El camarero se presentó con una selección de whisky de malta en la cubierta superior, desde donde se divisaban las luces de Biloxi en la distancia y donde Ray y French se habían instalado para la última copa y la última historia. Ray no bebía whisky y, desde luego, no tenía ni idea de lo que era un Single Malt; pero se atuvo al ritual porque sabía que, de ese modo, French aún se emborracharía un poco más. La verdad fluía de su boca como un torrente, y Ray no quería perderse el menor detalle.

Se decidieron por el Lagavulin por su aroma de turba, fuera lo que fuera eso. Había otras cuatro botellas, alineadas como orgullosos centinelas de una distinguida realeza. Ray había bebido mucho más que suficiente y se dijo que a la primera oportunidad que tuviera lanzaría el licor por la borda. Para su consuelo, el camarero sirvió dos escuetas raciones de whisky en pequeñas copas de cata.

Eran casi las diez, pero parecía mucho más tarde. La oscuridad envolvía el golfo, y no se veían otros barcos. Una ligera brisa soplaba del sur y mecía suavemente el *King of Torts*.

—¿Quién sabe que existe ese dinero? —preguntó French saboreando el licor y chasqueando los labios.

—Usted, yo, cualquiera que lo dejara en casa de mi padre…

—Ese es su hombre.

—¿De quién se trata?

Otro sorbo. Otro chasquido. Ray se llevó la copa a los labios y lamentó haberlo hecho. A pesar de lo entumecidos que los tenía, el licor se los abrasó de nuevo.

—Se llama Gordie Priest. Trabajó para mí durante siete u ocho años; primero, como recadero; después, como captador; y, por último, como recaudador. Su familia siempre ha estado en la zona de la costa, y siempre al margen de la ley. Su padre y sus tíos estaban metidos en negocios de apuestas, prostitución, licores, antros de mala vida… Formaban parte de lo que en su día se conoció como la mafia de la costa, pero no eran más que una panda de matones que no sabían lo que significaba el trabajo honrado. Hace veinte años, controlaban algunas actividades en la costa, pero ahora ya son historia. La mayoría de ellos acabó en la cárcel. El padre de Gordie, un tipo al que llegué a conocer bastante bien, murió abatido a tiros a la salida de un bar. La verdad es que eran auténtica gentuza. Mi familia los conoce desde hace años.

Con eso quería decir que su familia había formado parte de la misma banda de maleantes, pero que no estaba bien decirlo porque eran los encargados de dar la cara, los abogados que salían en la televisión y los que cerraban acuerdos inconfesables.

—A Gordie lo metieron en chirona a los veinte años por un negocio de coches robados que abarcaba casi todo el estado. Lo contraté cuando salió y, con el tiempo, se convirtió en uno de los mejores captadores de la zona. Era especialmente bueno con los casos de mar adentro. Conocía bien a la gente de las plataformas y siempre que se producía una muerte o había heridos conseguía hacerse con el caso. Yo solía darle un buen porcentaje. Hay que cuidar a los captadores. Un año llegué a pagarle casi ochenta mil pavos, todo en efectivo. Naturalmente, se los gastó en mujeres y casinos. Le encantaba largarse a Las Vegas y emborracharse durante una semana mientras se gastaba la pasta a lo grande. Se comportaba como un gilipollas, pero no tenía un pelo de tonto. Era un tipo de altibajos. Cuando se quedaba sin un céntimo, se ponía las pilas y se las arreglaba para conseguir dinero; pero si lo tenía, siempre se las arreglaba para perderlo.

—Me da la impresión de que todo esto lo lleva a mi persona —comentó Ray.

—Deje que acabe —contestó French—. A principios del pasado año, después del caso Gibson, el dinero empezó a llovernos como caído del cielo. Yo tenía que devolver un montón de favores, de modo que hubo que mover un montón de efectivo: dinero para los abogados que me estaban enviando sus casos, dinero a los médicos que hacían los análisis a cientos de nuevos clientes… Como imaginará, no todo era ilegal, pero mucha gente no quería que hubiera constancia. El caso es que cometí el error de utilizar a Gordie como repartidor. Pensé que podía confiarse en él, que sería leal; pero me equivoqué.

French había acabado con la primera cata y estaba dispuesto para otra. Ray rehusó y fingió seguir con su Lagavulin.

—O sea, que fue él quien llevó el dinero a Clanton y lo dejó en el porche.

—Lo hizo y, un mes más tarde, me robó un millón de dólares en efectivo y desapareció. Tiene dos hermanos. Durante los últimos diez años, siempre ha habido uno de los tres en la cárcel. Pero ahora no. Están los tres en libertad bajo fianza e intentan extorsionarme una gran cantidad de dinero. La extorsión es un delito federal, como bien sabe usted; pero, como habrá imaginado, no puedo acudir precisamente al FBI.

—¿Qué le hace pensar que anda detrás de los tres millones del juez?

—Radio macuto. Confidentes. Nos enteramos hace unos meses. He contratado a gente que se toma muy en serio su trabajo de encontrar a Gordie.

—¿Qué piensa hacer cuando lo encuentren?

—Bueno, su cabeza tiene un precio.

—¿Se refiere a una especie de contrato?

—Sí.

Al oír aquello, Ray decidió servirse otro Lagavulin.

Se quedó a dormir a bordo, en un gran camarote situado bajo la línea de flotación; y cuando a la mañana siguiente halló el camino hasta la cubierta principal, el sol ya estaba alto en el cielo, y el aire era cálido y pegajoso. El capitán le dio los buenos días y le señaló hacia proa, donde Ray encontró a French hablando a gritos por el móvil.

El fiel camarero apareció como surgido de la nada y le ofreció una taza de café. El desayuno se servía en la cubierta superior, en la misma escena de los whiskies de malta, que en esos momentos estaban guardados para que no les diera el sol.

—Me encanta comer al aire libre —comentó French reuniéndose con Ray—. Ha dormido usted diez horas de un tirón.

—¿De verdad? —preguntó Ray, sin estar del todo seguro de qué hora o día era, mirando el reloj que seguía marcando la hora de la costa Este; pero sabiendo que se encontraba en un barco, en pleno golfo de México, a miles de kilómetros de su casa, y que una gente muy poco agradable le pisaba los talones.

En la mesa les aguardaban distintas clase de pan y cereales.

—El bueno de Tin Lu puede prepararle lo que más le apetezca —le dijo French—. Huevos, beicon, gofres, tortitas…

—Con el café tengo suficiente, gracias.

French estaba fresco como una lechuga y ya se había lanzado al nuevo día con una energía que solo podía provenir de la expectativa de ganar otros quinientos millones en concepto de honorarios. Llevaba una camisa blanca de lino, abrochada hasta arriba, igual que la de la noche anterior, bermudas y mocasines náuticos. Su mirada era clara y vivaz.

—Acabo de saber que tenemos otros trescientos casos de Minitrin —anunció mientras se servía una generosa porción de cereales en un cuenco que, como toda la vajilla, la cristalería y la cubertería, tenía grabadas las iniciales «F & F» en dorado.

Ray ya había oído suficientes historias de demandas colectivas.

—Me alegro, pero me interesa más el caso de Gordie Priest.

—Lo encontraremos. Estoy haciendo llamadas.

—Seguramente estará en la ciudad —dijo Ray sacando una hoja doblada del bolsillo trasero de su pantalón. Se trataba de la foto del trastero 37-F que había encontrado el día antes en el parabrisas de su coche. French le echó un vistazo y dejó de comer.

—¿Y dice que esto se encuentra en Virginia?

—Sí. Es el segundo de los tres trasteros que he alquilado. Han encontrado los dos primeros, y estoy seguro de que saben que hay otro. Tampoco me cabe duda de que saben dónde me encontraba yo ayer por la mañana.

—Pero está claro que ignoran en qué lugar se halla el dinero. De lo contrario se lo habrían llevado del maletero de su coche mientras dormía o lo habrían interceptado en algún lugar entre Clanton y aquí y le habrían metido un tiro en la cabeza.

—No puede saber lo que están pensando.

—Pues claro que sí. Y usted también. No tiene más que pensar como un ladrón, como un chorizo.

—Puede que a usted le salga de lo más natural, pero a otra gente quizá le cueste un poco.

—Si Gordie y sus hermanos supieran que usted guarda tres millones de dólares en el maletero del coche, ya se lo habrían arrebatado. Así de simple. —Dejó la foto y se dedicó a los cereales.

—Nada es simple —dijo Ray.

—¿Qué quiere hacer? ¿Darme el dinero?

—Sí.

—No sea estúpido, Ray. Son tres millones de dólares libres de impuestos.

—Sí, tres millones que pueden convertirse en una bala en mi cabeza. Me gusta mucho el sueldo que tengo.

—El dinero se encuentra a salvo. Déjelo donde está. Deme un poco de tiempo para que pueda encontrar a esos tipos y los neutralizaré.

La idea de la neutralización acabó con cualquier apetito que Ray pudiera tener.

—¡Pero desayune, hombre! —exclamó French cuando vio que Ray no se movía.

—No tengo estómago para estas cosas. Que si dinero sucio, que si maleantes irrumpiendo en mi apartamento y persiguiéndome por Mississippi, que si confidentes, que si asesinos a sueldo... ¿Puede saberse qué demonios estoy haciendo aquí?

French no dejaba de comer. Debía de tener un estómago de hierro.

—No pierda la cabeza, y ese dinero será suyo —declaró.

—No quiero ese dinero.

—¡Claro que lo quiere!

—No. No lo quiero.

—Entonces, déselo a Forrest.

—Eso sería un desastre.

—Pues entréguelo a la beneficencia. Déselo a su facultad de derecho. Regáleselo a alguien que haga que se sienta bien.

—¿Y por qué no se lo doy a Gordie y así evito que me mate?

French dejó la cuchara en el plato y miró a su alrededor como si pudiera haber alguien espiando.

—Está bien. Anoche localizamos a Gordie en Pascagoula —dijo en voz baja—. Le estamos pisando los talones, ¿vale? Creo que antes de veinticuatro horas le habremos echado el guante.

—¿Y lo neutralizarán?

—Lo meteremos en el congelador.

—¿En el congelador?

—Gordie será historia, y su dinero estará a salvo. Solo tiene que aguantar un poco, ¿de acuerdo?

—Creo que me gustaría marcharme.

French se limpió un resto de leche descremada de los labios, cogió su minirradio y ordenó a Dickie que tuviera el yate preparado. Minutos más tarde, estaba lista para que embarcara.

—Eche un vistazo a esto —le dijo French entregándole un sobre marrón.

—¿Qué es?

—Son fotos de los hermanos Priest. Por si se tropieza con ellos.

Ray hizo caso omiso del sobre hasta que se detuvo en Hattiesburg, a noventa minutos en coche hacia el norte. Repostó y compró un espantoso sándwich envuelto en plástico. Luego volvió a la carretera, impaciente por llegar a Clanton, donde Harry Rex era amigo del sheriff y todos sus ayudantes.

Gordie tenía una mirada especialmente amenazadora, una mirada que el fotógrafo de la policía había captado perfectamente en 1991. Sus hermanos, Slatt y Alvin, tampoco eran más guapos. Ray no fue capaz de decir cuál de ellos era el mayor, aunque tampoco importaba. No se parecían entre sí. De la misma madre pero de padres diferentes. Una mala familia, sin duda.

Por mí, como si se quedan un millón cada uno, pensó, pero que me dejen tranquilo.

33

Las colinas empezaron entre Jackson y Memphis, y la costa
pareció quedar atrás en el tiempo. A menudo se había preguntado cómo un estado tan pequeño podía ser tan distinto: la
zona del delta y el río, con sus arrozales, sus campos de algodón y su pobreza, que todavía seguía sorprendiendo a quienes
la visitaban por primera vez; la costa, con su mezcla de inmi-
grantes y gente tranquila; el desenfadado ambiente de Nueva
Orleans; la región de las colinas, algunos de cuyos condados
seguían prohibiendo la bebida y cuyos habitantes todavía iban
a misa los domingos. Una persona de las montañas nunca sería comprendida en la costa ni aceptada en el delta. Ray estaba encantado viviendo en Virginia.

No dejaba de repetirse que Patton French había sido un sueño, un personaje de caricatura sacado de otro mundo, un gilipollas pomposo que se ahogaba en su propia egolatría. Un mentiroso, un chantajista y un vulgar chorizo.

Entonces echaba un vistazo al asiento del pasajero y veía el
siniestro rostro de Gordie Priest. Con una sola mirada le bastaba para saber que aquel animal y sus hermanos estarían dispuestos a lo que fuera con tal de hacerse con el dinero que seguía paseando por todo el país en el maletero de su coche.

El móvil sonó cuando todavía le faltaba una hora para llegar a Clanton. Era Fog Newton, y parecía bastante agitado.

—¿Dónde demonios te habías metido? —preguntó.

—Si te lo dijera, no lo creerías.

—Llevo toda la mañana intentando hablar contigo.

—¿Qué pasa, Fog?

—Hemos tenido movimiento por aquí. Anoche, después de que el aeropuerto cerrara, alguien consiguió entrar en las pistas y colocar un artefacto incendiario en el ala izquierda del Bonanza. Estalló. Por suerte, uno de los vigilantes vio las llamas, y consiguieron sacar el camión antiincendios.

Ray se detuvo en el arcén de la Interestatal 55. Soltó un gruñido por teléfono y dejó que Fog Newton prosiguiera con el relato.

—De todas maneras, los daños fueron graves. Se trató sin duda de un acto incendiario. ¿Sigues ahí?

—Soy todo oídos. ¿Cuántos daños?

—Toda el ala izquierda, el motor, parte del fuselaje. Para los del seguro se tratará probablemente de un siniestro total. La policía ha estado aquí y también el perito de la compañía. Si los depósitos del avión hubieran estado llenos, habría sido una bomba.

—¿Los otros propietarios lo saben?

—Sí. Todo el mundo está enterado. Como es natural, están los primeros en la lista de sospechosos. Por suerte, tú estabas fuera de la ciudad. ¿Cuándo piensas volver?

—Pronto.

Siguió conduciendo hasta que decidió parar en un restaurante de camioneros. Se quedó un buen rato sentado en el coche, contemplando de vez en cuando el rostro de Gordie y aguantando el calor. Debía reconocer que la banda de los Priest se movía deprisa: Biloxi el día anterior por la mañana; Charlottesville la noche pasada. ¿Dónde estarían en esos momentos?

Entró en el restaurante y se sentó a tomar café mientras oía las conversaciones de los camioneros. Para cambiar de asunto llamó a Forrest a Alcorn Village. Estaba en su cuarto, según dijo, durmiendo el sueño de los justos. Siempre le sorprendía lo mucho que dormía cuando estaba en rehabilitación. Se había quejado de la comida y esta había mejorado algo. O eso o le estaba cogiendo el gusto a la gelatina Jell-O. Le preguntó cuánto tiempo iba a poder quedarse, igual que un niño en Disneylandia. Ray le contestó que no estaba seguro. El dinero que había parecido que nunca se acabaría se hallaba seriamente amenazado.

—No me dejes colgado, hermano. Quiero quedarme en rehabilitación el resto de mis días.

Cuando llegó a Clanton, los hermanos Atkins habían acabado el tejado sin incidentes. La casa estaba desierta, y llamó a Harry Rex.

—¿Por qué no nos tomamos unas cervezas en el porche esta noche? —le propuso.

Harry Rex nunca había rechazado una proposición así.

Justo delante de la casa había una zona llana donde el césped crecía más tupido, y, tras pensarlo un buen rato, Ray decidió que era el lugar adecuado para un lavado. Aparcó el pequeño Audi allí, con el morro mirando a la calle y el maletero a dos pasos del porche. En el cobertizo de la parte de atrás encontró un viejo cubo de lata y una manguera llena de agujeros. Pasó un par de horas, descalzo y descamisado, baldeando el coche bajo el calor de la tarde. Luego, lo secó y le dio cera durante una hora más. A las cinco, abrió una lata de cerveza fría y se sentó en los peldaños para contemplar su obra.

Llamó al número privado que Patton French le había dado; pero, como era de esperar, el gran hombre se encontraba demasiado ocupado. Quería darle las gracias por su hospitalidad, pero lo que en realidad deseaba saber era si habían hecho progresos «congelando» a la banda de los Priest. No pensaba preguntarlo abiertamente, pero alguien tan fanfarrón como French no podría evitar decírselo si lo sabía.

Lo más probable era que el gran abogado se hubiera olvidado de él y que le diera igual si los hermanos Priest se cargaban a Ray o a cualquier otro. Necesitaba urgentemente ganar otros quinientos millones en demandas colectivas, y semejante objetivo ocupaba todas sus energías. Si a alguien se le ocurría demandar a un tipo como Patton French por sobornar o por contratar a matones, este se compraría un centenar de abogados defensores y de paso a todo el personal del juzgado.

Llamó a Corey Crawford y se enteró de que su casero había reparado por segunda vez las puertas de su apartamento. La policía había prometido que durante los días siguientes mantendría una discreta vigilancia de la zona, al menos hasta que regresara.

Poco después de las seis, una furgoneta se detuvo ante la casa, y una sonriente figura se apeó para entregarle un envío urgente de veinticuatro horas. Ray se lo quedó mirando largo rato después de que el repartidor se hubiera marchado. La entrega era un sobre con el membrete de la facultad de derecho de la Universidad de Virginia, cuya dirección, escrita a mano, estaba dirigida al «Sr. Ray Atlee, Maple Run, 816 calle Cuarta, Clanton, MS». Llevaba fecha del día antes, el 2 de junio. Todo en él resultaba sumamente sospechoso.

Nadie de la facultad tenía su dirección de Clanton, y nada de la universidad podía ser tan urgente para necesitar una entrega de veinticuatro horas. Tampoco se le ocurría por qué razón iban a enviarle algo. Abrió otra cerveza y volvió a los escalones del porche, donde cogió el maldito sobre y lo abrió.

Dentro había otro, de color blanco y tamaño de carta, con su nombre —Ray— escrito a mano; y en su interior, otra de las ya familiares fotos de los trasteros de Chaney's, esa vez de la puerta del 18-R, con el siguiente mensaje escrito con letras dispares: «No necesita un avión. Deje de gastarse el dinero».

Aquellos tipos eran buenos, pero que muy buenos. No resultaba fácil localizar los trasteros de Chaney's y hacerles fotos; prender fuego al Bonanza había sido valiente, pero también una estupidez; pero, curiosamente, lo que más lo intrigó fue cómo habían logrado hacerse con uno de los sobres de la facultad.

Tras un prolongado momento de sorpresa, comprendió algo que caía por su propio peso: si habían localizado el 18-R, significaba que sabían que el dinero no estaba allí y tampoco en su apartamento. Lo habían seguido desde Virginia hasta Clanton y, por lo tanto, si se hubiera detenido para esconderlo en alguna parte también lo sabrían. Lo más probable era que hubieran registrado Maple Run mientras estaba en la costa.

El cerco se estrechaba por momentos. Las piezas habían encajado: el dinero estaba con él, y no tenía dónde esconderse.

Como profesor honorario cobraba un sueldo estupendo y con gratificaciones. Tampoco tenía muchos gastos. Por lo tanto, en ese momento, sentado en el porche, todavía descalzo y descamisado, mientras se tomaba una cerveza en una larga y húmeda tarde de junio, decidió que prefería seguir igual y dejar la violencia para los Gordie Priest de este mundo y los matones de Patton French. Se hallaba totalmente fuera de su elemento.

Además, se trataba de dinero sucio.

—¿Por qué has aparcado ahí en medio? —gruñó Harry Rex mientras subía lentamente los peldaños del porche.

—He lavado el coche y lo he dejado secar —repuso Ray, que se había duchado y vestido con un pantalón corto y una camiseta.

—Hay gente que en el fondo nunca deja de ser un paleto. Anda, dame una cerveza.

Harry Rex se había pasado todo el día batallando en el juzgado por un caso de divorcio donde lo que se ventilaba era cuál de los esposos había consumido más hierba y cuál se había acostado más veces con otras personas. Estaba en juego la custodia de los hijos, y ninguno de los dos era apto.

—Estoy demasiado viejo para esto —dijo, con aspecto muy fatigado.

Con la segunda cerveza empezó a dar cabezadas.

Hacía veinticinco años que Harry Rex llevaba todos los divorcios del condado. A menudo, marido y mujer corrían a ver quién llamaba antes a su puerta. Cierto terrateniente de Karraway lo tenía en nómina en previsión de una posible ruptura. Era muy listo, pero también sabía ser canalla y jugar sucio.

Sin embargo, el exceso de trabajo le estaba pasando factura. Al igual que la mayoría de abogados de pueblo, soñaba con que le cayera el gran caso cuyos honorarios le permitieran jubilarse tranquilamente.

Ray había pasado la noche anterior bebiendo vino de importación a bordo de un yate de veinte millones de dólares construido para un príncipe saudí y propiedad de un miembro del Colegio de Abogados de Mississippi que se dedicaba a planear demandas multimillonarias contra empresas multinacionales. En esos momentos se tomaba una Bud en un oxidado balancín en compañía de un miembro del Colegio de Abogados de Mississippi que se pasaba el día discutiendo pensiones de alimentos.

—Esta mañana, el de la inmobiliaria ha estado enseñando la casa —dijo Harry Rex—. Me llamó a la hora de comer y me despertó para decírmelo.

—¿Quién es el posible interesado?

—¿Te acuerdas de los chicos Kapshaw, los de cerca de Rail Springs?

—Pues no.

—Son buenos chicos. Hace diez años empezaron a fabricar sillas en un granero abandonado. Una cosa los llevó a otra hasta que acabaron vendiendo el negocio a una fábrica de muebles de Carolina. Al final acabaron embolsándose un millón de pavos cada uno. Junkie y su mujer andan buscando una casa.

—¿Junkie Kapshaw?

—El mismo, pero es más agarrado que una garrapata y no quiere pagar los cuatrocientos mil que pedimos.

—No me extraña.

—Su mujer está como una cabra y se ha convencido de que quiere una casa antigua. El de la inmobiliaria cree que harán una oferta, pero que será muy baja, del orden de ciento setenta y cinco mil —dijo Harry Rex ahogando un bostezo.

Después de eso, charlaron un rato sobre Forrest, hasta que se hizo el silencio.

—Supongo que será mejor que me vaya. —Después de tres cervezas, Harry Rex iniciaba la retirada—. ¿Cuándo piensas volver a Virginia? —preguntó, poniéndose en pie y estirando la espalda.

—Puede que mañana.

—Llámame —dijo. Luego bostezó y se alejó del porche.

Ray vio las luces del coche desaparecer a la vuelta de la esquina y, de repente, se encontró completamente solo. El primer ruido que oyó fue el roce de unos arbustos en el linde de la propiedad, seguramente producido por algún perro o gato al acecho. Sin embargo, a pesar de lo inofensivo que pudiera resultar, le dio un susto de muerte, y corrió al interior de la casa.

34

El ataque empezó poco después de las dos de la madrugada, en lo más negro de la noche, cuando el sueño es más profundo; y las reacciones más lentas. Ray se hallaba desconectado del mundo porque este había pasado factura a su fatigado cerebro. Estaba tumbado en un colchón que había instalado en el salón, con el revólver a su lado y tres bolsas de basura repletas de dinero junto a su improvisado camastro.

Todo empezó con un ladrillo que atravesó una ventana, un estruendo que resonó por toda la vieja casa y provocó que una lluvia de cristales rotos cayera en el suelo recién barnizado y en la mesa del comedor. Fue un lanzamiento bien calculado por parte de alguien que iba en serio y que seguramente ya tenía experiencia en la materia. Ray se incorporó trabajosamente y suerte tuvo de no disparrase un tiro en el pie cuando cogió el arma. Cruzó el salón agachado y tan deprisa como pudo, encendió la luz y vio el ladrillo que yacía en el suelo, junto al aparador de la vajilla.

Cogió un cobertor, barrió con cuidado los restos y los cristales y recogió el ladrillo. Era nuevo, rojo y de cantos afilados. Tenía una nota sujeta con un par de gomas elásticas. La desprendió mientras miraba los restos de la ventana. Las manos le temblaban hasta el punto de no permitirle leer lo que había escrito. Tragó saliva, respiró hondo e hizo un esfuerzo para concentrarse en el mensaje escrito a mano. Decía simplemente:

«Deje el dinero donde lo encontró y salga inmediatamente de la casa».

La mano le sangraba por el arañazo de un fragmento de cristal. Se trataba de la mano con la que disparaba, suponiendo que fuera capaz de hacer tal cosa, y en un momento de horror se preguntó cómo iba a defenderse. Se agachó en la penumbra del comedor mientras se repetía que debía respirar lentamente y pensar con claridad.

De repente, sonó el teléfono, dándole un susto de muerte. Al segundo timbrazo corrió a la cocina, donde una débil luz que brillaba encima de los fogones le ayudó a descolgar el auricular.

—¿Sí? —gritó.

—Devuelva el dinero a su sitio y márchese de la casa —dijo una voz en tono tranquilo pero tenso, una voz que nunca había oído, una voz que le pareció que tenía un ligero acento de la costa—. ¡Hágalo ya, antes de que salga herido!

Quiso gritar «¡No!» o «¡Ya basta!» o «¿Quién es usted?», pero su indecisión lo hizo vacilar y la comunicación se cortó. Se quedó sentado en el suelo, con la espalda apoyada contra la pared, mientras repasaba las alternativas que le quedaban, por pocas que fueran.

Podía llamar a la policía y esconder el dinero, meter las bolsas debajo de alguna cama, destruir la nota pero no el ladrillo y pretender que se trataba de algún gamberro que la había emprendido contra la casa por gusto. El policía que llegara recorrería los alrededores con su linterna y se quedaría un rato, pero tarde o temprano acabaría marchándose.

Los que no se marcharían serían los hermanos Priest. Se habían pegado a él como con cola. Quizá se ocultaran un rato, pero no se marcharían. Además, eran mucho más ágiles que cualquier policía de Clanton y mucho más letales.

Podía llamar a Harry Rex, despertarlo y decirle que era algo urgente, convencerlo para que fuera a la casa y allí confesarle toda la historia. La verdad era que deseaba poder desahogarse con alguien. ¿Cuántas veces había pensado en sincerarse con Harry Rex? Podían repartirse el dinero, incluirlo en la herencia o llevárselo a Tunica y pasarse un año gastándolo en los casinos.

Pero ¿para qué ponerlo en peligro a él también? Tres millones de dólares eran suficientes para provocar más de un asesinato.

Tenía una pistola. ¿Era capaz de protegerse solo? Podía rechazar a sus agresores. Cuando entraran por la puerta podía encender la luz de golpe y disparar. Seguro que el tiroteo alarmaría al vecindario. En un abrir y cerrar de ojos toda la gente de Clanton estaría ante su casa.

Por otra parte, bastaba con una bala, con un único proyectil bien dirigido que no vería y que casi ni sentiría. Además, lo superaban en número unos individuos que eran capaces de abrir fuego mucho mejor y más rápidamente que el profesor Ray Atlee. Hacía rato que había decidido que no quería morir. La vida que lo esperaba en casa era demasiado agradable.

Justo cuando los latidos de su corazón habían alcanzado su punto álgido y el pulso empezaba a estabilizársele, un segundo ladrillo atravesó la ventana de la cocina que había encima del fregadero. Dio un respingo, gritó, y el revólver se le escapó de la mano. Le dio una patada cuando corrió hacia el vestíbulo. Arrastrándose a cuatro patas llevó las bolsas con el dinero hasta el estudio de su padre. Apartó el sofá y empezó a meter los fajos de billetes en los armarios de la cómoda, donde los había encontrado. Sudaba y jadeaba mientras esperaba otro ladrillazo en cualquier momento o la primera ráfaga de disparos. Cuando lo tuvo todo guardado de nuevo, cogió la pistola, abrió la puerta principal y corrió tan rápidamente como pudo hacia su coche. Lo puso en marcha y huyó a toda prisa.

No había sufrido el menor daño; y, en aquellos momentos, esa era su única preocupación.

Al norte de Clanton, el terreno descendía hacia las marismas del lago Chatoula y, durante cuatro kilómetros, la carretera era recta y llana. El tramo, conocido como «The Bottoms», había sido desde siempre el terreno favorito de los que hacían carreras nocturnas, borrachos, rufianes y maleantes en general. La última vez —aparte de la de esa madrugada— que Ray había flirteado con la muerte había sido en el instituto, cuando una noche se encontró en el asiento trasero de un Pontiac conducido por un Bobby Lee West borracho que corría contra un Camaro a cuyo volante iba un Doug Terring aún más bebido. Había salido con vida de aquel episodio, pero Bobby Lee se mató tres años más tarde cuando su Firebird se salió de la carretera y se estrelló contra un árbol.

Cuando llegó a la recta de The Bottoms, apretó el acelerador y dejó que el pequeño Audi TT corriera a gusto. Eran las dos y media de la madrugada y seguramente todo el mundo estaría durmiendo.

De hecho, Elmer Conway lo había estado, pero un mosquito acababa de picarle en la frente, despertándolo de paso. Vio las luces de un coche que se acercaban rápidamente y conectó el radar. Tardó casi seis kilómetros en conseguir que aquel coche de importación se detuviera en el arcén, y para cuando lo logró estaba muy enfadado

Ray cometió el error de abrir la puerta y apearse del coche. No era eso lo que Elmer tenía pensado.

—¡No se mueva, gilipollas! —gritó empuñando su revólver reglamentario y encañonando a Ray, que vio cómo el arma le apuntaba a la cabeza.

—Relájese, no pasa nada —respondió este, levantando los brazos en gesto de rendición incondicional.

—¡Aléjese del coche! —gruñó Elmer, bajando un poco el arma.

—Desde luego. Tranquilo —contestó Ray obedeciendo sin dudarlo.

—¿Cómo se llama?

—Me llamo Ray Atlee, son el hijo del juez Atlee. ¿Le importaría dejar de apuntarme con esa pistola, por favor?

Elmer bajó el revólver de modo que, si se le disparaba, acertaría a Ray en el estómago en lugar de en la cabeza.

—Su matrícula es de Virginia —objetó Elmer.

—Eso es porque vivo en Virginia.

—¿Es ahí adonde se dirige?

—Sí, señor.

—¿Y a qué tanta prisa?

—No lo sé. Yo solo…

—Le he pillado en el radar a ciento cincuenta.

—No sabe cuánto lo siento.

—¡Y una mierda, lo siente! ¡Eso es un delito de conducción temeraria! —Elmer se acercó un poco más.

Ray se había olvidado del corte de la mano y no se había dado cuenta de otro que tenía en la rodilla.

Elmer cogió su linterna y lo examinó con la luz a una prudente distancia.

—¿Por qué está sangrando?

Se trataba de una buena pregunta. En esos momentos, de pie junto a una carretera en mitad de la noche y con el haz de una linterna en los ojos, Ray no fue capaz de pensar en la respuesta adecuada. La verdad tardaría horas en alcanzar el cerebro de aquel policía receloso. Pero una mentira no haría más que empeorar la situación.

—No lo sé —farfulló.

—¿Qué hay en el coche? —quiso saber Elmer.

—Nada.

—Ya.

Esposó a Ray y lo metió en el asiento trasero de su coche-patrulla, un Impala de color marrón lleno de polvo, sin tapacubos y con una colección de antenas montadas en el parachoques trasero. Ray observó a Elmer dando la vuelta alrededor del Audi y mirando en su interior. Luego se sentó en el asiento del conductor y, sin volverse, preguntó:

—¿Y para qué es la pistola?

Ray había intentado esconderla bajo el asiento del pasajero, pero estaba claro que se había deslizado afuera.

—Para protegerme.

—¿Tiene permiso de armas?

—No.

Elmer llamó a la central y dio un informe completo de la detención y su detenido. «Lo llevo para allí», terminó diciendo, como si acabara de capturar a uno de los diez delincuentes más buscados del país.

—¿Y qué pasa con mi coche? —preguntó Ray.

—Enviaremos una grúa para que lo recoja.

Elmer encendió las luces de emergencia y aumentó la velocidad hasta ciento veinte.

—¿Puedo llamar a mi abogado? —preguntó Ray.

—No.

—¡Vamos, solo ha sido una infracción de tráfico! Mi abogado podría reunirse conmigo en la comisaría para pagar la multa y eso me permitiría reanudar el viaje.

—¿Quién es su abogado?

—Harry Rex Vonner.

Elmer soltó un bufido y se volvió con cara de pocos amigos.

—Ese hijo de puta consiguió que mi mujer me dejara limpio con el divorcio.

Al oír aquello, Ray decidió ponerse cómodo y cerrar los ojos.

Lo cierto era que ya había visitado la cárcel del condado de Ford en dos ocasiones, recordó mientras Elmer lo empujaba por la acera, camino de la entrada. Las dos veces había sido para llevar los papeles a unos padres que hacía años que no pagaban la pensión de alimentos de sus hijos y que el juez había decidido encarcelar. Haney Moak, el mismo alguacil ligeramente retrasado, seguía en el mismo puesto tras el mostrador, leyendo las mismas novelas de detectives y con el mismo uniforme que le iba demasiado grande. También se ocupaba de organizar los turnos de los sepultureros del cementerio, de modo que estaba al tanto de la pérdida de Ray.

—El hijo del juez Atlee, ¿eh? —dijo con una sonrisa torcida. Tenía la cabeza permanentemente ladeada, y sus ojos no dejaban de moverse, de modo que cuando uno hablaba con él resultaba difícil mantener el contacto visual.

—Sí, señor —respondió Ray educadamente, buscando un amigo.

—Era un buen hombre —dijo, situándose detrás de Ray y quitándole las esposas.

Ray se frotó las muñecas y miró al ayudante Conway, que estaba muy ocupado rellenando el formulario de la detención: «Conducción temeraria y sin permiso de armas».

—No pensarás encerrarlo, ¿verdad? —le preguntó Haney con cierta rudeza, como si él fuera el encargado del caso y no su compañero.

—Eso es precisamente lo que voy a hacer —espetó el otro, y la situación se puso inmediatamente tensa.

—¿Puedo llamar a Harry Rex Vonner? —pidió Ray.

Con un gesto de la cabeza que indicaba lo poco que le importaba, Haney le señaló un teléfono que había en la pared. Miraba furiosamente a Elmer. Era evidente que entre los dos tenían una cuenta pendiente.

—Tengo la cárcel llena —dijo.

—Eso es lo que siempre dices.

Ray marcó rápidamente el número de casa de Harry Rex. Eran más de las tres de la madrugada, y sabía que su llamada no sería bienvenida. La última señora Vonner respondió al tercer timbrazo. Ray se disculpó y preguntó por Harry Rex.

—No está aquí —contestó ella.

Ray se dijo que no podía haber salido de la ciudad. Seis horas antes se habían tomado unas cervezas en el porche de su casa.

—¿Puedo preguntarle dónde está?

—Ha ido a casa de los Atlee —dijo ella lentamente.

—No puede ser. Se marchó de allí hace varias horas. Yo estaba con él.

—Sí puede ser. Me acaba de llamar. La casa está ardiendo.

Con Haney escoltándolo en el asiento trasero, cruzaron la plaza con la sirena a todo volumen y las luces centelleando. Ray vio las llamas desde dos manzanas de distancia.

—Dios Santo —murmuró Haney desde el asiento de atrás.

Pocas cosas emocionaban tanto a Clanton como un buen incendio. Los dos coches de bomberos de la ciudad ya estaban en el lugar. Docenas de voluntarios corrían de un lado para otro dando gritos mientras los vecinos se agrupaban en la acera para contemplar el espectáculo.

Las llamas ya salían por el tejado. Cuando Ray pasó por encima de una de las mangueras y se acercó al césped de la entrada percibió el inconfundible olor de la gasolina.

35

Después de todo, el nido de amor no estaba mal para dar una cabezada. Era una habitación larga y estrecha, llena de polvo y telarañas, y con una solitaria bombilla colgando del techo. La única ventana había sido pintada en algún momento de los últimos cien años y daba a la plaza. La cama era un antiguo armazón de hierro desprovisto de sábanas o mantas, y Ray intentó no pensar en los revolcones que Harry Rex se habría dado en aquel colchón. En lo que sí pensó fue en la vieja casa de Maple Run y su gloriosa manera de entrar en la historia. Cuando por fin se había derrumbado, la mitad de Clanton estaba allí para contemplarlo. Él se había sentado en la rama baja de un sicomoro, al otro lado de la calle, oculto a la vista de todos, intentando rescatar sin conseguirlo algún recuerdo de una infancia feliz que, sencillamente, no había existido. Cuando las llamas habían asomado por las ventanas, no había pensado en el dinero ni en el escritorio de su padre ni en la mesa del comedor de su madre, sino solamente en el viejo general Forrest, que siempre lo había fulminado con su severa mirada.

Consiguió dormir tres horas y se despertó a las ocho. La temperatura subía rápidamente en aquel antro del vicio y se oían pesados pasos subiendo.

Harry Rex abrió la puerta y encendió la luz.

—Despierta, delincuente —gruñó—. Te reclaman en la cárcel.

Ray puso los pies en el suelo.

—Mi huida fue limpia y sin tacha.

Había perdido a Elmer y a Haney entre la multitud y se había marchado con Harry Rex.

—¿Les dijiste que podían registrar tu coche?

—Sí.

—¡Pues menuda tontería! ¿Se puede saber qué clase de abogado eres?

Cogió una silla plegable que había apoyada contra la pared y se sentó junto a la cama.

—No tenía nada que esconder.

—Eres idiota, ¿lo sabías? Registraron el coche y no encontraron nada.

—Eso es precisamente lo que yo esperaba.

—Ni ropa, ni bolsa de viaje, ni equipaje, ni siguiera un cepillo de dientes; nada que demostrara que te marchabas de la ciudad y regresabas a tu casa, que fue la excusa que diste.

—Oye, yo no quemé la casa.

—Pues eres el primer sospechoso. Te largas en plena noche sin nada de nada, conduciendo como alma que lleva el diablo. La vieja señora Larrimore te vio pasar como una exhalación con el coche, y a los diez minutos llegaban los bomberos. Luego, el poli más tonto de todo el condado te pilla con el radar, saliendo de la ciudad a ciento cincuenta. A ver cómo te defiendes.

—Yo no le prendí fuego.

—¿Y por qué te largaste a las dos y media de la madrugada?

—Alguien arrojó una piedra por la ventana del comedor, y me asusté.

—Tenías una pistola.

—No quería utilizarla. Prefería salir huyendo antes que disparar a alguien.

—Llevas demasiado tiempo viviendo en el norte.

—No vivo en el norte.

—¿Cómo te cortaste de ese modo?

—El ladrillo hizo añicos la ventana, y me corté al ir a comprobarlo.

—¿Por qué no llamaste a la policía?

—Me entró pánico. Solo quería irme a casa. Por eso me largué.

—Y diez minutos después alguien lo roció todo de gasolina y le prendió fuego.

—No sé lo que hicieron.

—Yo te consideraría culpable.

—No. Tú eres mi abogado.

—No. Soy el abogado de la herencia, que dicho sea de paso, acaba de perder su único bien.

—Hay un seguro antiincendios.

—Sí, pero no puedes tocarlo.

—¿Por qué no?

—Porque si lo solicitas te abrirán una investigación por incendiario. Si me dices que no fuiste tú, yo te creo; pero dudo que alguien más lo haga. Si pretendes cobrar el seguro, esos tipos se vengarán.

—Yo no le prendí fuego.

—Estupendo. ¿Y quién lo hizo?

—El mismo que arrojó el ladrillo.

—¿Y quién lo arrojó?

—No tengo ni idea. Puede que alguien que salió mal parado de un divorcio.

—¡Brillante! ¿Y ese alguien ha esperado nueve años para vengarse del juez, que por cierto está muerto? Mira, prefiero no estar en la sala cuando le cuentes eso al jurado.

—Escucha, Harry Rex: no sé quién fue, pero te juro que yo no quemé la casa. Olvida el dinero del seguro.

—No es tan fácil. Solo la mitad es tuyo. La otra mitad es de Forrest. Él sí puede reclamar ese dinero.

Ray suspiró y se rascó la incipiente barba.

—Ayúdame, Harry Rex, por favor.

—El sheriff está abajo con uno de sus detectives. Quieren hacerte unas preguntas. Será mejor que les cuentes la verdad. Te acompañaré, o sea que mejor que te lo tomes con calma.

—¿Está aquí?

—En la sala de reuniones. Le he pedido que venga, a ver si solucionamos esto. La verdad es que creo que lo mejor será que te largues de la ciudad.

—Eso pretendía.

—La acusación de conducción temeraria y la de tenencia de armas sin permiso quedarán aparcadas durante unos meses. Dame un poco de tiempo para trabajarme el calendario judicial. Ahora mismo tienes problemas más importantes.

—Yo no prendí fuego a la casa.

—Claro que no.

Salieron de la habitación y bajaron al primer piso.

—¿Quién es el sheriff?

—Un tipo llamado Sawyer.

—¿Un buen tipo?

—Eso da igual.

—¿Lo conoces bien?

—Me ocupé del divorcio de su hijo.

La sala de reuniones era un formidable desorden de libros de leyes esparcidos por las estanterías y la mesa. La impresión que daban era que Harry Rex se pasaba el día inmerso en tediosos análisis, lo cual no era verdad.

Sawyer no era nada educado, lo mismo que su ayudante, un italiano llamado Sandroni. No había muchos italianos en el norte de Mississippi, y durante la tensa presentación, Ray creyó detectar en él cierto acento del delta. Los dos fueron directamente al grano. Sandroni tomó nota de todo mientras Sawyer daba pequeños sorbos al café de su vaso de papel y observaba los movimientos de Ray.

El aviso del fuego lo había dado la señora Larrimore a las dos y cuarenta y cuatro, aproximadamente diez o quince minutos después de haber visto el coche de Ray saliendo a toda velocidad por la calle Cuarta. A las dos y treinta y seis, Elmer avisó por radio que salía en persecución de un gilipollas que circulaba a ciento cincuenta por hora por The Bottoms. Puesto que había quedado claro que Ray conducía muy deprisa, Sandroni estuvo un buen rato repasando su ruta, su velocidad estimada, los semáforos, cualquier cosa que hubiera podido hacerlo ir más despacio a aquella hora de la madrugada.

Cuando el trayecto de salida quedó establecido, Sawyer llamó por radio a uno de sus ayudantes, que esperaba ante las ruinas humeantes de Maple Run, y le ordenó que siguiera exactamente el mismo recorrido a la misma velocidad estimada y que se detuviera en The Bottoms, donde Elmer estaría esperándolo.

Doce minutos más tarde, el ayudante llamó para avisar que estaba con Elmer.

—O sea —dijo Sandroni recapitulando—, que en menos de doce minutos alguien, y suponemos que ese alguien no estaba ya dentro de la casa, ¿verdad señor Atlee?, entró en Maple Run con una gran cantidad de gasolina con la que la roció a conciencia, tan a conciencia que el jefe de bomberos dice que nunca había olido tanto a gasolina, y después tiró unas cuantas cerillas encendidas, y digo «unas cuantas» porque el jefe está convencido de que el fuego se inició en más de un sitio a la vez, y después de todo eso el incendiario desapareció en plena noche. ¿Estoy en lo cierto, señor Atlee?

—No puedo saber lo que hizo ese pirómano —contestó Ray.

—Pero el cálculo del tiempo que hemos hecho es exacto, ¿no?

—Si usted lo dice…

—Lo digo.

—¿Por qué no sigue con sus preguntas? —gruñó Harry Rex desde el otro lado de la mesa.

El móvil fue lo siguiente. La casa estaba asegurada por un valor de trescientos ochenta mil dólares, incluyendo el contenido. Según el agente inmobiliario, que ya había sido consultado, tenía encima de la mesa una oferta de compra de ciento setenta y cinco mil.

—Es una bonita diferencia, ¿verdad, señor Atlee? —comentó Sandroni.

—Lo es.

—¿Ha dado ya parte a la compañía?

—No, he pensado que sería mejor esperar a que abrieran sus oficinas. Créalo o no, no todo el mundo trabaja los sábados.

—¡Qué demonios! —exclamó Harry Rex acudiendo en socorro de Ray—, pero si el camión de bomberos todavía sigue ahí. Tenemos seis meses para dar parte.

Las mejillas de Sandroni se encendieron, pero contuvo la lengua y decidió cambiar de tema.

—Está bien —dijo, leyendo sus notas—, hablemos de los otros sospechosos.

A Ray no le gustó cómo había utilizado la palabra «otros». Explicó la historia del ladrillo que habían arrojado por la ventana, o al menos parte de ella; también la llamada telefónica, advirtiéndole que saliera de la casa inmediatamente.

—Puede comprobar el registro de llamadas, si quiere —comentó en plan desafiante, y para rematar añadió la historia del intruso que se había dedicado a hacer ruido en las ventanas la noche de la muerte del juez Atlee.

—Bueno, ya tienen bastante —interrumpió Harry Rex después de treinta minutos, lo cual significaba que su cliente no iba a responder a más preguntas.

—¿Cuándo piensa marcharse? —quiso saber Sawyer.

—Hace seis horas que lo estoy intentando —contestó Ray.

—Muy pronto —repuso Harry Rex en lugar de él.

—Puede que tengamos que hacerle alguna pregunta más.

—Volveré tan pronto como lo necesiten —aseguró Ray.

Harry Rex los acompañó hasta la puerta sin miramiento alguno. Luego, volvió a la sala de reuniones y dijo:

—Creo que eres un jodido mentiroso.

36

El viejo camión de bomberos, el mismo que Ray y sus amigos habían perseguido cuando eran adolescentes que se aburrían en las noches de verano, ya se había marchado. Un solitario voluntario, vestido con una tiznada camiseta, recogía las mangueras antiincendio.

A media mañana, Maple Run quedó desierta. La chimenea de la zona este seguía en pie junto con un trozo de la pared que la soportaba. Todo lo demás había quedado reducido a un montón de restos humeantes. Harry Rex y Ray caminaron entre las ruinas y fueron a la parte de atrás, donde una hilera de viejos pacanos protegía el linde posterior de la propiedad. Se sentaron a su sombra, en unas sillas de jardín que en su día Ray había pintado de rojo, y se tomaron unos tamales.

—Yo no prendí fuego a la casa —declaró Ray finalmente.

—¿Y sabes quién lo hizo? —preguntó Harry Rex.

—Tengo un sospechoso.

—¡Pues dímelo, maldita sea!

—Se llama Gordie Priest.

—¡Ah, él!

—Se trata de una larga historia.

Ray empezó con el juez, muerto en el sofá, y el casual hallazgo del dinero, si es que después de todo podía considerarse casualidad. Dio tantos detalles y datos como fue capaz de recordar y planteó las mismas preguntas que lo habían atormentado todo ese tiempo. Los dos dejaron de comer y se quedaron mirando las ennegrecidas ruinas, como hipnotizados por ellas. El relato dejó perplejo a Harry Rex. Para Ray supuso un alivio contarlo todo, desde Clanton hasta Charlottesville, desde los casinos de Tunica hasta los de Atlantic City y vuelta a los de Tunica; desde la costa y Patton French, con su obsesión de ganar mil millones, hasta el agradecimiento de este hacia el juez.

Ray no se calló nada e intentó recordarlo todo: el intento de robo de su apartamento, cuya intención solo era la de intimidar; la desdichada compra de una parte de un Bonanza… Así siguió, mientras Harry Rex escuchaba en silencio.

Cuando acabó, estaba sudando y se había quedado sin apetito. A Harry Rex se le ocurrieron un montón de preguntas, pero empezó con una:

—¿Por qué querría quemar la casa?

—Para borrar sus huellas, supongo. No lo sé.

—Ese tío no ha dejado ninguna huella.

—Quizá fuera esa precisamente su manera definitiva de intimidar.

Meditaron sobre aquello. Harry Rex acabó con uno de sus tamales y dijo:

—Tendrías que habérmelo contado.

—Mira, lo único que quería era quedarme el dinero, ¿vale? Tenía tres millones en efectivo en mis sucias manos y me sentía estupendamente. Era mejor que el sexo, mejor que cualquier otra cosa que hubiera experimentado en mi vida. ¡Tres millones, Harry Rex, y todos míos! De repente era rico y también avaricioso y corrupto. No quería que ni tú ni el gobierno ni Forrest ni nadie de este mundo supiera que yo tenía ese dinero.

—¿Qué pensabas hacer con él?

—Meterlo poco a poco en varios bancos, diez o doce mil dólares cada vez, para evitar cualquier papeleo que pudiera alertar a Hacienda. Mi intención era dejarlo allí un tiempo y después empezar a invertirlo de verdad. Tengo cuarenta y tres años. En dos años, el dinero estaría blanqueado y rindiendo. En cinco años podría doblar su valor. Con cincuenta años, tendría seis millones; doce a los cincuenta y cinco. A los sesenta tendría veinticuatro millones. Lo tenía todo planeado, Harry Rex. Tenía el futuro ante mis ojos.

—No te culpes. Lo que hiciste fue normal.

—No me lo parece.

—Eres un sucio ladrón.

—Eso me sentía: sucio. Y ya había empezado a cambiar. Me veía con un avión nuevo, conduciendo un coche de lujo y viviendo en un sitio mejor. En Charlottesville hay mucho dinero, y ya pensaba en darme la gran vida, que si clubes de golf, que si la caza del zorro…

—¿La caza del zorro?

—Sí.

—¿Con esas chaquetas rojas y el sombrero?

—Con todo eso y más, saltando por encima de los cercados, galopando tras una jauría de sabuesos que persiguen a un zorro que nunca ves.

—¿Y por qué ibas a querer hacer algo así?

—¿Por qué lo hace la gente?

—Yo prefiero cazar aves.

—En fin, la verdad es que al final se convirtió en una pesadilla. Llevo semanas cargando con ese dinero a todas partes.

—Podrías haber dejado una parte en mi despacho.

Ray acabó su tamale y tomó un sorbo de Coca-Cola.

—¿Crees que he sido un estúpido?

—No. Creo que has tenido suerte. Ese tío va en serio.

—Cada vez que cerraba los ojos, creía ver una bala volando hacia mi cabeza.

—Escucha, Ray, no has hecho nada malo. El juez no quería que ese dinero figurara en la herencia. Te lo llevaste pensando en ponerlo a salvo y también para proteger el buen nombre de tu padre. Lo único que ha pasado es que te has topado con un chiflado que lo quería más que tú. Si lo consideras retrospectivamente, verás que has tenido suerte al no salir mal parado de esta historia. Olvídala.

—Gracias, Harry Rex. —Ray apoyó los codos en las rodillas y vio cómo el voluntario se marchaba—. ¿Qué me dices del incendio?

—Lo resolveremos. Presentaré el parte, y la compañía de seguros lo investigará. Sospecharán que ha sido intencionado, y las cosas se pondrán feas. Dejaremos que pasen unos meses. Si no pagan, los demandaremos aquí, en el condado de Ford. No se arriesgarán a ir a juicio a discutir la herencia del juez Atlee en su misma ciudad. Creo que llegarán a un acuerdo antes. Puede que tengamos que ceder, pero cerraremos un buen trato.

Ray se puso en pie.

—Lo único que quiero es volver a casa. —Cuando dieron la vuelta a los restos de la casa, el aire era húmedo y estaba cargado de olor a quemado—. Ya tengo bastante —declaró Ray, caminando hacia la calle.

Cruzó The Bottoms sin pasar de ochenta por hora y sin ver ni rastro de Elmer Conway. El Audi le parecía más ligero con el maletero vacío. Lo cierto era que la vida le estaba quitando las cargas de encima. Ray echaba de menos la normalidad de su rutina cotidiana.

Temía encontrarse con Forrest. El principal activo de la herencia acababa de convertirse en humo, y el incidente del pirómano podía ser difícil de explicar. Quizá lo mejor fuera esperar un tiempo. La rehabilitación iba viento en popa, y Ray sabía por experiencia que cualquier contratiempo podía estropearla. Mejor dejar pasar un mes, y después otro.

No creía que Forrest regresara a Clanton, y cabía la posibilidad de que en su pequeño y mezquino mundo nunca se enterara del incendio. Lo mejor sería dejar que Harry Rex se encargara de darle la noticia.

La recepcionista de Alcorn Village lo miró con extrañeza cuando firmó en el libro de visitas. Ray estuvo un rato hojeando las revistas de la sala de espera y, cuando Oscar Meave apareció con aire sombrío, supo exactamente lo que había ocurrido.

—Se largó ayer por la tarde —dijo Meave, sentándose junto a Ray—. Llevo toda la mañana intentando hablar con usted.

—Anoche perdí el móvil —contestó Ray, a quien le costaba creer que hubiera podido olvidarse el móvil en medio de la lluvia de ladrillos.

—Se apuntó a una caminata por la montaña, una marcha de siete kilómetros que llevaba haciendo casi desde que llegó. Da la vuelta por detrás de la propiedad y no está vallada, pero es que no considerábamos a Forrest como un paciente de riesgo. La verdad es que me cuesta creerlo.

A Ray no le costaba nada. Su hermano llevaba veinte años largándose por las buenas de los centros de rehabilitación.

—Este lugar no es un centro de seguridad —dijo Meave, en tono de disculpa—. En realidad, nuestros pacientes están aquí porque quieren. De lo contrario, no funciona.

—Lo entiendo —contestó Ray en voz baja.

—Forrest lo estaba haciendo muy bien —prosiguió Meave, obviamente más afectado que Ray—. Se encontraba limpio y se sentía muy orgulloso por ello. Incluso había apadrinado a un par de adolescentes que estaban aquí por primera vez. Trabajaba con ellos todas las mañanas. La verdad es que esta vez no entiendo nada.

—Pensaba que usted era un ex adicto.

Meave no dejaba de menear la cabeza.

—Lo sé, lo sé: un adicto lo deja cuando el adicto quiere y no antes.

—¿No ha conocido a ninguno que simplemente no pudiera dejarlo? —preguntó Ray.

—Eso es algo que no podemos admitir.

—Ya sé que no, pero entre usted y yo: ambos sabemos que hay adictos que nunca lo dejarán.

Meave se encogió de hombros, a regañadientes.

—Forrest es uno de esos —prosiguió Ray—. Hace veinte años que se repite la misma historia.

—Para mí, es un fracaso personal.

—No se lo tome así.

Salieron afuera y charlaron un rato bajo la veranda. Meave no cesaba de disculparse. Para Ray no se trataba de nada inesperado.

Mientras conducía por la serpenteante carretera que llevaba a la principal, Ray se preguntó cómo era posible que su hermano se largase a pie de un centro que se hallaba a doce kilómetros del pueblo más cercano. De todas maneras, Forrest había escapado de lugares aún más alejados.

Volvería a Memphis, a su pequeña habitación en el sótano de casa de Ellie; a las calles, donde los vendedores de droga lo estarían esperando. La siguiente llamada telefónica podía ser la última; pero lo cierto era que Ray llevaba años medio esperándola. A pesar de lo enfermo que estaba, Forrest siempre había demostrado una sorprendente capacidad para sobrevivir.

Cruzó la frontera de Tennessee. La de Virginia sería la siguiente, a siete horas de distancia. Con un cielo azul y sin viento, pensó en lo agradable que sería hallarse a mil quinientos metros de altitud, volando en su Cessna favorito.

37

Las dos puertas eran nuevas, mucho más pesadas que las anteriores, y estaban sin pintar. Ray dio gracias en silencio a su casero por el desembolso extra, seguro de que ya no se producirían más irrupciones. La persecución había acabado. Ya no habría más miradas furtivas por encima del hombro, ni jugar al escondite en Chaney's ni más conversaciones a escondidas con Corey Crawford; pero sobre todo no habría más dinero sucio con el que entretenerse ni llevar de un lado a otro. El haberse desprendido de aquella carga le hacía sonreír y caminar a paso más vivo.

La vida volvería a ser normal. Largas sesiones de jogging bajo el calor, largos vuelos por encima de Piedmont. Incluso le apetecía retomar su olvidado trabajo sobre los monopolios, y se prometió tenerlo listo y entregado para aquella Navidad o la siguiente. Sus sentimientos hacia Kaley se habían enternecido y estaba dispuesto a ofrecerle una última oportunidad para salir a cenar. En esos momentos la situación de la joven era legal porque se había graduado; además, resultaba demasiado atractiva para descartarla sin haberlo intentado en serio.

Su apartamento se encontraba igual, como era de esperar teniendo en cuenta que nadie más que él vivía allí. Aparte de la puerta, no había señales de que hubieran forzado la entrada. En esos momentos sabía que su ladrón no había sido en realidad un ladrón, sino solo un torturador, alguien que pretendía intimidarlo. Podía haberse tratado tanto de Gordie como de alguno de sus hermanos. No estaba seguro de cómo se habían repartido el trabajo, pero tampoco le importaba.

Eran casi las once de la mañana. Se preparó un café bien fuerte y revisó el correo. No más cartas anónimas. Nada aparte de las acostumbradas facturas y publicidad.

Había dos faxes en la bandeja. El primero era una nota de un antiguo estudiante; el segundo, de Patton French, diciéndole que había intentado llamarlo pero que su móvil no contestaba. Estaba escrito en el papel con membrete del «Rey de los pleitos», y sin duda había sido enviado desde las grises aguas del golfo, donde French seguía escondiendo el yate de los ojos del abogado de su mujer.

Eran buenas noticias en lo referente a la seguridad. Poco después de que Ray se hubiera marchado de la costa, Gordie Priest había sido localizado junto con sus dos hermanos. ¿Le importaría llamar a French? Su secretario se ocuparía de localizarlo.

Ray estuvo dos horas al teléfono, intentando establecer comunicación. Por fin, Patton French le devolvió la llamada desde un hotel de Fort Worth, donde estaba celebrando una reunión con algunos abogados que representaban a clientes del Kobril y el Ryax.

—Lo más seguro es que salga de aquí con otros mil casos bajo el brazo —explicó, incapaz de controlarse.

—Qué bien —contestó Ray, decidido a no escuchar una palabra más sobre acciones colectivas o acuerdos multimillonarios.

—¿Su teléfono es seguro? —quiso saber French.

—Sí.

—Muy bien, escuche: Priest ha dejado de ser una amenaza. Lo encontramos poco después de que se marchara usted, borracho y en la cama con una mujer a la que hace tiempo que veía. También encontramos a sus hermanos. Su dinero está a salvo.

—¿Y cuándo los encontraron exactamente? —preguntó Ray, que se hallaba sentado a la mesa de la cocina con un calendario desplegado ante él. El momento era crucial. Hizo algunas anotaciones al margen mientras esperaba la respuesta.

—A ver... Un momento... —dijo French—. ¿Qué día es hoy?

—Lunes, cinco de junio.

—Lunes. ¿Y qué día se marchó usted de aquí?

—Creo que fue el viernes, a eso de las diez.

—Entonces fue ese mismo viernes, después de comer.

—¿Está usted seguro?

—Claro que estoy seguro. ¿Por qué me lo pregunta?

—Y después de que lo encontraran, ¿no tuvo oportunidad para escapar de nuevo?

—Créame, Ray, esos tres nunca volverán a marcharse de la costa. Digamos que han encontrado un domicilio permanente aquí.

—Ahórreme los detalles, se lo ruego —contestó Ray, estudiando el calendario.

—¿Qué ocurre? —preguntó French—. ¿Algo va mal?

—Sí, supongo que podría decirse así.

—¿De qué se trata?

—De que alguien prendió fuego a la casa.

—¿A la casa del juez?

—Eso mismo.

—¿Cuándo?

—Pasada la medianoche del sábado.

Se produjo un silencio mientras French asimilaba la noticia.

—Bien, entonces no fueron los hermanos Priest. Eso se lo puedo asegurar. —Cuando Ray no contestó, French preguntó—: ¿Qué ha sido del dinero?

—No lo sé —farfulló Ray.

Una sesión de jogging no hizo nada por aliviar su tensión, pero le permitió poner en orden sus pensamientos y trazar planes, como de costumbre. La temperatura superaba los treinta grados, y cuando regresó a su apartamento estaba empapado en sudor.

Después de haberse confesado a Harry Rex, le resultaba reconfortante tener a alguien con quien compartir aquella noticia de última hora. Llamó a su oficina de Clanton y lo informaron de que se encontraba en un juicio en Tupelo y que no volvería hasta más tarde. Luego, llamó a casa de Ellie, en Memphis, donde nadie se molestó en contestar al teléfono. También telefoneó a Oscar Meave sin esperar nuevas noticias de Forrest, y eso mismo fue lo que consiguió.

Vuelta a la vida normal.

Tras una tensa mañana negociando arriba y abajo por los pasillos de los tribunales del condado de Lee, discutiendo cuestiones como quién se quedaría con la lancha de esquiar, quién la cabaña junto al lago y cuánto tendría que pagar en concepto de compensación, el divorcio quedó resuelto después de comer. Harry Rex llevaba al marido, un temperamental vaquero que ya iba por la tercera esposa y que creía saber más derecho matrimonial que su propio abogado. La esposa número tres era un zorrón de unos treinta años que lo había pillado con su mejor amiga. Se trataba de la típica historia sórdida, y Harry Rex estaba hasta las narices de ella cuando se acercó al estrado y presentó el acuerdo de reparto tan duramente negociado.

El juez era un veterano que había llevado cientos de casos parecidos.

—Siento mucho lo del juez Atlee —comentó cuando empezó a revisar los papeles.

Harry Rex se limitó a asentir. Estaba cansado y sediento y soñaba con tomarse una cerveza bien fría por el camino de regreso a Clanton. Su cervecería favorita de Tupelo se hallaba en el límite del condado.

—Servimos juntos durante veintidós años —seguía diciendo el juez.

—Sí, una gran persona —repuso Harry Rex.

—¿Se ocupa usted de la herencia?

—Sí, señoría.

—Salude de mi parte al juez Farr.

—Lo haré.

Los documentos quedaron firmados; y el matrimonio, felizmente resuelto. Los ex esposos se marcharon cada uno por su lado. Harry Rex había salido del juzgado y se hallaba a medio camino de su coche cuando un abogado salió corriendo tras él y lo detuvo en la acera. Se presentó como Jacob Spain, uno más de los miles de letrados que había en Tupelo, pero daba la casualidad de que había estado en la sala y había oído que el juez mencionaba al difunto Atlee.

—Tenía un hijo, ¿verdad? —preguntó Spain—. Un tal Forrest.

—Tenía dos, Forrest y Ray —contestó Harry Rex, suspirando y esperando que aquello terminara pronto.

—Yo jugué a fútbol contra Forrest en el instituto. La verdad es que me fracturó la clavícula con una entrada.

—Sí, eso suena propio de Forrest.

—Yo estaba en el equipo de New Albano. Forrest era junior y yo senior. ¿Lo vio jugar alguna vez?

—Sí, muchas.

—¿Se acuerda usted del partido que jugó contra nosotros, cuando lanzó desde las trescientas yardas en la primera mitad? Creo que hizo cuatro de los cinco *touchdowns*.

—Sí, me acuerdo —contestó Harry Rex, impacientándose por momentos. ¿Cuánto tiempo iba a durar aquello?

—Aquella noche yo jugué sin arriesgar, mientras que él lanzaba pases por todas partes. Yo intercepté uno justo antes del descanso, pero arremetió de cabeza contra mí y me derribó.

—Sí, muy propio de Forrest. Su lema era «dar fuerte y dar en el último momento», especialmente cuando algún infeliz de la defensa interceptaba uno de sus pases.

—Tengo entendido que lo detuvieron una semana más tarde —comentó Spain—. Fue una pena. En fin… el caso es que lo vi hace solo unas semanas, aquí en Tupelo, con su padre, el juez Atlee.

La impaciencia de Harry Rex se esfumó, lo mismo que sus deseos de una cerveza bien fría.

—¿Cuándo fue eso? —preguntó.

—Justo antes de que el juez muriera. Fue una escena bastante extraña.

Caminaron unos pasos hasta situarse a la sombra de un árbol.

—Lo escucho —dijo Harry Rex, aflojándose la corbata. La arrugada americana se la había quitado hacía rato.

—A mi suegra la están tratando en la clínica Taft, por un cáncer de mama. Un lunes por la tarde, la acompañé al hospital para una sesión de quimio.

—El juez también iba al hospital Taft —comentó Harry Rex—. He visto las facturas.

—Sí, allí fue donde lo vi. Ingresé a mi suegra y como tuve que esperar, me fui al coche para hacer unas cuantas llamadas. Estaba sentado al volante cuando vi que el juez llegaba en un Lincoln negro conducido por alguien a quien no reconocí. Aparcaron cerca, dos coches más abajo, y se apearon. Entonces, el conductor me pareció familiar: un tipo grande y corpulento, cabello largo y unos andares chulescos que me sonaban de algo. Entonces caí en la cuenta: era Forrest. Lo descubrí por la forma de caminar y moverse. Llevaba gafas de sol y una gorra muy encajada, entraron y, al cabo de un momento, Forrest salió.

—¿Qué clase de gorra?

—Una azul, desteñida, de los Cubs, creo.

—Sí, la he visto.

—Me pareció que estaba muy nervioso, como si no quisiera que nadie lo viera. Se escondió detrás de unos árboles, pero yo seguí viendo su silueta. Al principio creí que quizá se estuviera aliviando, pero no; solo se escondía. Al cabo de una hora o así, entré y esperé un rato para recoger a mi suegra. Cuando me marché, Forrest seguía oculto entre los árboles.

Harry Rex había sacado su agenda de bolsillo.

—¿Qué día era?

Spain sacó la suya y, como hacen todos los atareados abogados, compararon sus notas.

—Fue el lunes uno de mayo.

—Eso significa seis días antes de la muerte del juez —dijo Harry Rex.

—Estoy seguro de que la fecha es correcta. Es solo que me pareció una escena un tanto rara.

—Bueno, la verdad es que Forrest es un tipo bastante raro.

—No estará huyendo de la justicia o algo parecido, ¿verdad?

—No en estos momentos —contestó Harry Rex, y ambos rieron.

Spain se despidió sin más.

—Bueno, cuando lo vea dígale que sigo enfadado con él por cómo me entró.

—Lo haré —repuso Harry Rex, viéndolo alejarse.

38

El señor y la señora Vonner salieron de Clanton una nublada mañana de junio en su nuevo todoterreno deportivo cargado con equipaje suficiente para pasar una semana en Europa. Sin embargo, su destino era el distrito de Columbia porque la señora Vonner tenía allí una hermana que aún no conocía a Harry Rex. Pasaron la primera noche en Gatlinburg, y la segunda en White Sulphur Springs, al oeste de Virginia. Llegaron a Charlottesville al mediodía y dieron el paseo obligatorio por la casa de Jefferson, el Monticello, pasearon por el campus de la universidad y se fueron a comer a un antro de estudiantes llamado The White Spot, cuya especialidad eran las hamburguesas con huevo frito, justo el tipo de comida que le gustaba a Harry Rex.

A la mañana siguiente, mientras la señora Vonner dormía, él salió a pasear por el centro peatonal. Encontró la dirección que buscaba y se sentó a esperar.

Unos minutos después de las ocho de la mañana, Ray se hizo un doble nudo en sus caras zapatillas de correr, estiró las piernas en el vestíbulo y bajó a la calle para su sesión diaria de jogging. Fuera, el aire era cálido. Faltaba poco para julio, y el verano ya había llegado.

Dobló una esquina y oyó una voz familiar.

—¡Eh, chico!

Harry Rex se hallaba sentado en un banco, con un vaso de café en la mano y un periódico sin leer junto a él. Ray se quedó petrificado por la sorpresa y tardó unos segundos en reaccionar. Algo estaba fuera de lugar.

—¡Harry! ¿Qué estás haciendo aquí? —preguntó, acercándose.

—Bonito modelito llevas —dijo Harry Rex, contemplando el pantalón corto, la vieja camiseta, la gorra y las gafas de sol de correr, último modelo—. Mi mujer y yo estamos de paso, camino del distrito de Columbia. Tiene una hermana allí y cree que debe presentármela. Siéntate.

—¿Y por qué no me has avisado?

—No quería molestarte.

—Tendrías que haberme llamado, hombre. Podríamos salir a cenar y te enseñaría la ciudad.

—No es esa clase de viaje. Anda, siéntate.

Oliéndose problemas, Ray tomó asiento junto a Harry Rex.

—No me puedo creer que no hayas llamado —farfulló.

—Calla y escucha.

Ray se quitó las gafas y lo miró.

—¿Son malas noticias?

—Digamos que son curiosas.

Entonces le contó su conversación con Jacob Spain, la historia de Forrest escondiéndose entre los árboles, en el hospital oncológico, seis días antes de la muerte del juez. Ray escuchó con incredulidad y se fue hundiendo poco a poco en el banco. Al final se inclinó hacia delante, con los codos apoyados en las rodillas y la cabeza gacha.

—Según los informes del hospital —siguió explicando Harry Rex—, ese día le colocaron el administrador de morfina. El uno de mayo. No sé si fue el primero o si le rellenaron otro que ya tenía. Los datos del hospital no lo aclaran. Se diría que Forrest lo acompañó a recoger el medicamento.

Harry Rex hizo una larga pausa mientras una atractiva joven pasaba ante ellos, a todas luces con prisas, y su ceñida falda marcaba el vaivén de sus caderas. Tomó un sorbo de café y prosiguió:

—El testamento que encontraste en el escritorio del juez siempre me pareció sospechoso desde el primer momento. Durante los últimos seis meses de su vida, él y yo no dejamos de hablar del testamento. Me cuesta creer que justo antes de morir se le ocurriera redactar uno. He estudiado las firmas a fondo y, por lo que mis conocimientos me permiten deducir, diría que la del documento hológrafo es falsa.

Ray carraspeó.

—Si Forrest lo acompañó a Tupelo, es lógico suponer que estaba en Maple Run.

—Sí, y por toda la casa.

Harry Rex había contratado a un detective de Memphis para que localizara a Forrest, pero no había rastro de este, ni una huella. Sacó un sobre del periódico y se lo entregó a Ray.

—Esto llegó hace tres días.

Ray sacó una hoja de papel y la desdobló. Era de Oscar Meave, de Alcorn Village, y decía:

> Apreciado señor Vonner:
> No he podido localizar al señor Ray Atlee. Si por la razón que sea la familia no lo sabe, yo conozco el paradero de Forrest. Llámeme si quiere que hablemos. Se trata de un asunto confidencial.
> Con mis mejores deseos,
>
> OSCAR MEAVE

—Así pues, lo llamé en el acto —prosiguió Harry Rex contemplando pasar a otra joven—. Resulta que un antiguo paciente suyo está trabajando como especialista en otro centro de desintoxicación del oeste donde Forrest ingresó hace una semana. Según parece, se mostró muy celoso de su intimidad y dijo que no quería que su familia supiera que estaba allí. Como es normal, esto es algo que sucede a veces, y los centros no pueden hacer nada salvo respetar los deseos de sus pacientes. Sin embargo, por otra parte resulta que la colaboración de la familia es esencial en el proceso de rehabilitación. En este caso, la consecuencia fue que los especialistas hablaron entre ellos del asunto y decidieron hacerte llegar la información.

—¿En qué sitio del oeste?

—En Montana, en un lugar llamado Morningstar Ranch. Meave me dijo que tiene todo lo que Forrest puede necesitar. Es muy agradable y está muy apartado. En realidad se trata de un lugar clausurado al que solo van los casos más difíciles. Según parece, dijo que quería estar un año entero.

Ray se enderezó y se masajeó las sienes como si acabara de pegarse un tiro.

—Y como es natural, el sitio no es barato —añadió Harry Rex.

—Como es natural —murmuró Ray.

No había mucho más que decir, al menos no sobre Forrest. Al cabo de unos minutos, Harry Rex anunció que tenía que marcharse. Había entregado el mensaje y por el momento no tenía otra cosa que añadir. Su mujer estaba impaciente por reunirse con su hermana. Quizá la próxima vez podrían quedarse y salir a cenar o lo que fuera. Dio una palmada en el hombro a Ray y lo dejó sentado en el banco.

—Nos veremos en Clanton —fueron sus últimas palabras.

Demasiado confuso y aturdido para salir a correr, Ray se quedó donde estaba, en medio de la zona peatonal, frente a su apartamento, perdido en un mundo donde todo cambiaba rápidamente. El número de transeúntes aumentó rápidamente a medida que la gente salía de sus casas para dirigirse al trabajo, pero él no los vio.

Cada semestre, Carl Mirk impartía un curso sobre legislación de seguros. También era miembro del Colegio de Abogados de Virginia, lo mismo que Ray. Charlaron de la entrevista durante la comida y ambos llegaron a la conclusión de que formaba parte de una investigación de rutina y que no había motivos para preocuparse. Mirk lo acompañaría y se haría pasar por el abogado de Ray.

El investigador de la compañía de seguros se llamaba Ratterfield. Se encontraron con él ante una de las salas de reuniones de la facultad y lo invitaron a pasar. El hombre se quitó la chaqueta, como si fuera a estar horas con ellos. Ray vestía vaqueros y un polo, y Mirk iba igual de informal.

—Normalmente suelo grabar las reuniones —anunció Ratterfield, yendo directamente al grano y sacando una grabadora que colocó en medio de la mesa—. ¿Alguna objeción? —preguntó cuando el aparato estuvo listo.

—Supongo que no —contestó Ray.

Apretó el botón de grabar, consultó sus notas e hizo una breve presentación en voz alta del caso para que quedara constancia en la cinta. Era un investigador independiente contratado por Aviation Underwriters para investigar un parte presentado por Ray Atlee y otros tres propietarios por los daños sufridos el 2 de junio en un Beech Bonanza de 1994. Según las autoridades, el avión había sido incendiado a propósito.

Para empezar, Ratterfield necesitaba el historial de vuelo de Ray. Este le entregó su diario de navegación, que el otro examinó sin hallar nada de interés.

—No tiene evaluación sobre instrumentos —comentó en un momento dado.

—Estoy trabajando en ella —contestó Ray.

—¿Lleva catorce horas con el Bonanza?

—Sí.

Luego pasó a ocuparse del consorcio de compradores y formuló unas cuantas preguntas sobre el acuerdo que habían firmado. Ya había entrevistado a los demás, y todos le habían entregado sus copias del contrato y el resto de la documentación.

Cambiando de tema, Ratterfield le preguntó:

—¿Dónde estaba usted el uno de junio?

—En Biloxi, Mississippi —contestó Ray, convencido de que el otro no tendría la menor idea de dónde se hallaba ese lugar.

—¿Cuánto tiempo estuvo allí?

—Varios días.

—¿Puedo preguntarle para qué fue?

—Desde luego —repuso Ray, haciéndole un resumen de sus visitas al hogar paterno. Su motivo oficial para ir a la costa era ir a ver a viejos amigos de su época de Tulane.

—Estoy seguro de que habrá quien pueda confirmar que estuvo allí el uno de junio, ¿verdad? —preguntó Ratterfield.

—Desde luego. Además, tengo las facturas de los hoteles.

El investigador parecía bastante convencido.

—Los otros propietarios estaban todos en sus casas cuando el avión se quemó —dijo, pasando una hoja de sus notas mecanografiadas—. Todos tienen coartada. Si asumimos que fue un incendio deliberado, primero deberíamos buscar el motivo y después a la persona que lo provocó. ¿Alguna idea?

—No tengo ni idea de quién pudo hacer semejante cosa —declaró Ray con la mayor firmeza y convicción.

—¿Y en cuanto al móvil?

—Acabábamos de comprar el avión. ¿Por qué íbamos a querer destruirlo?

—Puede que para cobrar el seguro. A veces ocurre. Quizá uno de ustedes llegó a la conclusión de que estaba gastando demasiado. La cantidad no es menor, casi doscientos de los grandes en seis años. Eso equivale a novecientos dólares al mes y por socio.

—Eso ya lo sabíamos cuando firmamos el acuerdo —contestó Ray.

Durante un rato dieron vueltas al delicado tema de las finanzas de Ray —su sueldo, sus gastos y obligaciones—, hasta que Ratterfield quedó convencido de que era capaz de hacer frente a su parte del trato y cambió de tema.

—Ese incendio de Mississippi… —dijo, hojeando unos informes—. Hábleme de él.

—¿Qué quiere saber?

—¿Está siendo investigado allí por un delito de incendio?

—No.

—¿Seguro?

—Sí, estoy seguro. Puede llamar a mi abogado, si quiere.

—Ya lo he hecho. Además, su apartamento ha sufrido dos intentos de robo en las últimas seis semanas.

—No se llevaron nada. Fueron solo dos intrusiones.

—Está teniendo un verano movidito, ¿no?

—¿Eso es una pregunta?

—Se diría que hay alguien que le tiene ganas.

—Repito, ¿eso es una pregunta?

Fue el único momento tenso de la entrevista, y tanto Ray como el investigador contuvieron el aliento unos instantes.

—¿Tiene antecedentes de haber sido investigado por un delito de incendio?

Ray sonrió.

—No.

Cuando Ratterfield pasó otra hoja y vio que no había nada escrito en ella pareció perder interés en el caso y empezó a recoger sus cosas.

—Estoy seguro de que nuestros abogados estarán en contacto —dijo mientras apagaba la grabadora.

—Me siento impaciente.

Ratterfield cogió su chaqueta y su maletín y salió.

Cuando se hubo marchado, Carl comento:

—Creo que sabes más de lo que has contado.

—Puede —repuso Ray—. Pero no he tenido nada que ver con el incendio de aquí y tampoco con el de allí.

—Para mí, eso es suficiente.

39

Durante casi una semana, una serie de frentes tormentosos hicieron que el cielo estuviera demasiado nublado y ventoso para que las avionetas pudieran volar sin peligro. Cuando las previsiones solo mostraron calma y tiempo seco en todas partes salvo en el sur de Texas, Ray despegó de Charlottesville a bordo del Cessna e inició la travesía del país más larga de su breve trayectoria como piloto. Evitando las zonas de mayor tráfico aéreo y buscando siempre fáciles referencias visuales en el suelo, voló hacia el oeste, cruzando el valle de Shenandoah, al oeste de Virginia, y adentrándose en Kentucky, donde reposó en un pequeño aeropuerto cerca de Lexington. El Cessna podía permanecer en el aire durante tres horas y media antes de que el indicador de gasolina indicara menos de un cuarto de depósito. Volvió a aterrizar en Terre Haute, cruzó el río Mississippi en Aníbal y se detuvo a pasar la noche en Kirksville, Missouri, donde cogió una habitación en un motel.

Era su primer motel desde la odisea con el dinero, y era precisamente por culpa de aquel dinero que volvía a hallarse en otro. También se encontraba en Missouri, y mientras zapeaba en su cuarto los canales de televisión se acordó de la historia del Ryax que le había contado Patton French, de cómo este se había tropezado con un colega durante un seminario sobre demandas colectivas en St. Louis, del viejo abogado de un pueblo de las Ozark que tenía un hijo que daba clases en la

Universidad de Columbia y que sabía que el medicamento era nocivo. Era precisamente por culpa de Patton French y su corrupta e insaciable codicia que él, Ray Atlee, se hallaba nuevamente en el motel de otra ciudad donde no conocía absolutamente a nadie.

Un frente se estaba formando sobre Utah, de modo que Ray despegó al amanecer y ascendió por encima de mil trescientos metros. Luego, ajustó los controles y abrió un termo de humeante café. Durante la primera parte del trayecto voló más hacia el norte que hacia el oeste y no tardó en hallarse sobre los campos de maíz de Iowa.

Solo, a kilómetro y medio sobre el suelo, en la fría quietud de la mañana y sin que ningún otro piloto parloteara por la radio, Ray intentó concentrarse en la tarea que le esperaba. Sin embargo, resultaba mucho más fácil disfrutar de la tranquilidad y de las vistas, del café y del solitario placer de dejar el mundo y sus problemas más abajo. Y lo mejor de todo era no pensar en su hermano.

Tras una breve parada en Sioux Falls giró de nuevo hacia el oeste y siguió la Interestatal 90 a través de todo el estado de Dakota del Sur antes de evitar el espacio aéreo restringido del monte Rushmore. Después, aterrizó en Rapad City, alquiló un coche y dio una larga vuelta por el Parque Nacional de Baldlands.

Aunque su página web resultaba de lo más imprecisa, el Morningstar Ranch se encontraba en algún lugar de las montañas al sur de Kalispell. Oscar Meave había intentado sin éxito localizarlo exactamente. Al final de su tercer día de viaje, Ray aterrizó al anochecer en Kalispell. Alquiló otro coche, buscó un restaurante y un motel y pasó un buen rato estudiando los mapas de carreteras.

Pasó un día entero volando a baja altura alrededor de las localidades de Kalispell, Woods Bay, Polison, Bigfork y Elmo. Cruzó el lago Flathead media docena de veces y estaba a punto de abandonar la ofensiva aérea e iniciar la terrestre cuando vio un conjunto de edificios cerca del pueblo de Somers, en la orilla norte del lago. Sobrevoló en círculos el lugar desde quinientos metros de altura hasta que vio una alta verja de tela metálica pintada de verde que se confundía con la vegetación hasta hacerla casi invisible desde lo alto. Había pequeños edificios que parecían destinados al alojamiento, uno mayor que podía ser el de administración, y también una piscina, pistas de tenis y un granero con caballos pastando cerca. Estuvo sobrevolando el lugar el tiempo suficiente para que la gente dejara lo que estuviera haciendo, saliera del complejo y mirara hacia el cielo, haciéndose sombra sobre los ojos con la mano.

Encontrarlo por carretera le resultó casi tan difícil como hacerlo desde el aire; pero, a mediodía del día siguiente, Ray se detuvo frente a una verja de hierro cerrada, mirando fijamente a un centinela armado que lo miraba con igual fijeza. Tras unas cuantas preguntas y respuestas nada amables, el vigilante reconoció que sí, que Ray había encontrado por fin el lugar que andaba buscando.

—No se permiten visitas —dijo el vigilante, con aire de superioridad.

Ray se inventó entonces una historia sobre una familia en crisis y subrayó la urgente necesidad que tenía de encontrar a su hermano. El procedimiento de rutina, tal como el vigilante le explicó a regañadientes, consistía en dejar un nombre y un número de teléfono. Solo en ese caso existía la remota posibilidad de que alguien de dentro se pusiera en contacto. Al día siguiente, estaba pescando truchas en el río Flathead cuando sonó el móvil. Una voz nada amistosa, que pertenecía a una tal Allison del Morningstar, preguntó por Ray Atlee.

¿Quién esperaba que contestara?

Él confesó ser Ray Atlee, y ella le preguntó qué quería de su centro.

—Tengo a mi hermano ingresado ahí —dijo lo más educadamente posible—. Se llama Forrest Atlee, y me gustaría verlo.

—¿Qué le hace pensar que está aquí? —quiso saber ella.

—Lo está. Mire, usted sabe que lo está, y yo sé que lo está. ¿Le importaría dejarse de juegos?

—Lo comprobaré, pero no espere que lo llamemos de nuevo —dijo, y colgó antes de que Ray pudiera añadir más.

La siguiente voz nada amistosa pertenecía a Darle, administrador de esto o aquello. Sonó a última hora de la tarde, mientras Ray paseaba por las montañas del Swan Range, cerca de la presa de Hungry Horse. Darle se mostró igual de brusco que Allison.

—Solo media hora —informó a Ray—. Treinta minutos. A las diez de la mañana.

Una cárcel de máxima seguridad habría resultado más agradable. El mismo centinela lo registró en la entrada y examinó su coche.

—Sígale —ordenó a Ray.

Otro guardia, al volante de un cochecito de golf, lo esperaba al borde de un estrecho camino. Ray lo siguió hasta una pequeña zona de aparcamiento situada frente al edificio principal. Cuando se apeó del coche, Allison lo esperaba, desarmada. Era alta y algo masculina. Cuando Ray le ofreció el obligatorio apretón de manos y ella se la estrechó se sintió más que nunca desafiado físicamente. Allison lo escoltó al interior, donde las cámaras de vigilancia registraban el menor movimiento a la vista de todos; lo condujo a una habitación desprovista de ventanas y allí lo dejó en manos de un guardia con cara de malas pulgas que, con la delicadeza de un manipulador de equipajes, registró todos y cada uno de sus rincones corporales salvo el escroto; aunque, en un breve momento de horror, Ray llegó a temer que esa parte también recibiría el correspondiente manoseo.

—Oiga, solo quiero ver a mi hermano, ¿sabe? —protestó Ray, que estuvo a punto de ser maniatado por semejante comentario.

Cuando lo hubieron cacheado y limpiado a conciencia, Allison volvió a hacerse cargo de él y se lo llevó por un corto pasillo hasta una habitación desnuda que bien podría haber tenido las paredes acolchadas. La única puerta que daba a ella estaba dotada de la única ventana.

—Lo estaremos observando —lo advirtió Allison severamente, señalándola.

—¿Observando qué? —preguntó Ray.

Ella lo fulminó con la mirada, lista para tumbarlo de un puñetazo.

En el centro de la habitación había una mesa con dos sillas colocadas frente a frente.

—Siéntese aquí —le indicó Allison.

Ray obedeció y estuvo diez minutos contemplando la desnuda pared de delante, de espaldas a la puerta.

Por fin, esta se abrió y entró Forrest, solo, sin cadenas, sin esposas y sin que un par de gorilas lo empujaran por el camino. Sin decir palabra, se sentó frente a Ray y entrelazó las manos sobre la mesa, como si fuera la hora de la meditación. Se había quedado casi sin pelo. Un corte con maquinilla se lo había dejado casi al cero en la parte alta de la cabeza y al cero encima de las orejas. Iba bien afeitado y parecía haber adelgazado diez kilos. Llevaba una ancha camisa de color caqui y cuello pequeño, con dos bolsillos, casi de estilo militar.

—Esto parece un campamento del ejército —fueron las primeras palabra que dijo Ray al ver la prenda.

—Es duro —contestó Forrest, hablando despacio y en voz muy baja.

—¿Os lavan el cerebro o qué?

—Eso es precisamente lo que hacen.

Ray estaba donde estaba por culpa del dinero, de manera que decidió ir al grano.

—¿Esto es lo que te ofrecen a cambio de setecientos dólares al día?

—Sí, una nueva vida.

Ray asintió ante la respuesta a su pregunta. Forrest lo miraba fijamente, sin parpadear, sin expresión, contemplándolo como si fuera un perfecto desconocido.

—¿Y vas a pasar doce meses aquí?

—Como mínimo.

—Eso supone un cuarto de millón de dólares.

Forrest se encogió ligeramente de hombros, como si el dinero careciera de importancia y él fuera a estar allí tanto tres como cinco años.

—¿Te han sedado? —le preguntó Ray, intentando provocarle alguna reacción.

—No.

—Pues te comportas como si lo estuvieras.

—No lo estoy. Aquí no utilizan medicamentos. No entiendo por qué, ¿y tú? —Su voz había cobrado cierta energía.

Ray era consciente del reloj. Allison entraría exactamente en el minuto treinta para interrumpir lo que fuera y escoltarlo afuera del recinto para siempre. Necesitaba mucho más tiempo que ese para ventilar sus asuntos, por lo tanto no podía perder el tiempo. Ve al grano, a ver qué es capaz de admitir, se dijo.

—He estudiado la firma del testamento del juez —dijo—, y las de las cartas que nos envió, citándonos en su casa, y he llegado a la conclusión de que son falsas.

—Me alegro por ti.

—No sé quién las falsificó, pero creo que fuiste tú.

—Pues demándame.

—¿No lo niegas?

—¿Qué diferencia supondría?

Ray repitió aquellas palabras con disgusto, como si hacerlo lo irritara. Se hizo un largo silencio mientras el reloj seguía corriendo.

—Yo recibí la mía un jueves. El matasellos era de Clanton, con fecha del lunes, el mismo día que tú acompañaste al juez al hospital Taft, de Tupelo, para que le dieran su morfina. Me pregunto cómo lograste escribir la carta en su vieja Underwood.

—No tengo por qué responder a tus preguntas.

—Claro que sí. Tú organizaste este fraude, Forrest. Lo menos que puedes hacer es explicarme cómo lo hiciste. Has ganado. El viejo está muerto, la casa no existe y tienes el dinero. Nadie te acosa salvo yo, y me iré de aquí muy pronto. Dime cómo lo hiciste.

—El viejo ya tenía morfina.

—De acuerdo, entonces lo acompañaste para que le dieran más o le rellenaran la que ya tenía. No es eso lo que te pregunto.

—Pero es importante.

—¿Por qué?

—Porque no se enteraba de nada, porque estaba colgado. —La expresión de lavado de cerebro se resquebrajó ligeramente cuando retiró las manos de la mesa y miró hacia otra parte.

—O sea, que el pobre viejo sufría —dijo Ray, intentando despertar alguna emoción.

—Sí —contestó Forrest, sin la menor emoción.

—Y si tú mantenías abierto el grifo de la morfina, tenías la casa para ti solo.

—Más o menos.

—¿Cuándo volviste por primera vez?

—No soy bueno con las fechas. Nunca lo he sido.

—No te hagas el gracioso conmigo, Forrest. El juez murió un domingo.

—Llegué un sábado.

—¿Ocho días antes de que muriera?

—Sí, supongo que sí.

—¿Y por qué volviste?

Forrest cruzó los brazos sobre el pecho y bajó la cabeza, la mirada y la voz.

—Me llamó y me dijo que fuera a verlo. Llegué al día si-

guiente y me costó creer lo viejo, enfermo y solo que estaba.
—Suspiró y miró a su hermano—. Los dolores eran terribles.
A pesar de los calmantes, estaba muy mal. Nos sentamos en el
porche y hablamos de la guerra, de cómo las cosas habrían sido
diferentes si Jackson no hubiera perdido la vida en Chancellorsville. Repasamos las mismas batallas de toda la vida. Él no dejaba de agitarse y moverse para combatir el dolor. A veces se
quedaba sin aliento, pero quería conversar. Nunca enterramos
el hacha de guerra ni intentamos hacer las cosas como Dios
manda. No creímos que fuera necesario. Lo único que él quería
era que yo estuviera allí. Dormía en el sofá de su estudio y por
las noches me despertaban sus gritos. Una vez me lo encontré
en el suelo del dormitorio, encogido como un crío, temblando
de dolor. Lo devolví a la cama y lo ayudé con la morfina. Al final le hizo efecto. Creo que eran las tres de la madrugada. Yo no
podía dormir, de modo que empecé a dar vueltas por la casa.

Forrest hizo una pausa, pero el reloj no.

—Entonces fue cuando encontraste el dinero —dijo Ray.

—¿Qué dinero?

—El dinero que está pagando los setecientos dólares diarios que vale este sitio.

—Ah, ese dinero…

—Sí. Ese dinero, precisamente.

—Sí, fue entonces cuando lo encontré. En el mismo sitio
que tú. Veintisiete cajas. La primera contenía cien mil dólares, de modo que hice un cálculo por encima. No sabía qué hacer, de modo que me quedé allí durante horas, mirando las
cajas inocentemente apiladas en la cómoda. Se me ocurrió que
el viejo podría despertarse, bajar y pillarme mirando aquellas
cajas. Incluso llegué a desear que ocurriera, así me lo habría
explicado. —Volvió a poner las manos encima de la mesa y
miró a Ray—. De todas maneras, al amanecer creí tener un
plan. Decidí que fueras tú quien se ocupara del dinero. Tú eres
el primogénito, el hijo predilecto, el hermano mayor, el buen
estudiante, el profesor universitario, el albacea, la persona en

quien más confiaba el juez. Así pues, me dije que te observaría a ver qué hacías con el dinero, porque seguro que hacías lo correcto. Entonces cerré los armarios de la cómoda, volví a colocar el sofá en su sitio e intenté comportarme como si nunca hubiera visto ese dinero. Estuve a punto de preguntarle al viejo, pero pensé que si hubiera querido que yo lo supiera ya me lo habría dicho.

—¿Cuándo escribiste mi citación?

—Ese mismo día, más tarde. El juez dormía en la hamaca de la parte trasera, a la sombra de los pecanes. Se encontraba mucho mejor, pero ya se había convertido en un adicto a la morfina y no recordaba casi nada de la semana anterior.

—¿Y el lunes lo acompañaste a Tupelo?

—Sí. Hasta ese momento, siempre había conducido él; pero, estando yo allí, me pidió que lo llevara.

—Y mientras él estaba en el hospital, tú te escondiste entre los árboles para que nadie te viera.

—Oye, eso está muy bien. ¿Qué más sabes?

—Nada. Lo único que tengo son preguntas. Me llamaste por la noche, el mismo día en que recibí la citación y me dijiste que tú también habías recibido una. Me preguntaste si pensaba telefonear al viejo, y yo te dije que no. ¿Qué habría pasado si lo hubiera hecho?

—El teléfono no funcionaba.

—¿Por qué no?

—La línea entra por el sótano, y allí hay una conexión que no funciona.

Ray asintió. Otro misterio resuelto.

—Además, la mayor parte de las veces, el juez no contestaba al teléfono —añadió Forrest.

—¿Cuándo escribiste el falso testamento?

—El día antes de que muriera. Encontré el anterior y no me gustó mucho, de modo que decidí hacer lo correcto y dividir la herencia entre los dos. ¡Qué idea tan tonta, un reparto equitativo! Fui un idiota. No comprendí la ley que se aplica en esas situaciones. Pensé que, ya que éramos los dos únicos herederos, debíamos dividirlo todo en mitades. No fui consciente de que los abogados como tú han sido entrenados para quedarse todo lo que encuentran, para robar a sus hermanos, para ocultar los bienes que se supone deben proteger y para olvidar sus promesas. Nadie me lo dijo. Fui un estúpido.

—¿Cuándo murió?

—Dos horas antes de que tú llegaras.

—¿Lo mataste tú?

Un bufido, una mueca. Ninguna respuesta.

—¿Lo mataste tú? —repitió Ray.

—Lo mató el cáncer.

—A ver, aclaremos la situación —dijo Ray, acercándose como el interrogador que se apresta a dar el golpe definitivo—. Tú estás en la casa ocho días, y el juez pasa todo ese tiempo atontado por la morfina; entonces, por pura casualidad, va y se muere dos horas antes de que yo llegue.

—Exacto.

—Mientes.

—Vale, le eché una mano con la morfina. ¿Es eso lo que querías oír? Lloraba de dolor. No podía caminar, no podía orinar ni defecar, ni siquiera podía sentarse en una silla. Tú no estabas allí, pero yo sí. Quiso vestirse para cuando llegaras, de modo que lo afeité, y lo ayudé a instalarse en el sofá. Estaba tan débil que ni siquiera podía apretar el botón del dosificador de morfina, y yo lo hice por él. Se durmió, y yo me marché de la casa. Luego, tú llegaste y lo encontraste. También encontraste el dinero, y ahí fue cuando empezaron las mentiras.

—¿Sabes de dónde proviene?

—No. Supongo que de algún lugar de la costa, pero me da igual.

—¿Quién prendió fuego a mi avión?

—Ese es un delito del que no sé nada.

—¿Se trata de la misma persona que ha estado siguiéndome este último mes?

—Sí. Son dos tíos que conocí en la cárcel. Viejos amigos. Son muy buenos, y tú se lo pusiste muy fácil. Te colocaron un transmisor bajo el parachoques de tu bonito coche y te siguieron con un GPS. Todos y cada uno de tus movimientos. Fue chupado.

—¿Por qué quemaste la casa?

—Niego haber cometido ese delito.

—¿Fue para cobrar el seguro o quizá para dejarme fuera de la herencia?

Forrest meneó la cabeza, negándolo todo. La puerta se abrió. Y Allison asomó su masculina cabeza.

—¿Va todo bien? —quiso saber.

—Sí, gracias, nos lo estamos pasando en grande.

—Le quedan siete minutos —dijo antes de cerrar.

Los dos se quedaron sentados sin decir nada, con la mirada perdida en distintos puntos del suelo. Ni un sonido del exterior.

—Solo quería la mitad, Ray —dijo Forrest al fin.

—Pues quédatela ahora.

—No. Ahora es demasiado tarde. Ahora sé lo que hay que hacer con el dinero, tú me lo enseñaste.

—Tenía miedo de darte ese dinero, Forrest.

—¿Miedo de qué?

—Miedo de que te mataras con él.

—Bueno, pues aquí estoy —dijo Forrest abarcando con un gesto la habitación, el rancho, el estado de Montana todo entero—. Esto es lo que estoy haciendo con el dinero. No es precisamente matarme con él. Parece que no estoy tan chiflado como todo el mundo cree.

—Me equivoqué.

—Ah, eso lo aclara todo. ¿Te equivocaste porque te han descubierto? ¿Te equivocaste porque después de todo yo no soy un idiota? ¿O te equivocaste porque solo quieres la mitad del dinero?

—Por todo.

—Tengo miedo de compartirlo, Ray, tanto como tú. Tengo miedo de que el dinero se te suba a la cabeza y de que te lo gastes en aviones y casinos. Tengo miedo de que te conviertas con él en un gilipollas aún mayor de lo que eres. Tengo que protegerte, Ray.

Ray mantuvo la sangre fría. No podía ganar en una pelea a puñetazos contra su hermano. Y aunque pudiera, ¿qué iba a ganar con ello? Le habría encantado atizarle en la cabeza con un bate, pero para qué molestarse. Si se lo cargaba nunca encontraría el dinero.

—Bueno, ¿y qué es lo siguiente en tu lista? —preguntó mostrando tanta indiferencia como fue capaz.

—No lo sé. No hay nada definitivo. Cuando estás en rehabilitación, sueñas mucho; pero, cuando sales, todos esos sueños te parecen tonterías. Lo que tengo claro es que no volveré a Memphis. Allí me esperan demasiados amigos. Tampoco pienso volver a Clanton. Encontraré un nuevo hogar en alguna parte. ¿Y tú? ¿Qué piensas hacer tú, ahora que has tirado por la ventana tu gran oportunidad?

—Yo tenía una vida, Forrest, y sigo teniéndola.

—Es verdad. Ganas ciento sesenta mil dólares al año. Sí, lo comprobé en internet. Y dudo que te rompas los cuernos trabajando. No tienes familia y tampoco grandes gastos. Es decir, tienes suficiente dinero para hacer lo que te dé la gana. La codicia es un extraño animal, ¿no te parece? Encontraste tres millones de dólares y decidiste que los necesitabas todos. Ni un céntimo para el jodido de tu hermano pequeño. Ni un céntimo para mí. Cogiste el dinero y te largaste con él.

—No sabía qué hacer. Me pasó lo mismo que a ti.

—Pero te lo llevaste. Te lo llevaste y me mentiste.

—Eso no es cierto. Lo conservé.

—Y también te lo gastaste. Que si aviones, que si casinos…

—¡No, maldita sea! ¡No juego y llevo más de tres años alquilando avionetas! Estaba guardando el dinero, Forrest, intentando hacerme una idea. ¡Qué demonios! ¡Hace menos de cinco semanas que lo encontré.

Las palabras salían a gritos que rebotaban en las paredes. Allison se asomó, dispuesta a interrumpir la reunión en caso de que su paciente estuviera sufriendo un estrés indebido.

—¡Mira, déjame en paz con tus recriminaciones! —dijo Ray—. Tú no supiste qué hacer con el dinero, y yo tampoco. Tan pronto como lo encontré, alguien, y supongo que ese alguien fuisteis tú y tus amigos, se dedicó a darme sustos de muerte. No puedes culparme por que me largara con el dinero.

—Me mentiste.

—Y tú me mentiste a mí. Me dijiste que no habías hablado con el viejo, que llevabas nueve años sin poner el pie en Maple Run. ¡Todo mentiras, Forrest! ¡Todo parte de un montaje! ¿Por qué lo hiciste? ¿Por qué no me contaste que lo habías encontrado?

—¿Y por qué no me lo contaste tú?

—Quizá fuera a hacerlo, ¿vale? No estoy seguro de qué planes tenía. No resulta fácil pensar con claridad cuando encuentras a tu padre muerto, descubres que escondía tres millones de dólares en billetes y te das cuenta de que hay alguien dispuesto a matarte con tal de quedárselos. Son cosas que no te ocurren todos los días, de modo que te pido perdón si no tenía la experiencia suficiente.

Se hizo el silencio en la habitación. Forrest entrelazó los dedos y miró al techo. Ray había dicho todo lo que tenía pensado decir. Allison llamó a la puerta, pero no entró.

Forrest se inclinó hacia su hermano.

—Esos dos incendios, el de la casa y el del avión, ¿sospechas de alguien?

Ray meneó la cabeza.

—No se lo diré a nadie.

Se produjo otra pausa mientras los minutos se acababan. Forrest se levantó y miró a su hermano, que seguía sentado.

—Dame un año. Cuando salga de aquí hablaremos.

La puerta se abrió, y, al pasar, Forrest apoyó la mano en el hombro de Ray. No se trató en absoluto de un gesto afectuoso, sino solo de un leve contacto, pero de un contacto al fin y al cabo.

—Nos veremos dentro de un año, hermano —dijo, y desapareció.